Finny Ludwig

Baustelle: Liebe!

EIN TOR AUF UMWEGEN

AF215492

Stefan Behrens gilt nicht nur als Deutschlands Fußballgott Nummer 1 – nein: Er ist groß, muskulös und noch dazu unverschämt gutaussehend. Kein Wunder also, dass ihm die Frauenherzen reihenweise zu Füßen liegen. Doch welchem (Tor-) Jäger macht das Jagen noch Spaß, wenn sich ihm das Wild freiwillig vor die Füße wirft? Die Begegnung mit der kurvenreichen Architektin Anna Binder, die ihm mit offener Feindseligkeit, einem frechen Mundwerk und unbändiger Streitlust begegnet, verspricht daher endlich ein wenig Abwechslung in sein abgestumpftes Leben zu bringen.

Anna hat hingegen ganz andere Sorgen, als ihre Gedanken an einen überheblichen, arroganten und überaus attraktiven Fußballstar zu verschwenden. »Marienhort«, ein Waisenhaus, das ihr sehr am Herzen liegt, soll geschlossen werden. Zu dumm nur, dass sich der rettende Engel in der Not ausgerechnet als Stefan Behrens entpuppt und das Schicksal sie für eine Hilfsaktion unweigerlich aneinanderbindet. Konfrontiert mit seiner permanenten Gegenwart, stellen Anna die ständigen Streitereien vor eine Zerreißprobe … vor allem, seit sie weiß, wie gut er küssen kann.

Finny Ludwig

Baustelle: Liebe!

Ein Tor auf Umwegen

Liebesroman

Impressum

Bibliografische Information der Deutschen Nationalbibliothek:
Die Deutsche Nationalbibliothek verzeichnet diese Publikation in
der Deutschen Nationalbibliografie; detaillierte bibliografische
Daten sind im Internet über http://dnb.dnb.de abrufbar.

Lektorat: Dorothea Kenneweg | lektorat-fuer-autoren.de
Cover-/Umschlaggestaltung: Buchgewand Coverdesign |
www.buch-gewand.de
Verwendete Grafiken: Despositphotos.com (orangeberry, somen,
yyanng, pablonis, goodgraphic, nikiteev, Lisla, julieboro), Shut-
terstock.com (Plateresca, mimibubu)

Herstellung und Verlag: BoD – Books on Demand, Norderstedt
ISBN: 978-3-7494-8255-9

- Für immer im Herzen –
Finny & Ludwig

PROLOG

Die Wettervorhersage hatte Wort gehalten: Der Frühsommer zeigte sich seit Tagen von seiner schönsten Seite. Das Thermometer näherte sich der Dreißig-Grad-Marke, und am Himmel war kein Wölkchen zu sehen.

Anna strich sich erschöpft ihre langen, blonden Haare aus dem Gesicht. Sie stand auf der obersten Sprosse einer alten, hölzernen Leiter, die an der Hauswand lehnte. Als sie sich zu bewegen begann, ächzte diese gefährlich. Doch nicht ihre überzähligen Pfunde waren schuld daran. Die Leiter war ebenso morsch wie das Bauwerk, an dem sie Halt suchte.

Das alte, herrschaftliche Gebäude lag in einem wunderschönen kleinen Park und erstreckte sich über drei Stockwerke. Die grünen Fensterläden waren frisch gestrichen, doch täuschten sie nicht über den maroden Zustand des Gemäuers hinweg. So idyllisch und charmant alles auf den ersten Blick aussah, so ernüchternd waren die Eindrücke, wenn man sich das Ganze einmal näher betrachtete.

»Anna. Es gibt frischen Eistee«, hörte sie ihre Freundin von unten rufen.

»Das hört sich gut an. Ich bin gleich fertig.«

Verzweifelt klammerte sich Anna an das Dach des Vorbaus und versuchte das letzte Stück der Regenrinne von allerhand Schlamm, Blättern und Geäst zu befreien.

»Achtung!«

Mit einem Schrei sprang Sabine erschrocken zur Seite, als eine Ladung Dreck auf ihrem Kopf zu landen drohte.

»Ups.« Schuldbewusst stieg Anna die Leiter hinunter. »Entschuldige bitte.«

Doch Sabine tat das Missgeschick ab und reichte Anna, dankbar für ihre Hilfe, das erfrischende Getränk, nach dem diese gerne griff und es gleich bis zur Hälfte leerte.

»Du stehst schon seit mehr als einer Stunde da oben. Wie hältst du das nur aus bei dieser Hitze?«

»Ich wollte meine Baseball-Mütze mitnehmen«, Anna zog eine nach Mitleid heischende Schnute, »aber in der Hektik habe ich sie heute Morgen vergessen.«

»Soll ich dir meine leihen?« Unbemerkt von den beiden Frauen hatte sich Florian um die Hausecke geschlichen und streckte Anna seine Baseball-Kappe entgegen.

Florian war erst seit wenigen Wochen hier im Marienhort. Der kleine Junge, der seine Eltern im Jahr zuvor bei einem schrecklichen Autounfall verloren hatte, schien sich hier im Waisenhaus mittlerweile sehr wohl zu fühlen. Gemeinsam mit seiner dreizehnjährigen Schwester Katrin lebte er nun hier.

Die Suche nach Verwandten, die die beiden hätten aufnehmen können, war leider erfolglos geblieben. Nachdem die Geschwister unmittelbar nach dem Unfall auseinandergerissen worden waren, hatte Sabine alles darangesetzt, die vom Schicksal gebeutelten Kinder gemeinsam aufwachsen zu sehen. Sie kämpfte unermüdlich, bis es ihr vor wenigen Wochen schließlich gelungen war, auch Florian zu sich in den Marienhort zu holen.

»Die ist aber toll.« Anna begutachtete das Logo eines Fußballvereins, das auf die Kappe gestickt war. »Das ist mein absoluter Lieblingsverein.«

»Wirklich? Meiner auch.«

Sie ging in die Hocke und strich ihre Haare aus dem Gesicht, damit Florian ihr die Kopfbedeckung problemlos aufziehen konnte.

Er beäugte Anna kurz, aber kritisch und befand daraufhin: »Müsste gehen.«

»Vielen Dank. Aber nun sag mir, Flo, wie kann ich mich denn bei dir revanchieren?« Anna tippte gegen die Kappe, woraufhin Florian sie schelmisch angrinste.

»Magst du Eis auch so gerne wie ich?«

Sie blickte in die großen, spitzbübisch dreinschauenden blauen Augen ihres Gegenübers und lächelte. »Ich liebe Eis. Und wenn ich hier mit dem Aufräumen fertig bin, spendiere ich uns eines.«

»Soll ich dir helfen? Dann geht es schneller.«

»Wenn du möchtest, kannst du die Äste in die Schubkarre laden. Hier hast du meine Handschuhe.« Anna zog aus der hinteren Hosentasche ihrer Jeans ein paar Arbeitshandschuhe und gab sie Florian. Sogleich stürzte sich dieser in die Arbeit.

»Er ist so ein lieber, kleiner Kerl. Und diese wunderschönen, blauen Augen.« Seufzend blickte Anna ihm hinterher. »Ich glaube, ich bin verliebt.«

»Aber leider nicht deine Altersklasse.« Sabine lachte und nahm ihre Freundin in den Arm. »Doch für dich kommt auch noch der Richtige. Du wirst schon sehen. Vielleicht früher, als du denkst.«

»Du bist so hoffnungslos romantisch.« Anna grinste nur und setzte sich in Bewegung. »Ich hol' mal eben die Schaufel vor dem Haus und gehe unserem kleinen Freund ein wenig zur Hand.«

Die sonst von Kinderstimmen beherrschte Villa lag ruhig und verlassen da. Anna überkam ein Schauer, ob der ungewohnten Stille, die sie auf ihrem Weg in den Hof umgab. Dabei unternahmen die Kinder an diesem Nachmittag lediglich einen Ausflug mit den Betreuerinnen an einen nahe gelegenen Badesee. Bald schon würden sie zurückkehren und mit ihnen der übliche Trubel, den Anna so sehr liebte und an den sie sich so gewöhnt hatte.

Eine Impfung am Vortag hatte Florians Badespaß einen Strich durch die Rechnung gemacht. Da er nur ungern vom Ufer aus den anderen zusehen wollte, hatte er sich entschieden, im Marienhort zu bleiben und seinen Nachmittag mit Sabine zu verbringen.

Diese beschäftigte sich zwischenzeitlich damit, zahlreiche bunte Formen aus dem Sandkasten zu angeln, als Anna wieder in den Garten zurückkehrte. Die Schaufel fest mit ihrer linken Hand umschlossen, winkte sie Sabine mit einem Brief in ihrer rechten Hand zu.

»Sieh mal, was ich dir mitgebracht habe. Der Briefträger hat ihn mir eben in die Hand gedrückt.« Anna fuchtelte wild mit dem Brief unter Sabines Nase herum. »Das Schreiben ist vom Verwaltungsgremium. Vielleicht ist es ja die Bewilligung für den Renovierungszuschuss.«

»Endlich. Darauf warte ich schon eine Ewigkeit.« Sabine streifte den Sand an ihrer Shorts ab und griff nach dem Schreiben. In Windeseile riss sie den Umschlag auf und las den Inhalt.

Von einer Sekunde auf die andere verlor das Gesicht ihrer

Freundin jegliche Farbe. Anna musterte sie besorgt.

»Was ist passiert?«

Leichenblass ließ sich Sabine auf den Rand des Sandkastens fallen und blickte ungläubig auf das Stück Papier. »Sie wollen Marienhort schließen.«

»Was?« Aufgebracht riss Anna ihrer Freundin den Zettel aus der Hand und überflog ihn. Erschüttert setzte sie sich neben Sabine. »Das können die doch nicht einfach so machen. Oder?«

»Ich hätte es wissen müssen. Schon bei unseren letzten Gesprächen gab es immer wieder diese Andeutungen.« Tränen liefen über Sabines Wangen. »Sie sagten mir, eine Sanierung des Hauses wäre zu kostenintensiv, und die notwendigen Gelder könnten nicht freigemacht werden. Zumal seit Jahren die Zusammenlegung der umliegenden Horte geplant wird.« Sie schlug die Hände vors Gesicht. »Sie werden mir meine Kinder wegnehmen und den alten Kasten zumachen.«

Die Vorstellung, jemand könnte Sabine die Kinder wegnehmen, war Anna unerträglich. Sie wusste um das Anliegen ihrer Freundin, den Waisen ein Zuhause zu bieten. Einen Ort, wo sie Halt, Wärme und Unterstützung erfuhren. Denn auch Sabine hatte als junges Mädchen ihre Eltern verloren.

Als Anna Sabine während eines Ferienlagers kennenlernte, war deren Mutter bereits ihrem langjährigen Krebsleiden erlegen. Anna konnte sich noch gut daran erinnern, wie tapfer Sabine mit ihren elf Jahren war. Sie hatte das verschüchterte, kleine Mädchen sofort in ihr Herz geschlossen.

Und auch nach dem Ferienlager tauschten sie regelmäßig in Briefen Informationen über ihre so unterschiedlichen Leben aus. Nur zwei Jahre nach dem Tod ihrer Mutter verlor Sabine auch ihren Vater. Zu sehr hatte ihn der Verlust seiner Frau getroffen. Er konnte den Schicksalsschlag nicht überwinden und wählte den Freitod, woraufhin Sabine in einem Waisenhaus untergebracht wurde.

Sabine hatte ihr vor vielen Jahren erzählt, wie sie die damalige Zeit empfunden hatte, die sie im Heim verbringen musste. Es ließ sich in einem Wort zusammenfassen: schrecklich. Oft weinte sie stundenlang. Ihre damalige Heimleiterin hatte sie noch als eiskalte und abstoßende Frau in Erinnerung. Für keines der Kinder hatte sie je verständnisvolle oder wärmende Worte gefunden.

Sabine beschloss daher schon ziemlich früh, sich dem Studium der Sozialpädagogik zu verschreiben. Sie wollte einmal die Leitung eines Kinderheimes übernehmen und allen beweisen, dass es auch anders ging. Die Kinder sollten mit Wärme und Herzlichkeit überschüttet werden und stets das Gefühl haben, geliebt zu werden. Kein Kind sollte sich je alleingelassen fühlen.

»Muss ich dann wieder ausziehen?« Florian stand mit herabhängenden Armen, an denen viel zu große Arbeitshandschuhe baumelten, vor den beiden Frauen.

»Das wird Sabine nicht zulassen.« Anna zog Florian auf ihren Schoß. »Aber weißt du, Flo, das Haus ist nun mal sehr alt und baufällig. Man müsste ganz viel renovieren, und das würde ein Vermögen kosten. So viel Geld können sie Sabine nicht geben.«

»Ich habe fast zwölf Euro gespart. Die kannst du haben.«

Sabine wuschelte durch seinen blonden Haarschopf und versuchte ein Lächeln zustandezubringen. »Das ist so lieb von dir, aber es wird nicht ganz ausreichen.«

»Das ist so …« Anna gebot sich selbst Einhalt. »Ungerecht.«

EINS

Anna hatte sich auf den Weg gemacht, ihr Versprechen einzulösen. Mit Florian und Sabine im Schlepptau lenkte sie ihren alten, rostigen Mittelklassekombi über die Straßen zu ihrem Lieblingscafé.

Das *Vista* lag außerhalb der Stadt, direkt an einem See. Vor einigen Jahren hatte Anna an der Umgestaltung des alten Bootshauses mitgearbeitet. Auch die Pläne für das arttypische Nebengebäude stammten aus ihrer Feder. Die komplette Einrichtung vereinte das alte und rustikale Ambiente mit vielen neuen, modernen Akzenten. Und beim Blick von der Terrasse auf den See konnte man wunderbar die Seele baumeln lassen. Mittlerweile kam sie regelmäßig hierher, nicht zuletzt, weil sie mit Marco, dem Inhaber des Cafés, eine langjährige Freundschaft verband.

Die Stimmung im Wagen war gedrückt. Sabine gelang es nicht so recht, ihre Enttäuschung zu verbergen. So sehr sie sich auch bemühte, der Kummer über die bevorstehende Schließung des Waisenhauses überwog. In der Hoffnung auf ein Wunder hatte sie Anna gebeten, die Unterlagen für die vorerst notwendigsten Reparaturen erneut mit ihr zu prüfen. Deshalb hatte Anna schweren Herzens die große Mappe mit der Kalkulation im Fußraum hinter ihrem Fahrersitz verstaut.

Wenn es ihre Zeit zuließ, ging Anna ihrer Freundin bei sämtlichen Reparaturen im Marienhort zur Hand. Sie tat es gerne für Sabine und für die Kinder. Letztlich bereitete es ihr auch ungeheuer viel Spaß zu helfen, und von Zeit zu Zeit genoss sie es, sich selbst handwerklich zu betätigen.

Ihr Vater besaß früher ein großes Bauunternehmen. Schon seit ihrer Kindheit war es daher das Größte für Anna gewesen, ihn in den Ferien auf seine Baustellen begleiten zu dürfen. Ganz im Gegensatz zu ihren Geschwistern.

Sie liebte den unverwechselbaren Geruch einer Baustelle und konnte sich stundenlang dort aufhalten. Ihr Vater übertrug ihr stets kleinere Aufgaben und erkannte schon früh, dass sie sich sehr geschickt anstellte. Nicht zuletzt hatte dies für sie auch den Anstoß gegeben, Architektur zu studieren. Von jeher war sie fasziniert zu beobachten, wie aus dem Nichts die unterschiedlichsten Bauwerke geschaffen wurden und aus alt, neu gemacht werden konnte. Momentan war sie freiberuflich tätig und arbeitete für ein bekanntes Architekturbüro an einigen großen Projekten mit.

Sie lenkte ihren Wagen in eine der noch freien Parklücken vor dem Café und stieg aus. Auf ihrem Kopf thronte nach wie vor die Baseball-Mütze von Florian. Lediglich ihr verschwitztes Oberteil hatte sie gegen ein frisches Top von Sabine getauscht. Sie griff nach einem Pullover auf der Rückbank und band ihn sich um die Hüften. Sie vertrat die Meinung, dass nicht jeder in den Genuss kommen sollte, ihren doch ein wenig runden Hintern, der mit Müh und Not noch in Größe 40 passte, anzustarren. Sie zog das geliehene Oberteil von Sabine nach oben, da ihr der Ausschnitt mehr als gewagt erschien.

»Fällt dir hier eigentlich nie etwas heraus?« Anna nestelte an dem Top.

Sabine war schlank und hatte eine tadellose Figur, die in einem schönen, leichten Sommerkleid steckte. Sie schob ihre Sonnenbrille in ihr dunkelbraunes, kurzes Haar zurück und lachte herzlich. »Nein, meine Oberweite fiel leider nicht so üppig aus wie deine.«

Anna beneidete ihre Freundin für ihr tolles, unaufdringliches Modegespür. In ihrem eigenen Kleiderschrank hingen zwar auch ein paar hübsche Kleider, doch ihre Kurven machten ihr regelmäßig einen Strich durch die Rechnung.

»So viel ist es nun auch wieder nicht. C, manchmal vielleicht auch D.«

»Was meinst du mit C und D?« Florian, der auf der Beifahrerseite aus dem Wagen stieg, schaute fragend zu Anna.

Sabine kicherte. »Ja genau, was meinst du mit C oder D? Erklär das mal meinem kleinen fünfjährigen Freund.«

»Das ist … Weißt du … Wenn … Das ist die Größe des Oberteils. Und meistens trage ich C oder D.« In der Hoffnung, Florian würde sich mit der Antwort zufriedengeben, ging Anna schnurstracks in Richtung der Terrasse. Und er tat ihr den Gefallen. Fröhlich hüpfte er hinter ihr her. Anna schenkte Sabine eine erleichterte Grimasse. Mit einem fünfjährigen Jungen eine Debatte über Büstenhalter zu führen, hätte ihr gerade noch gefehlt.

»Ciao Bella. Schön, dass du wieder einmal da bist.« Marco kam ihnen bereits entgegen und zog Anna herzlich in die Arme. »Schick, dieser Arbeiterlook.« Er tippte gegen die Mütze und beäugte schmunzelnd die Arbeitsschuhe, in denen Anna steckte. »Steht dir ausgezeichnet.«

Marco war nicht sehr groß, höchstens eins fünfundsiebzig. Unter den aufgerollten Ärmeln seines Hemdes schimmerte die sonnengebräunte Haut eines Südländers. Er war zwar erst Mitte dreißig, dennoch kannte Anna niemanden, dem eine Glatze besser stand als ihm.

»Hallo Marco. Schön, dich zu sehen.« Sie löste sich aus der Umarmung. »Marco, das ist Florian, und ich habe ihm versprochen, dass er heute das beste Eis der Welt von mir bekommt.«

»Dann bist du hier genau richtig.« Er kniff Florian in die Wange.

»Sabine kennst du ja noch.« Anna deutete auf ihre Freundin.

»Selbstverständlich. Ich vergesse nie eine hübsche Frau.« Er reichte ihr die Hand, und Sabine errötete prompt. Marco ließ seinen Blick über die Terrasse schweifen und hielt Ausschau nach einem freien Platz. »Möchtet ihr dort hinten im Schatten sitzen?« Er deutete auf einen kleinen Tisch, der direkt unter einer großen, alten Eiche stand. Die drei kamen seinem Vorschlag gerne nach und nahmen Platz.

Aufmerksam reichte ihnen Marco die Eis-Karte. »Schaut nur in aller Ruhe. Ich komme gleich zurück.« Er verschwand im Inneren des Lokals, und Anna widmete sich Florian.

»Weißt du denn schon, welches Eis du haben möchtest?«

»Ich möchte bitte zwei Kugeln Schokoladeneis mit ganz viel Sahne.« Seine Augen funkelten glücklich.

»Wie, das ist alles? Nur zwei Kugeln Eis?« Anna verzog enttäuscht das Gesicht. Sie deutete auf die Mütze auf ihrem Kopf. »Immerhin fallen hier horrende Leihgebühren an.«

Florian überlegte kurz. »Dann hätte ich gerne drei Kugeln Schokoladeneis.« Ein Strahlen huschte über sein Gesicht.

»Lass mich raten: Schokolade ist deine Lieblingssorte?«

Er nickte eifrig.

Anna deutete auf einen Spielplatz neben der Terrasse.

»Möchtest du ein wenig spielen gehen? Wir rufen dich, wenn das Eis kommt.«

»Au ja. Darf ich, Sabine?«

»Natürlich darfst du. Aber sei bitte vorsichtig.«

Er sprang auf und war auch schon verschwunden.

»Ihr beide versteht euch ja ausgezeichnet. Aber sag mal, was war das vorhin mit C und D? Da hast du ihm ja einen ganz schönen Bären aufgebunden.« Sabine musste grinsen.

Beschämt hielt sich Anna die Hand vor ihre Augen. »Keine Ahnung. Auf die Schnelle fiel mir nichts Besseres ein. Wie um alles in der Welt hätte ich dem kleinen Knirps die Vielfältigkeit der unterschiedlichen BH-Größen erklären sollen?«

»Wie ich höre, komme ich genau rechtzeitig. Ihr habt heute aber sehr interessante Gesprächsthemen.« Marco kam zurück an den Tisch. »Was die Erklärung anbelangt, so stelle ich mich gerne als aktiver Proband zur Verfügung.«

»Spinner.« Anna gab ihm einen Klaps auf den Arm.

»Habt ihr euch schon entschieden?«

»Wir brauchen einen Schoko-Becher für Florian und einen Nuss-Becher für mich. Beides mit extra viel Sahne. Und Sabine, was möchtest du?«

»Ich hätte gerne ein Bananensplit.«

»Kommt sofort.« Lächelnd eilte Marco wieder davon.

Um die Wartezeit zu nutzen, wollten Anna und Sabine die Unterlagen noch einmal gemeinsam prüfen.

»Ich bin mir nicht sicher, ob ich das Ergebnis überhaupt sehen möchte.« In Sabines Gesicht spiegelte sich alles andere als Begeisterung wider.

Mitfühlend legte Anna ihre Hand auf die der Freundin, denn sie wusste, dass das zu erwartende Ergebnis Sabines Laune nicht heben würde. Sie entschuldigte sich kurz, da sie die Mappe mit den unliebsamen Zahlen im Wagen vergessen hatte.

Der kleine Parkplatz hatte sich in der Kürze der Zeit gefüllt. Annas Augenmerk fiel sofort auf ein teures Sport-Coupé, das neben ihrem Auto parkte. Der Fahrer war unschwer auszumachen, denn er lehnte am Kotflügel seines Gefährts und hielt ein Handy am Ohr.

Er war groß und hatte eine sportliche Figur. Sein weißes Hemd steckte fest im Bund der Designerjeans, die Ärmel waren bis zum Ellbogen hochgekrempelt und die obersten Knöpfe geöffnet. Sein markantes Gesicht war von braunem Haar umrahmt. Während sie an ihm vorbei ging, überkam sie das unbestimmte Gefühl, den unverschämt gutaussehenden Mann zu kennen.

Genervt musste sie sogleich feststellen, dass ihr das ungeschickte Einparkmanöver des Schönlings keine Chance ließ, sich in ihren Wagen zu zwängen, geschweige denn auch nur die Fahrertür zur öffnen. Zähneknirschend wich sie daher auf die Beifahrerseite aus, wobei sie ungewollt Zeugin seiner Plänkelei am Telefon wurde. Aus Höflichkeit wandte sich Anna ab, dennoch konnte sie jedes seiner Worte verstehen.

»Ja, du fehlst mir auch … Ja, ich vermisse dich … Wir sehen uns in ein paar Tagen … Du bist so wunderschön … Womit habe ich dich verdient … Was hast du gerade an?«

Anna begann ihre Augen zu rollen.

Was für ein Idiot!

Sie drückte den Beifahrersitz nach vorne und kletterte auf die Rückbank, wo sie die gesuchte Mappe, wie erwartet, im Fußraum fand. Mit den Unterlagen in der Hand quälte sie sich anschließend wieder aus dem Wagen. Dabei stellte sie sich allerdings mehr als tollpatschig an. Mit dem linken Bein voran kletterte sie aus dem Auto, dabei stieß sie sich ihren Kopf kräftig am Dach an und zu guter Letzt klemmte sie sich auch noch einen Finger im Türgriff ein.

»Mit der Nummer könnten Sie glatt im Zirkus auftreten.«

Erschrocken blickte Anna auf. Der attraktive Casanova hatte zwischenzeitlich sein Gespräch beendet. Er lehnte über seinem Wagendach und grinste frech. Auf das Peinlichste berührt hatte sie nicht bemerkt, dass er sie die ganze Zeit über beobachtete.

»Hätten Sie mit Ihrer Protzkarre nicht wie ein Mädchen eingeparkt, wäre das erst gar nicht passiert.«

Er beäugte kurz den schmalen Durchgang zwischen den beiden Autos. »Hätten Sie nicht diesen monströsen Pullover um Ihren Hintern gewickelt, hätten sie sicher auch auf meiner Seite durchgepasst.«

»Sind sie immer so ein ungehobelter Klotz?«

»Nicht immer – nur manchmal. Außerdem haben Sie mich beim Telefonieren belauscht, und das mag ich nun mal überhaupt nicht.« Er deutete auf Florians Baseball-Mütze, die Anna noch immer auf dem Kopf trug, und grinste, wobei eine Reihe makellos, weißer Zähne zu sehen war. »Nette Mütze übrigens.«

»Ich habe Sie nicht belauscht. Ich kann schließlich nichts dafür, wenn Sie ihr Liebesgeplänkel so laut in die Welt hinausposaunen, dass jeder es hören kann. Und danke«, sie tippte an die Kappe. »Ein aufmerksamer, netter junger Herr, der die Leidenschaft zu meinem Lieblingsverein teilt, hat sie mir zur Verfügung gestellt. Noch gibt es ein paar wenige Exemplare Ihrer Gattung, die Anstand und Manieren besitzen.« Anna bemühte sich zwar, ruhig zu sprechen, ein verächtlicher Unterton ließ sich jedoch nicht überhören.

»Interessant. Das ist also Ihr Lieblingsverein? Dann haben wir ja etwas gemeinsam.« Er stützte den Kopf auf seiner Hand ab.

»Da muss ich Ihnen leider widersprechen. Wir«, sie betonte das Wort absichtlich länger, »haben überhaupt nichts gemeinsam. Aber ich kann Ihnen einen wohlgemeinten Rat geben: Typen wie Sie – aufgeblasen, arrogant und ohne Manieren – kommen einfach nicht gut an.« Immer noch wütend, aber auch durchaus amüsiert stapfte Anna an ihm vorbei, zurück auf die Terrasse, wo Sabine auf sie wartete.

»Weshalb grinst du so?«

»Ich habe eben auf dem Parkplatz so einem reichen Wichtigtuer erklärt, was ich von ihm halte.« Anna lachte. »Das tat gut.«

Sie entdeckte Marco, der mit den köstlich aussehenden Eiskreationen herannahte. Während er die Eisbecher abstellte, lehnte Anna ihre Mappe sorgsam gegen das Stuhlbein.

»Ich werde mal nach Florian sehen, sonst schmilzt sein Schokoladeneis.« Sabine verschwand in Richtung des Spielplatzes.

»Und schon wieder stelle ich eine Gemeinsamkeit zwischen uns fest.«

Anna drehte sich um und erkannte ihre Parkplatzbekanntschaft wieder.

»Nicht, dass es mich interessieren würde, aber erzählen Sie ruhig«, forderte sie ihn auf.

Seine langen, schlanken Finger deuteten auf die drei Eisbecher, die vor ihr auf dem Tisch standen. »Ich liebe Eis.«

»In der Tat, das ist eine Sensation. Sie lieben Eis. Ich liebe Eis. Und vermutlich lieben noch weitere achtzig Millionen Menschen in diesem Land Eis. Aber soll ich Ihnen etwas verraten?«

»Bitte.«

»Ich bevorzuge mein Eis mit Sahne.« Anna hielt sich gespielt entrüstet die Hand vor den Mund, als hätte sie ein

Geheimnis ausgeplaudert.

Doch ihr attraktiver Gegenüber grinste zu ihrer Überraschung nur frech und beugte sich zu ihr herab. »Sie können ja ein echtes Biest sein. Aber wissen Sie was?«

»Was?«

»Keiner der achtzig Millionen genießt den gleichen herrlichen Ausblick wie ich.«

Schlagartig wurde Anna bewusst, dass sie ihr weites Shirt, gegen das tief ausgeschnittene Oberteil von Sabine getauscht hatte.

Er lachte kess. »Ich meine natürlich die verführerischen Eiskreationen.«

Was für ein frecher Kerl!

Doch Anna ließ sich noch nie etwas einfach so gefallen und wollte nun auch nicht damit beginnen. Blind zog sie einen der Eisbecher zu sich, tauchte mit dem Löffel hinein und hauchte ihm ein, »Sehen heißt nicht schmecken«, entgegen. Sie schloss die Augen und zufriedene Laute kommentierten das Genusserlebnis in ihrem Mund. Dann legte sie den Löffel zur Seite und wandte sich ihm wieder zu. »Ich wünsche Ihnen noch einen schönen Tag.«

»Den wünsche ich Ihnen auch. Es war mir ein Vergnügen, Sie kennenzulernen …«, er machte eine kleine Pause, um Anna die Möglichkeit zu bieten, ihm ihren Namen zu verraten.

»Prinzessin von und zu Geht-Sie-absolut-nichts-an.«

Er grinste und zwinkerte Anna zu. »Hat mich gefreut, Prinzessin.« Dann verschwand er im Inneren des Lokals.

Eines musste sie ihm zugestehen: So unmöglich sie ihn auch fand – er hatte sie erneut zum Schmunzeln gebracht.

Sabine und Florian kamen vom Spielplatz zurück und fanden Anna immer noch grinsend vor.

»Kann es sein, dass du von meinem Eis gegessen hast?« Sabine blickte auf ihren Eisbecher. »Wenn du es nämlich nicht warst, muss es jemand anderes gewesen sein, und ich weiß nicht, ob ich darüber sehr erfreut wäre.«

»Das war reine Notwehr. Der Typ vom Parkplatz ist wiederaufgetaucht. Hier, Flo.« Sie schob Florian seinen Eisbecher zu.

»Hast du ihn etwa mit Eiscreme beworfen?« Sabine hätte es ihrer Freundin durchaus zugetraut.

»Quatsch, ich habe es gegessen.« Anna tauchte den Löffel in ihren Eisbecher und schob ihn genüsslich in den Mund. Langsam zerschmolz die kühle Masse auf ihrer Zunge und brachte den herrlichen Geschmack von Bourbonvanille zur Geltung.

»Das muss ich jetzt aber nicht verstehen?«

»Nein.« Sie schüttelte den Kopf. »Iss dein Eis, bevor es noch kalt wird.«

Florian kicherte leise.

Aus dem Augenwinkel konnte Anna beobachten, wie Marco aus dem Lokal ins Freie trat und sich suchend nach einem Platz auf der Terrasse umsah. Im Schlepptau hatte er den Fremden vom Parkplatz und einen weiteren Mann.

Dass Marco ausgerechnet den Tisch hinter ihnen wählte, nahm Anna missbilligend zur Kenntnis.

*

Stefan hatte sich mit Carsten hier im Café verabredet. Sein bester Freund arbeitete für einen Fernsehsender und hatte im Umgang mit Prominenten, Skandalen und Schadensbegrenzung einige Erfahrung. Da es mit Stefans Publicity in den letzten Wochen nicht zum Besten stand, hatte Carsten ihm bereitwillig seine Unterstützung angeboten.

Seit Jahren galt Stefan Behrens als einer der besten und erfolgreichsten Fußballspieler, die Deutschland zu bieten hatte.

Doch seine unzähligen Liebschaften und ausgiebigen Vergnügungstouren, die allesamt durch die Presse wanderten, hatten seinem Image einen ordentlichen Knacks verpasst. Zwischenzeitlich war er mehr als Partymacher, statt als Spielmacher bekannt. Erschwerend kam noch eine Verletzung am Knie hinzu, die ihn die letzten Monate schließlich außer Gefecht gesetzt und auf die Bank verwiesen hatte. Seit Wochen war er schlecht gelaunt. Nicht einmal seine Affären konnten ihn mehr aufheitern.

Das Aufeinandertreffen mit der Unbekannten auf dem Parkplatz hatte ihn endlich wieder einmal richtig amüsiert. Er blickte zum Nachbartisch. Die langen Haare fielen der Blondine über ihren Rücken. Und auch wenn sie seinen Frauengeschmack in keiner Weise traf, kam er nicht umhin festzustellen, was für unglaublich schönes Haar sie hatte. Zu gerne hätte er sie ohne die lächerliche Kappe seines Vereins gesehen.

Doch selbst dann entsprach sie noch lange nicht dem Ideal einer Frau, wie er es sich vorstellte. Er bevorzugte schlanke, athletische Frauen, die sich ihrer Weiblichkeit bewusst waren. Hoheit hingegen war peinlichst berührt gewesen, als sie bemerkte, wie sein Blick sich in ihrem Ausschnitt verfing. Okay – er hätte nicht so auffällig glotzen müssen. Doch mit diesem Oberteil hatte sie es ja regelrecht provoziert.

Sie war nicht alleine hier. Es hätte Stefan durchaus interessiert zu wissen, ob der Junge zu ihr oder zu der süßen, kleinen Brünetten gehörte. Vielleicht würde er es ja noch erfahren.

»Hörst du mir überhaupt zu?« Carsten sah seinen Freund ungeduldig an. »Wo bist du nur mit deinen Gedanken?«

»Tut mir leid. Ich weiß auch nicht, was mit mir los ist.«

»Konzentriere dich endlich. Wir müssen uns jetzt um dein angeschlagenes Image kümmern. Hast du dir schon ein paar Gedanken darüber gemacht?«

»Ich könnte doch etwas spenden.« Stefan lehnte sich in seinem Stuhl zurück und streckte die Beine aus. »Wohltäter sind immer gut angesehen, oder nicht?«

Er beobachtete den kleinen Jungen am Nachbartisch und schmunzelte über dessen unermüdlichen Körpereinsatz beim Eisessen. Der Kleine musste seine Blicke gespürt haben, denn plötzlich drehte er sich nach ihm um. Seine Augen begannen zu strahlen, als er Stefan erkannte. Verlegen wandte er seinen Blick wieder auf den Eisbecher, wenngleich Stefan ihn dabei ertappte, wie er von Zeit zu Zeit verstohlen zu ihm herübersah. Die Beine des Jungen baumelten aufgeregt in der Luft und stießen dabei gegen eine Mappe. Ein Wust aus Papier und Dokumenten verteilte sich über den Boden, doch es schien niemandem aufzufallen.

*

»Was ist denn los, Florian? Schmeckt es dir nicht?« Anna blickte zu ihrem kleinen Freund hinüber. Von einer Sekunde zur nächsten hatte er seine wilden Attacken auf den Eisbecher gestoppt.

»Doch, aber …«, er deutete Anna näher zu kommen, damit er ihr etwas ins Ohr flüstern konnte. »Ich bin so aufgeregt.«

Sabine beugte sich neugierig über den Tisch, um besser zu verstehen, was die beiden tuschelten.

»Warum bist du denn aufgeregt?« Anna blickte ihn interessiert an.

»Na, weil am Tisch hinter uns Stefan Behrens sitzt. Du weißt schon«, er stieß gegen die Mütze auf Annas Kopf.

Ach du grüne Neune! Wie peinlich war das denn? Sie hatte doch gewusst, dass sie ihn von irgendwoher kannte. Am liebsten wäre Anna im Erdboden versunken.

Sabine drehte ihren Kopf so schnell zum Nebentisch, dass

Anna befürchtete, sie würde sich dabei ernstlich etwas zerren.

»Muss das so auffällig sein?«

»Oh mein Gott. Das ist wirklich Stefan Behrens.« Sabine starrte in seine Richtung.

»Sag' ich doch.« Auch Florian hatte seinen Blick wieder auf den Fußballer gerichtet.

»Er steht auf.« Sabine kommentierte flüsternd die Situation »Jetzt sammelt er irgendetwas vom Boden auf.«. Sie zog die Luft ein. »Er kommt an unseren Tisch.«

»Was?« Annas Versuche, sich in ihrem Stuhl zu verkriechen, scheiterten. Sie konnte bereits spüren, dass er hinter ihr stand.

»Entschuldigen Sie bitte, wenn ich Ihre traute Runde kurz störe, aber …«

»Bist du Stefan Behrens?« Florian blickte mit seinen großen, blauen Augen zu Stefan auf.

»Ja, der bin ich. Und wer bist du?«

»Ich bin Florian. Aber du kannst gerne Flo zu mir sagen. Ich bin ein großer Fan von dir.«

Stefan reichte ihm die Hand. »Freut mich, dich kennenzulernen, Flo.«

Florian hüpfte aufgeregt in seinem Stuhl auf und ab. »Bekomme ich ein Autogramm von dir?«

»Aber natürlich. Hast du denn einen Stift und Papier?«

Enttäuschung machte sich auf Florians Gesicht breit. »Nein, ich hab' nichts dabei.«

Anna tastete unauffällig nach ihrer Mappe, um Florian mit einem Stift und einem Stück Papier aushelfen zu können. Ihre Hand griff jedoch ins Leere. Verwirrt sah sie sich um. Ihre Mappe schien verschwunden.

»Suchen Hoheit vielleicht etwas Bestimmtes?« Stefan hielt Anna ihre schwarze Mappe unter die Nase.

»Wie kommen Sie an meine Unterlagen?«

Anna funkelte ihn an.

»Zufall. Hätten Sie besser auf Ihre Mappe aufgepasst, wäre sie nicht umgefallen. Die Blätter wären nicht überall auf dem Boden verteilt gewesen, und ich hätte sie nicht mühsam aufsammeln müssen.« Er grinste. »Aber für Sie habe ich das gerne getan, Prinzessin.«

Anna versuchte, ihn weitestgehend zu ignorieren und widmete sich erfolgreich der Suche nach einem Stift und einem Stück Papier. »Hier, Flo.«

»Dankeschön.« Florian griff hastig danach und hielt es Stefan entgegen, der lächelnd zu schreiben begann.

»Und welche deiner beiden entzückenden Begleiterinnen ist nun deine Mutti?« Stefan konnte nicht widerstehen – er musste diese Information in Erfahrung bringen. Rein äußerlich sah der Junge keiner der beiden Frauen ähnlich.

Eifrig begann der kleine Junge mit seinen Erklärungen.

»Weißt du, meine Mutti lebt nicht mehr. Und mein Papi auch nicht. Das ist aber schon ganz lange her, dass sie gestorben sind. Außerdem habe ich ja noch Katrin. Das ist meine Schwester. Und das hier ist meine Freundin Anna.« Er zeigte mit dem Finger auf Anna und anschließend auf Sabine. »Und das ist Sabine. Ich wohne bei ihr im Marienhort. Da ist es total schön.« Florian wurde nachdenklich, als ihm bewusst wurde, dass er Marienhort womöglich wieder verlassen musste, sollte das Heim tatsächlich geschlossen werden.

Derweilen gab sich Stefan die Schuld am Stimmungswechsel des Jungen. Durch seine Neugierde war er in ein Fettnäpfchen getreten. Nur zu gerne wollte er seinen Fauxpas wiedergutmachen.

Besänftigend legte er seinen Arm um Florians Schulter. Er

ging in die Knie, damit er sich auf gleicher Augenhöhe mit ihm befand.

»Das tut mir sehr leid, das mit deinen Eltern. Aber warum bist du denn so traurig? Du sagtest doch, im Marienhort wäre es schön und dass es dir dort so gut gefällt.«

»Ich bin nur traurig, weil wir alle von dort wegmüssen.«

»Aber das ist doch noch gar nicht entschieden, Flo.« Sabine strich ihm beruhigend über die Hand. »Du brauchst dir keine Sorgen machen.«

Stefan blickte fragend zu ihr, die ihm daraufhin detailliert schilderte, was passiert war und wie es um Marienhort stand.

»Schlimme Sache, Kumpel.« Stefan klopfte Florian auf die Schultern. Er überlegte, wie er den kleinen Jungen aufmuntern könnte. »Hast du vielleicht Lust, mich beim Auftaktspiel im Stadion zu besuchen?«

Florians Augen leuchteten. »Echt? Super! Darf Sabine mitkommen? Und Anna auch? Sie ist auch ein Fan von euch.«

»Natürlich dürfen sie mitkommen.«

Stefan wandte sich an Sabine und bat sie um die Anschrift vom Marienhort.

»Anna, kannst du mir vielleicht mit einer deiner Visitenkarten aushelfen? Ich habe leider nichts bei mir.«

»Natürlich.« Anna zog eine Visitenkarte aus ihrem Portemonnaie. Sie nahm den Stift vom Tisch und notierte auf der Rückseite die Anschrift vom Marienhort. Zögernd reichte sie Stefan die Karte.

»Also versprochen, Kumpel. Ich schicke dir die Tickets in den nächsten Tagen.«

»Dankeschön. Wenn du willst, kannst du mich ja mal im Marienhort besuchen. Aber nur, wenn du möchtest.«

»Ich überlege es mir.« Stefan vernahm ein leichtes

Räuspern. Carsten machte sich bemerkbar. Er konnte ihn nicht länger alleine sitzen lassen.

»Hat mich gefreut, dich kennenzulernen, Flo.« Er gab Florian die Hand und zollte seinem festen Händedruck tiefen Respekt. Auch Sabine reicht er zum Abschied die Hand. Einzig Anna, die ihn die ganze Zeit über zu ignorieren versuchte, flüsterte er ins Ohr: »Wir sehen uns wieder, Prinzessin.«

Annas Hände fuhren über ihre Unterarme, in der Hoffnung, er möge ihre Gänsehaut nicht bemerkt haben.

Als er den Tisch endlich verlassen hatte und an seinen Platz zurückgekehrt war, sah Sabine Anna mit großen Augen an. Sie beugte sich über den Tisch und flüsterte: »Was war das denn? Warum nennt er dich Prinzessin? Und woher kennst du ihn?«

Anna verdrehte ihre Augen. »Wir sind uns vorhin auf dem Parkplatz begegnet.«

Sabines Gesichtszüge entgleisten. »Jetzt sag' nicht, er war dieser Wichtigtuer, dem du die Meinung gegeigt hast.«

Anna hielt sich beschämt die Hände vor das Gesicht.

»Doch.«

Sabine begann zu lachen. »So etwas kann auch nur dir passieren. Hast du ihn denn nicht erkannt?«

»Er kam mir schon bekannt vor. Aber nein, ich habe ihn nicht erkannt. Außerdem hat er sich wirklich wie ein …«, Anna flüsterte aus Rücksicht auf Florian und bedachte ihre Wortwahl, »… Vollidiot aufgeführt.«

Florian, der sich wieder voll und ganz auf sein Eis – oder eher seine Schokoladensoße – stürzte, hatte nur einen Teil des Gesprächs der beiden Frauen mitverfolgt. Dennoch stellte er ohne Umschweife fest: »Stefan ist voll cool.«

Sabine blickte auf sein schokoladenverschmiertes Gesicht.

»Sollen wir wieder zurückfahren? Dann kannst du den

anderen erzählen, wen du kennengelernt hast und ihnen dein Autogramm zeigen.«

Er schob den leeren Eisbecher in die Mitte des Tisches.

»Au ja.«

Anna sah sich nach Marco um und winkte ihn mit einem strahlenden Lächeln zu sich.

»Bringst du mir bitte die Rechnung?«

Marco beugte sich zu ihr herab und küsste ihre Wange. »Ihr seid heute meine Gäste gewesen, aber«, er hob warnend den Zeigefinger und taxierte die Drei am Tisch genauestens, »ihr müsst mir versprechen wiederzukommen.«

»Vielen Dank. Das versprechen wir gerne. Nicht wahr, Flo?«

Florian nickte eifrig, während er weiterhin sein Autogramm wie eine Trophäe hochhielt und es von allen Seiten begutachtete.

»Du warst schon lange nicht mehr hier. Versprich mir, dass du dich nicht mehr so rar machst.« Marco signalisierte Anna, sich mit einem Kuss auf seine Wange zu revanchieren. Was sie auch prompt tat.

»Versprochen.«

Anna nahm ihre Mappe an sich, während Florian Stefan Behrens zum Abschied winkte. Schüchtern nickte Sabine in seine Richtung. Lediglich Anna hatte nicht das Bedürfnis, sich noch einmal nach dem Fußballstar umzudrehen.

Zu ihrer Überraschung stellte sie auf dem Parkplatz fest, dass er seinen Wagen tatsächlich umgeparkt hatte.

*

Unterdessen beobachtete Stefan die Szenerie am Nebentisch. Es fiel ihm zusehends schwerer, sich auf das Gespräch mit Carsten zu konzentrieren. Die traurigen Augen des kleinen Jungen beschäftigten ihn.

Marienhort musste ein wundervoller Zufluchtsort für die Waisen sein, wenn ein Kind so begeistert davon erzählen konnte. Und als ob es nicht tragisch genug wäre, dass die Kinder ihre Eltern verloren hatten, forderte die Bürokratie nun auch noch den letzten Halt von den Kindern – ihren Zufluchtsort. Die Karten zum Auftaktspiel waren das Mindeste, was Stefan für den kleinen Kerl tun konnte.

»Weißt du was?« Carsten blickte seinen Freund an.

»Was?«

»Du nervst mich. Erst zitierst du mich hierher, und dann kommst du eine halbe Stunde zu spät. Du hörst mir nicht zu, stattdessen verteilst du seelenruhig Autogramme am Nebentisch. Du lässt mich hier alleine sitzen, obwohl es um deine Angelegenheiten geht. Schließlich steht dein Image auf dem Spiel und nicht meins.« Carsten stand auf und zog sich seinen Blazer über. »Ich gehe jetzt. Ruf mich an, wenn du wieder bei Verstand bist.« Er ließ ihn allein zurück und stapfte über die Terrasse in Richtung der Parkplätze.

Stefan lehnte sich im Stuhl zurück und blickte seinem Freund hinterher. Carsten hatte es auf den Punkt gebracht.

… *wenn du wieder bei Verstand bist.*

Seine Verletzung am Knie schien sowohl sein Denk-, als auch sein Handlungsvermögen in Mitleidenschaft gezogen zu haben. Eine andere Erklärung für die Ausschweifungen in den letzten Wochen und Monaten schien es nicht zu geben.

*

Es war Freitagmorgen, kurz vor zehn Uhr. Stefan lehnte gegen die Brüstung seiner Dachterrasse und genoss den Blick über die Dächer der Stadt. Er bewohnte ein großes, helles Penthouse in einem sehr exklusiven und teuren Stadtteil. Die Wohnung, die ihm vom Management bereitgestellt worden war, war von einer Innenarchitektin in klaren Linien, äußerst modern, aber wenig wohnlich, eingerichtet worden. Er konnte sich nicht vorstellen, dass es jemanden gab, der sich in diesen Räumen wohl fühlte.

Wirklich zuhause fühlte er sich nur an seinem geheimen Zufluchtsort. Es war eine alte Jagdhütte, die weit außerhalb der Stadt lag. Gelegentlich gönnte er sich eine Auszeit und fuhr dorthin. Die Hütte lag ihm wirklich am Herzen. Keine Immobilie hatte er je so wertgeschätzt wie das kleine Blockhaus, das er sorgsam hatte renovieren lassen.

Gähnend schlenderte er in den großen, offen gehaltenen Küchenbereich, dessen glattglänzende Oberflächen ihn regelmäßig an einen Operationssaal erinnerten. Sein Gesicht spiegelte sich in den hochglanzpolierten Chrom-Elementen wider.

Es war unschwer zu erkennen, dass er in den letzten Tagen einem Rasierapparat tunlichst aus dem Weg gegangen war. Amüsiert stellte er fest, dass er mit dem aufgestellten Kragen seines Polo-Shirts, geradezu der Optik eines Ganoven glich.

Auf der Arbeitsplatte lag die Visitenkarte, die er seit Tagen mit sich herumtrug. Marienhort. Er drehte das Kärtchen um und studierte die Rückseite. Anna Binder. Architektin.

Als er im Café die losen Blätter eingesammelt hatte, vermutete er bereits, dass sie Architektin sein musste. Er hatte eine Vielzahl an Bauplänen und Entwürfen in den Händen gehalten. Eine Skizze war ihm dabei besonders ins Auge gefallen. Es handelte sich um einen alten Bauernhof, dessen rustikaler Charme optisch modernisiert wurde, ohne dabei Stilbruch zu begehen. Das Gebäude stellte die perfekte Symbiose aus altem Handwerk und fortschrittlicher Baukunst dar.

Auch das Schicksal des kleinen Jungen brachte ihn ins Grübeln. Er hätte ihm gerne geholfen, denn augenscheinlich fühlte er sich im Marienhort, bei seiner Schwester und Sabine Haller, sehr wohl. Einzig die Gelder für ein paar anstehende Reparaturen schienen zu fehlen. Stefan griff nach einem Umschlag, den er zuvor ebenfalls auf der Arbeitsplatte abgelegt hatte.

Auf dem Weg zur Wohnungstür nahm er sich seinen Schlüsselbund von der Anrichte. Wäre doch gelacht, wenn er nicht helfen könnte.

ZWEI

»Sabine, ich kann es leider nicht ändern. Du weißt, wenn ich es könnte, würde ich es sofort tun.« Anna saß in Sabines Büro im Marienhort und raufte sich die Haare. »Einige Dinge können wir erst einmal oberflächlich beheben. Aber das sind keine Dauerlösungen.«

Ihre Freundin war am Boden zerstört. Anna hatte darauf bestanden, das ganze Haus von oben bis unten zu inspizieren. Mit dem Resultat, dass sie ihrer Freundin nun eine ganze Liste mit den ersten großen Reparaturen vorlegen konnte, die ins Haus standen. Es mussten dringend neue elektrische Leitungen gelegt werden. Die Fenster waren weit über sechzig Jahre alt und undicht. Das Dach musste unbedingt isoliert werden. In einem der Zimmer im Erdgeschoss begann es zu schimmeln. Die sanitären Anlagen waren zwar stets sauber, doch vermutlich noch aus der unmittelbaren Nachkriegszeit.

»Und vergiss nicht, das Haus steht unter Denkmalschutz. Das heißt, die Reparaturen werden noch viel aufwändiger und teurer als veranschlagt. Und von Garten, Schuppen, Spielplatz und Garage rede ich besser gar nicht erst.« Sie wanderte um den Schreibtisch und setzte sich auf die Lehne des Bürostuhls. »Ich würde dir so gerne helfen.«

»Ich weiß.« Die ersten Tränen kullerten über ihre Wangen.

Tröstend nahm Anna ihre Freundin in den Arm. Sie fand es schrecklich, Sabine die schlimme Nachricht überbringen zu müssen. Aber es brachte nichts, sich die Lage schön zu reden.

»Was soll ich denn nur tun?«

Anna wusste keine Antwort auf diese schwierige Frage. Daher war sie erleichtert, als sie durch ein Klopfen an der Tür abgelenkt wurden. Die Tür öffnete sich einen Spalt, und ein dunkelblonder Schopf streckte sich in den Raum. Was machte der denn hier?

»Hallo Frau Haller. Darf ich Sie einen Augenblick stören.«

Sabine stand hektisch von ihrem Bürostuhl auf und wischte sich die Tränen ab. »Natürlich, Herr Behrens. Kommen Sie doch herein.«

Anna war erstaunt, wie viel Platz seine Ausstrahlung und sein Ego in dem kleinen Büro von Sabine einnahmen. Wie schon bei ihrer ersten Begegnung, so sah er auch dieses Mal wieder wie aus dem Ei gepellt aus. Wobei ihr die kurzen Stoppeln in seinem Gesicht nicht entgangen waren. Menschen wie Stefan Behrens konnten tragen, was sie wollten, tun, was sie wollten – sie sahen immer perfekt aus. Und dann gab es noch Leute wie sie, die sich freuten, wenn sie ohne Flecken auf der Kleidung den Tag überstanden. Egal, was sie trugen, nichts schien gut an ihnen auszusehen. Doch damit hatte sich Anna zwischenzeitlich abgefunden.

In den vergangenen Tagen hatte sie sich immer wieder dabei erwischt, wie sie sich an ihre Begegnung auf dem Parkplatz zurückerinnerte. Es war sonst nicht ihre Art, so schnippisch zu reagieren. Doch mit einem attraktiven, Fußball spielenden

Weiberhelden hatte sie an diesem Tag nun gar nicht gerechnet. Sein ganzes Auftreten machte sie zornig. Er verhielt sich, als ob er jede Frau haben könnte, die er wollte. Seine selbstverliebte, überhebliche Art ließ sie schnauben. Aber was hatte er hier zu suchen?

»Hallo.« Stefan lächelte kurz in ihre Richtung.

Anstandshalber, aber wenig begeistert nickte sie ihm zu.

»Ich wollte die Karten für Florian vorbeibringen. Ist er da?«

»Tut mir leid sehr leid. Er ist noch im Kindergarten«, antwortete Sabine.

»Hätten Sie etwas dagegen, wenn ich hier auf ihn warte? Ich würde ihm die Karten gerne persönlich geben. Außerdem möchte ich noch etwas mit Ihnen besprechen.«

Sabine blickte neugierig zu ihm auf. »Sie wollen etwas mit mir besprechen?«

»Ja.« Er schaute sich nach Anna um. »Wenn möglich unter vier Augen. Nichts für ungut, Frau Binder.«

Anna hob beschwichtigend die Hände. »Kein Problem. Ich bin schon weg. Wir waren sowieso gerade fertig.« Sie verließ den Raum, und Sabine schloss die Tür hinter ihr.

Welchen Grund hatte Stefan Behrens, unter vier Augen mit Sabine zu sprechen? Hatte er es etwa auf ihre beste Freundin abgesehen? Es wäre durchaus möglich. Sabine war schließlich eine wunderschöne Frau. Das dürfte selbst dem Fußballheini nicht entgangen sein.

Aus der Küche drang das Geklapper von Geschirr an Annas Ohr. Sie folgte den Geräuschen, bis sie vor der sympathischen Köchin stand.

»Kann ich Ihnen helfen, Maria?«

»Sehr gerne.«

Die achtundfünfzigjährige Vollblutitalienerin hievte einige

der Teller an die Durchreiche.

Anna ging in den Speisesaal und begann das Geschirr auf den Tischen zu verteilen.

»Möchtest du probieren?« Maria kam mit einem kleinen Teller Spaghetti in den Speisesaal und reichte Anna die Gabel.

Für einen kurzen Augenblick schloss sie die Augen, als ihr der appetitliche Geruch in die Nase stieg. »Mmh. Sie riechen jedenfalls herrlich.« Erwartungsvoll drehte sie ein paar der langen Nudeln auf ihre Gabel und ließ einen großen Bissen in ihrem Mund verschwinden.

Die Tür zum Büro öffnete sich, und Sabine trat mit einem hochroten Kopf auf sie zu. Dicht gefolgt von Stefan Behrens.

»Anna, du wirst es nicht glauben!«

Maria zog sich wieder in die Küche zurück, und Anna, die noch auf ihren Spaghetti kaute, gab ihrer Freundin das Signal weiterzusprechen.

»Herr Behrens hat eben zehntausend Euro an Marienhort gespendet. Ist das nicht der Wahnsinn?« Sabine klatschte vor Begeisterung in die Hände.

Anna musste hart schlucken. »Zehntausend Euro?«

»Ja. Ist das nicht großartig?« Sabine blickte erwartungsvoll in die Augen ihrer Freundin. Ungeduldig hoffte sie auf eine Reaktion von Anna, doch der erwartete Freudenjubel blieb aus. »Würdest du Herrn Behrens das Haus zeigen? Ich muss sofort mit dem Verwaltungsgremium telefonieren.« Sie gab Anna einen Kuss auf die Wange und eilte zurück in ihr Büro.

»Und, Prinzessin, wie finden Sie das?« Stefan nahm Anna die Gabel aus der Hand und drehte ein paar der Spaghetti auf. Mit einem Bissen waren die Nudeln in seinem Mund verschwunden.

In Annas Kopf ratterte es gewaltig.

Zehntausend Euro!

»Wie ich das finde?«, fragte sie ihn schließlich.

Er grinste. »Ja.«

»Wie ich das finde?«

Allmählich schienen sich ihre Gedanken zu sortieren. Ihre Stimme wurde schriller, da ihr bewusst wurde, was die Spende tatsächlich bedeutete. »Sie kapieren es nicht, oder?«

»Was?« Stefan blickte sie entgeistert an.

Anna schob ihn aus dem Speisesaal.

»Sie wollten doch das Haus sehen. Dann fangen wir am besten gleich damit an.« Anna präsentierte ihm jedes einzelne Zimmer und fing mit dem Dachboden an.

In aller Ausführlichkeit zeigte sie ihm sämtliche anstehenden Reparaturen. Die Sanitärräume im Obergeschoss. Die Kinderzimmer. Das Spielzimmer. Danach überrumpelte sie Maria noch einmal in der Küche. Den Speisesaal. Den Schimmel im Schwesternzimmer. Dann weiter im Keller. Die alten Rohre. Die kaputten Fenster. Die defekte Heizung. Und als sie wieder im Erdgeschoss angelangt waren, stürzte sie ins Büro und erschreckte Sabine, indem sie schwungvoll die Tür aufriss und die Kalkulation mit den Reparaturen und den Plänen zur Renovierung in die Hand nahm.

»Sehen Sie sich einmal die Zahl unter diesem Strich an.« Sie hielt ihm die Kalkulation unter die Nase. »Sabine wird das Geld nicht behalten dürfen. Es wandert auf direktem Weg zur Verwaltung, die es dankbar für das neue Projekt verwenden wird. Und selbst wenn das Geld im Marienhort bleiben würde – es ließe sich nicht das Geringste damit ausrichten. Das nächste Mal sollten Sie sich vorher erkundigen, ehe sie meinen, den edlen Samariter spielen zu müssen.«

Anna ließ den Kopf sinken, dann legte sie die Unterlagen

zurück auf den Schreibtisch und verließ das Büro. Sie trat durch den Speisesaal hinaus auf die Terrasse.

»Entschuldigen Sie mich bitte, Herr Behrens. Ich bin in einer Sekunde wieder bei Ihnen,« rief Sabine dem verdutzten Fußballstar zu und stürmte ihr hinterher in den Garten.

Anna saß auf einer Schaukel und betrachtete den Boden unter ihren Füßen.

»Ich bin sehr gern bei euch, denn ich liebe dich, und ich liebe die Kinder. Manchmal habe ich schon beinahe das Gefühl, hier zu wohnen.« Sie machte eine kleine Pause, und Sabine war so klug, die Stille nicht zu durchbrechen. »Ich bin schockiert über den Zustand des Hauses. Ein Wunder, dass Marienhort noch nicht geschlossen wurde. Es macht mich so wütend, dass ausgerechnet die Kinder und du die Leidtragenden seid. Dieses wundervolle Gebäude hätte gerettet werden können, doch in all den Jahren wurde hier nichts saniert. Dennoch lieben die Kinder Marienhort. Es bringt mich um den Verstand, darüber nachzudenken, dass sie wieder ein Zuhause aufgeben müssen.«

Sabine setzte sich auf die freie Schaukel neben Anna und stieß sich mit einem Fuß am Boden ab.

»Du warst so euphorisch, als du von Behrens' Spende erfahren hast, und natürlich ist es der absolute Wahnsinn, dass er so viel Geld stiften möchte. Aber mit der Summe kannst du hier nicht das Geringste ausrichten. Die Verwaltung wird das Geld einkassieren und an anderer Stelle investieren.«

»Ich weiß. Ich habe bereits mit ihnen telefoniert.« Sabine machte einen niedergeschlagenen Eindruck. »Behrens kann aber nichts dafür.«

»Aber ich schnauze ihn so gerne an.« Anna grinste, und auch Sabine musste lächeln.

»Trotz allem war es sehr nett von ihm, so viel Geld zu spenden.«

»Er wollte etwas für sein Image tun. Schade nur, dass es dir nicht weiterhilft.«

»Das ist so nicht ganz richtig.«

Anna und Sabine drehten die Köpfe in Stefans Richtung, der das Gespräch der beiden Freundinnen von den Terrassenstufen aus mitgehört hatte.

»Natürlich muss ich mich um mein Image kümmern. Jeder, der heutzutage in der Öffentlichkeit steht, muss das tun. Aber ich habe es nicht nur deshalb getan.«

»Weshalb sonst?« Anna sah, dass Behrens die Kalkulationsunterlagen in der Hand hielt.

»Florian ging mir nicht mehr aus dem Kopf.« Er lächelte. »Der kleine Kerl ist so verdammt stark – das hat mir sehr imponiert. Mit dem Geld wollte ich niemandem zu nahe treten, bitte glauben Sie mir.«

»Sie können ihre Spende jederzeit zurückziehen, Herr Behrens. Unter diesen Umständen wäre das nur zu gut nachvollziehbar.« Sabine schenkte ihm einen verständnisvollen Blick.

»Nein, so meinte ich es nicht.« Stefan ging die wenigen Schritte zur Schaukel. »Ich hätte Ihnen und den Kindern einfach nur sehr gerne direkt geholfen.«

»Das ist sehr nett von Ihnen. Aber was wir brauchen, ist ein Wunder. Es sei denn …«, Sabine überlegte kurz. »Darf ich Sie um einen Gefallen bitten?«

»Natürlich.«

»Würden Sie ein wenig Zeit mit den Kindern verbringen? Sie sind herzlich zum Essen eingeladen. Es sei denn, Sie haben bereits andere Pläne.«

»Ich bleibe gerne hier.«

»Vielen Dank.« Sabine wurde von einem lautstarken Hupgeräusch unterbrochen. »Ah, die Kinder sind zurück. Sollen wir sie gemeinsam in Empfang nehmen?«

Stefan wollte Sabine folgen, doch Anna hielt ihn zurück.

»Geh doch vor. Wir kommen gleich nach.«

Nachdem Sabine verschwunden war, wandte sich Stefan Anna zu.

»Jetzt bin ich gespannt, was Sie mir dieses Mal an den Kopf werfen, Prinzessin.«

»Ich wollte mich eigentlich nur bei Ihnen entschuldigen. Aber an den Kopf werfe ich Ihnen tatsächlich etwas, wenn Sie mich je wieder Prinzessin nennen.«

Er lachte. »Entschuldigung angenommen.«

Als Anna an ihm vorbei wollte, stellte er sich ihr in den Weg. Beinahe wäre sie gegen seine breite Brust geprallt. Seiner unmittelbaren Nähe bewusst, beschleunigte sich ihr Puls.

»Es war übrigens mein Ernst, als ich gesagt habe, ich würde gerne helfen.«

Anna kniff die Augen zusammen und sah in sein markantes Gesicht, auf dem ein dunkler Bartschatten lag. »Dann beweisen Sie es.«

Die Terrassentür wurde aufgestoßen.

»Stefan!«

Stefan drehte sich abrupt der Stimme zu und sah in Florians weit aufgerissene Augen. Das Grinsen des Kleinen reichte über sein ganzes Gesicht. »Hey, Kumpel. Siehst du, da bin ich. Ich bin deiner Einladung gefolgt.«

Hinter Florian hatte sich eine ganze Rasselbande angesammelt. Mit großen Augen schauten die Kinder ihn an, wobei vermutlich die wenigsten wussten, wer er war.

»Anna.« Florian rannte auf sie zu und flog in Annas Arme.

»Hallo, mein Süßer.« Sie hob ihn auf ihren Arm. »Puh, du bist aber ganz schön schwer geworden.«

»Ich habe auch ganz viel zum Frühstück gegessen.« Stolz streckte er seinen Bauch heraus und strich demonstrativ darüber. »Siehst du?«

Anna stellte ihn wieder auf den Boden zurück. »Ja, passen da überhaupt noch die leckeren Spaghetti von Maria rein?«

»Logisch. Isst du heute auch mit uns?« Florian zog an Stefans Hosenbein und blickte erwartungsvoll zu ihm auf.

»Natürlich. Und danach spielen wir mit deinen Freunden noch eine Runde Fußball, oder was meinst du?«

»Juhu!« Florian sprang wie ein Gummiball auf und nieder und zog Anna und Stefan hinter sich her in Richtung Speisesaal. »Anna, ist es okay, wenn Stefan heute bei uns sitzt?«

»Wenn er ordentliche Manieren hat, kein Problem.« Sie grinste Stefan herausfordernd an.

Florian zog ihn am Arm zu sich und flüsterte ihm zu, »Besteck und Serviette benutzen, sonst vermasselst du es.«

»Danke für den Tipp.« Stefan klopfte Florian kameradschaftlich auf die Schulter und folgte ihm in den Speisesaal, der schon vollständig eingedeckt war.

Einige der älteren Kinder hatten hier bereits Platz genommen und musterten Stefan aufmerksam, ehe sie zu tuscheln begannen.

*

Während sich die Kinder von Stefans Promi-Status unbeeindruckt zeigten, flogen sie Anna umso begeisterter in die Arme. Sie wurde von allen herzlich begrüßt und schien sich bestens mit ihnen zu verstehen.

»Das ist unser Platz.« Florian war an einen der Tische geeilt. Er deutete auf die einzelnen Stühle, die Stefan, bei genauerer

Betrachtung, ein wenig niedrig erschienen. Ebenso die Tische. Er sah sich um und erkannte, dass für die jüngeren Kinder extra kleinere Tische und Stühle aufgestellt worden waren.

»Das ist mein Platz.« Florian zeigte auf den Stuhl an der Stirnseite. Dann zu seiner Linken. »Hier sitzt Anna. Und das ist dein Platz.« Er deutete auf den Stuhl zu seiner Rechten.

Sabine läutete eine große Glocke, die am Türrahmen des Speisesaals angebracht war. Die Kinder rannten wild durcheinander auf ihre Plätze, und auch die älteren Zöglinge kamen nun vom oberen Stockwerk herangeeilt.

Stefan spürte, wie er von allen genauestens beäugt wurde, während er sich auf der unbequem niedrigen Sitzgelegenheit quälte.

Sabine und Maria verteilten die Schüsseln mit den Spaghetti. Als sie ihre eigenen Plätze schließlich einnahmen, wurde es plötzlich still im Raum. Die Marienhortleiterin schaute sich um.

»Wer möchte heute das Tischgebet sprechen?«

Florians Arm schnellte in die Höhe. »Ich, Sabine. Ich, ich.«

»In Ordnung, Flo.« Sabine setzte sich und faltete die Hände. Florian gab Stefan ein Zeichen und flüsterte ihm zu: »Du musst auch die Hände falten.«

Stefan sah sich befremdet um. Alle Kinder hatten den Kopf geneigt und die Hände gefaltet. Auch Sabine, Maria und Anna. Er tat es ihnen gleich, während er darüber nachdachte, wann er das letzte Mal in seinem Leben gebetet hatte. Er konnte sich beim besten Willen nicht daran erinnern.

»Fisch im See, Hase im Klee, Bienen im Honigduft, Schwalbe in Himmelsluft, Nest im Dorn, Mäuschen im Korn, Frösche im Teich, Arm und Reich, Wiese im Wald, Jung und Alt, Menschen und Tiere, groß und klein – alle lädt er zu Tische ein. Allen gibt er Speis und Trank, die Schöpfung preist Dich: Gott sei Dank. Und danke, dass Anna und Stefan heute mit uns essen und dass Maria so leckere Spaghetti für uns gekocht hat. Amen.«

»Amen.«

Noch ehe sich Stefan besinnen konnte, stürzte sich die hungrige Meute auf das Essen. Auch an seinem Tisch griffen kleine Hände nach der Schüssel, die in der Mitte stand. Doch Anna gebot ihnen Einhalt.

»Moment, Moment! Nicht so hastig. Es bekommt jeder etwas.« Schmunzelnd über die hungrigen Mäuler stand sie auf und wanderte um den Tisch. Zunächst füllte sie Lillys und Hannes' Teller. Dann kehrte sie zurück zu Florian und bedachte ihn mit einer Ladung Spaghetti, ehe sie Stefans' Teller zu füllen begann.

»Danke, Prinzessin.«

»Gern geschehen.« Anna ging weiter und stieß mit der Schüssel absichtlich gegen seinen Kopf.

Stefans Blick wanderte zu ihr, während seine Hand über die getroffene Stelle tastete. Sie hatte ihre Drohung tatsächlich wahr gemacht und grinste ihn nun frech an. Der zufriedene Ausdruck in ihren Augen ließen ihn jedoch seinen Groll vergessen, das war ihm der kleine Schmerz allemal wert.

Gefräßige Stille kehrte im Speisesaal ein.

Anna half der mit Soße verschmierten, vierjährigen Lilly dabei, ihre Spaghetti zu schneiden, und auch Hannes war mit den langen Nudeln restlos überfordert. Er hatte bereits Soßenspritzer auf seiner kleinen Nickelbrille. Nachdem Anna auch seine Nudeln fürsorglich zerkleinert hatte, nahm sie ihm seine Brille ab und rieb sie an ihrem T-Shirt sauber.

»Anna, krieg ich noch mal welche? Ich habe Hunger wie ein

Bär.« Florian schob seinen Teller bereits in die Mitte des Tisches und Anna ließ ihr Besteck erneut sinken.

»Natürlich.« Sie lehnte sich über den Tisch und wollte nach der Schöpfkelle greifen, aber Stefan kam ihr zuvor. Ihre Finger berührten sich für den Bruchteil einer Sekunde.

Anna zog erschrocken ihre Hand zurück.

»Ich mach' das schon. Essen Sie ruhig weiter.« Stefan überging die Situation und widmete sich wieder der Szenerie am Tisch.

Für ihn war es schwer zu begreifen, dass es sich bei den kleinen, mit Bolognese-Soße verschmierten Kindern um Waisen handelte. Sie wirkten alle so glücklich und zufrieden. Bei der Vorstellung, dass sie ohne Eltern und Familie aufwachsen mussten, lief ihm ein kalter Schauer über den Rücken. Er kam sich schäbig vor. Seine Eltern liebten ihn über alles, und sie führten ein intaktes Familienleben, wenn auch auf Distanz. Noch dazu hatte er das Glück, einen Job zu haben, der ihm Spaß machte und der gut bezahlt wurde. Er hatte alles, was man sich nur wünschen konnte. Seine einzige Sorge galt lediglich ein paar negativen Schlagzeilen.

Es dauerte nicht lange, und die ersten Kinder machten sich daran, ihr Geschirr abzuräumen. Ordentlich stapelten sie die schmutzigen Teller und Gläser auf einem Geschirrwagen, um anschließend durch die Terrassentür zu verschwinden.

Sabine kam nach wenigen Minuten an den Tisch der Kleinen und beugte sich zu Stefan herab.

»Herr Behrens, die Kinder haben mich gefragt, ob Sie nachher noch ein paar Autogramme schreiben würden.«

»Natürlich. Ich habe Florian auch versprochen, mit ihm und seinen Freunden noch eine Runde Fußball zu spielen.«

»Das ist aber lieb. Vielen Dank.«

Stefan legte sein Besteck zurück in den leeren Teller und wischte sich mit der Serviette den Mund ab. »Das mache ich sehr gern.« Er stand auf und stellte sein dreckiges Geschirr ebenfalls auf dem Wagen ab, ehe er Florian kameradschaftlich auf die Schulter klopfte. »Ich geh' schon einmal nach draußen. Sobald du da bist, kann unser Match beginnen.«

Florian strahlte ihn mit seinem rot verschmierten Mund an und nickte eifrig.

Als Anna wenig später mit ihm und den anderen Kindern den Garten betrat, lag Stefan auf seine Ellbogen gestützt im Gras und hatte seine Beine weit von sich gestreckt. Umzingelt von einer Horde halbstarker Jugendlicher, unterhielt er sich angeregt. Als er Florian kommen sah, sprang er auf und kam ihm entgegen. »Was hältst du davon – fünf gegen fünf? Dein Team gegen mein Team.«

»Darf ich anfangen?«

»In Ordnung.« Stefan grinste.

Die Kinder versammelten sich bereits erwartungsvoll vor der Schaukel. Selbst eines der Mädchen hatte Aufstellung bezogen.

»Anna.« Florian deutete mit dem Finger auf Anna.

»Ja?« Liebevoll sah sie zu ihm.

»Du musst dich jetzt hinter mich stellen. Ich habe dich doch ausgesucht.« Florian winkte sie zu sich, aber Anna schüttelte den Kopf.

»Das lassen wir mal lieber. Sonst verlierst du womöglich noch wegen mir.«

»Sie sind doch nicht etwa ein Hasenfuß, Prinzessin?« Stefan grinste Anna herausfordernd an, woraufhin sie ihn wütend anfunkelte und sich geschlagen hinter Florian positionierte.

Stefan deutete auf das Mädchen. Er schätzte sie auf zwölf Jahre. Sie war groß, schlank und sah sehr sportlich aus. »Ich wähle dich. Verrätst du mir deinen Namen?«

»Ich bin Katrin.«

Er gab ihr die Hand. »Du bist also Florians Schwester?«

»Ja.« Sie stellte sich zu Stefan.

»Freut mich, dich kennenzulernen. Du bist dran, Kleiner.«

»Theo«, rief Florian sofort.

Stefan ging in die Knie und begutachtete die kleineren Mädchen und Jungen. Er deutete auf Hannes, der daraufhin verschmitzt hinter seiner Nickelbrille hervorlinste. Hannes kam Stefan entgegengelaufen und hielt ihm die Hand entgegen. »Ich bin Hannes.«

»Herzlich willkommen im Team.«

»Kevin.« Florian winkte den elfjährigen, etwas rundlichen Kevin zu sich, der sich zu seinem Team stellte. Er war der passende Torwart für Florians Mannschaft.

Katrin gab Stefan einen Stoß. »Nimm Sebastian.«

»Sebastian.« Stefan blickte sich um und war gespannt, welchen Jungen er gewählt hatte. Sebastian kam auf ihn zu, und Stefan hielt ihm seine Hand hin. Sie klatschten sich ab, ehe sich der Junge hinter Katrin und Hannes einreihte.

»Hugo.« Florian deutete auf Hugo Lampertz, der eben um die Hausecke gebogen kam. Der sympathische Landschaftsgärtner war ein guter Freund von Anna und Sabine. Regelmäßig schaute er im Waisenhaus vorbei, um nach dem Rechten zu sehen. Er war groß. Sein kinnlanges, gewelltes Haar band er sich wie ein Rocker aus dem Gesicht. Dennoch wirkte er weniger gefährlich als durchschnittlich attraktiv. Sein oberstes Ziel: die Eroberung von Sabine Hallers Herz.

»Was ist denn hier los?« Hugo kam näher und strich Florian

liebevoll über den Kopf.

»Wir spielen Fußball mit Stefan, und ich habe dich in meine Mannschaft gewählt.« Freudestrahlend sah Florian ihn an.

»Aber ich kann doch gar nicht Fußball spielen.«

»Das macht nichts. Ich bin auch nicht so gut. Und hier geht's ja schließlich nur um den Spaß.« Stefan streckte Hugo seine Hand entgegen. »Hallo, ich bin Stefan Behrens.«

Hugo schüttelte seine Hand. »Ich dachte doch gleich, dass Sie mir so bekannt vorkommen. Hugo Lampertz.« Er drehte sich zu Florian. »Na, dann werde ich mal mein Bestes geben. Hallo Anna.« Er nahm Anna kurz in den Arm.

»Hallo Hugo.« Sie erwiderte die herzliche Umarmung.

»Was ist eigentlich der Einsatz?« Sabine war auf die Terrasse getreten und schaute zu den beiden Mannschaften hinab.

Florian und Stefan sahen sich an und zuckten mit den Schultern.

Nachdenklich tippte Sabine gegen ihre Stirn. »Wie wäre es, wenn die Verlierer Maria in der Küche mit dem Abwasch helfen und anschließend die Gewinner mit einem leckeren Kuchen überraschen? Ich habe gesehen, dass Hugo einen ganzen Eimer Erdbeeren vor die Tür gestellt hat.«

»Abgemacht.« Stefan und Florian reichten sich die Hände.

»Sabine, wären Sie so nett und würden Sie uns als Schiedsrichter aushelfen?« Stefan blickte bittend zu der zierlichen, kleinen Waisenhausleiterin, die daraufhin in ihren luftigen Shorts und einem leichten Sommertop barfuß die Treppe herunterspazierte.

»Gerne. Wir spielen 2 x 10 Minuten.« Sie blickte abwechselnd auf Katrins Sandalen und Hugos Arbeitsschuhe. »Und damit für beide Mannschaften Chancengleichheit besteht, spielen wir barfuß.«

Katrin gab Stefan einen leichten Stoß in die Seite.

»Uns fehlt noch ein Spieler.«

»Moment.« Stefan hielt die Hände nach oben, um den aufkommenden Tumult zu unterbrechen. »Uns fehlt noch ein Spieler.« Er wandte sich wieder an Katrin. »Wen nehmen wir?«

»Lilly.«

»Wir nehmen Lilly.«

Eines der kleinen Mädchen, das zuvor noch mit Stefan am Tisch gesessen hatte, kam durch die Menge auf ihn zu und strahlte ihn an. Stefan drehte sich zu Katrin und warf ihr einen fragenden Blick zu.

»Vertrau' mir. Sie ist unsere Geheimwaffe.«

»Geheimwaffe?« Stefan blickte skeptisch drein.

»Ja.« Um ihre Aussage zu bekräftigen, nickte Katrin mit dem Kopf.

»Geheimwaffe!«

Ein paar Kinder waren losgerannt und hatten die Tore aus dem Schuppen vor dem Haus geholt. Während diese aufgebaut wurden, machten sich die Spieler fertig und zogen ihre Schuhe und Strümpfe aus.

Katrin führte das Kommando in Stefans Mannschaft und verteilte die einzelnen Spielpositionen.

»Sebastian, du gehst ins Tor.« Sebastian nickte. »Lilly, du kümmerst dich um Hugo.« Lilly nickte. »Ich nehme mir Theo vor. Hannes, du kümmerst dich um Flo.« Hannes nickte. »Dann bleibt nur noch Anna übrig. Mit der wirst du doch fertig?«

Stefan spürte, wie vier Augenpaare auf ihm lasteten. »Natürlich.« Er schmunzelte und nickte. Für ihn bestand nicht der geringste Zweifel, dass die streitlustige Architektin es ihm nicht leicht machen würde. Doch er liebte Herausforderungen.

*

Wenige Meter entfernt hatte sich Florian mit seiner Mannschaft positioniert. Hier hatte Theo federführend die Verteilung der Positionen übernommen.

»Kevin, du gehst ins Tor.« Kevin nickte. »Flo, du kümmerst dich um Hannes.« Florian nickte. »Ich nehme mir Katrin vor. Anna, du kümmerst dich um Lilly. Aber pass auf, sie ist echt link.« Anna nickte. »Somit bleibt nur noch Stefan übrig.« Vier Köpfe drehten sich zeitgleich zu Hugo um.

»Der wird mich kalt machen.«

»Du schaffst das schon, Hugo.« Anna klopfte ihm aufmunternd auf die Schultern und konnte ihm ein schiefes Lächeln entlocken.

Sabine stand am Spielfeldrand und pfiff die erste Halbzeit an. Unter dem lauten Gebrüll der Kinder begann das Spiel.

Anstoß, Florian.

Florian spielt zu Theo.

Theo gerät durch Katrin in Bedrängnis.

Er gibt ab an Hugo.

Lilly steht Hugo plötzlich im Weg.

Der Ball rollt zu Anna.

Stefan sprintet los, direkt auf Anna zu.

Anna dreht sich hektisch um und schießt.

Sebastian kommt nicht mehr an den Ball.

Tor!

Lautstarker Jubel brach aus. Während Katrin mit Stefan schimpfte, weil er nicht genügend auf Anna aufgepasst hatte, hüpften Anna und Florian triumphierend über das Spielfeld.

Anstoß, Stefan Behrens.

Schwungvoll hebt er den Ball über die Spieler und spielt ab.

Katrin holt sich den Ball.

Sie schießt.

Kevin lässt sich fallen.

Er kann den Ball nur noch mit den Fingerspitzen berühren.

Tor!

Anerkennend klopfte Stefan Katrin auf die Schulter.

Anstoß, Hugo Lampertz.

Hugo spielt zu Florian.

Florian rennt auf das Tor zu, wird aber von Hannes ausgebremst.

Er spielt ab zu Anna.

Stefan drängt Anna ab.

Hugo stellt sich Stefan in den Weg.

Lilly rennt zwischen Hugos Beinen durch.

Der Ball kommt.

Anna versucht, den Ball an Stefans Füßen zu erreichen.

Sie rutscht.

Hugo kann nicht bremsen.

Stefan stolpert über Annas Beine.

Anna fällt auf Stefan.

Hugo strauchelt und stürzt über Stefan und Anna.

»Kinderberg.«

Die kleine Lilly nahm laut brüllend Anlauf und ließ sich auf Hugo fallen. Entsetzt blickte Anna in Stefans dunkelbraunes Augenpaar. Doch noch ehe sie reagieren konnte, wurde sie von der Wucht der über sie herfallenden Körper enger an ihn gepresst. Die Muskeln unter Stefans Shirt spannten sich augenblicklich an.

Wäre Anna nicht von seinem frechen Grinsen genervt gewesen, hätte sie das aufregende Gefühl, ihn zu berühren, nicht abstreiten können.

Erleichtert registrierte sie, wie Sabine dem Tumult ein Ende bereitete und sie sich endlich aus den Fängen des Fußballstars befreien konnte. Ohne ihn eines weiteren Blickes zu würdigen, stand sie hastig auf und nahm ihren Platz auf dem Spielfeld wieder ein.

Bis zur Halbzeit ereigneten sich keinerlei dramatische Szenen mehr. Es gab nur eine Person, die zu kämpfen hatte: Hugo. Während er ständig von Lilly belagert wurde, war er tunlichst darauf bedacht, nicht über das kleine Mädchen zu stolpern. Jeder Versuch von Anna, ihrem Freund zur Hilfe zu eilen, wurde von Stefan Behrens unterbunden, der sich ihr selbstbewusst in den Weg stellte. Florian und Hannes, sowie Katrin und Theo waren die Einzigen, die sich einen Schlagabtausch liefern konnten. Dann pfiff Sabine zur Halbzeitpause, und es stand nach wie vor: eins zu eins.

Maria hatte mit Hilfe einiger Kinder ein paar kühle Getränke bereitgestellt, mit denen sich die Spieler erfrischten, ehe die zweite Halbzeit angepfiffen wurde.

Anstoß, Anna Binder.

Anna spielt den Ball zu Florian.

Florian gibt ab an Theo.

Katrin holt sich den Ball und spielt ihn zu Stefan.

Stefan rennt auf das Tor zu.

Er schießt.

Tor!

Enttäuscht blickte Florian zur triumphierenden gegnerischen Mannschaft. Aufmunternd zwinkerte Anna ihm zu.

Anstoß, Florian.

Florian spielt zu Theo.

Theo kann einen Angriff von Katrin abwehren.

Er spielt ab, zu Anna.

Anna gibt ab an Hugo, der daraufhin über Lilly stolpert.

Lilly nimmt sich den Ball und rennt auf das Tor zu.

Anna eilt hinter ihr her.

Stefan greift um Annas Taille und hält sie fest.

Lilly schießt.

Sie trifft die Innenkante der Latte.

Kevin bekommt den Ball auf den Kopf.

Tor!

Als Stefan seinen Arm von Anna löste, schoss sie wutentbrannt zu ihm herum.

»Das war ein Foul.«

»Ich weiß. Zu dumm nur, dass es der Schiedsrichter nicht gesehen hat.« Stefan grinste frech und ließ die verärgerte Anna stehen.

Anstoß Theo.

Theo spielt zu Florian.

Florian kämpft sich vorbei und stürmt zum Tor.

Katrin versperrt ihm den Weg.

Florian spielt zurück zu Theo.

Theo gibt ab an Anna.

Zweikampf: Anna und Stefan.

Anna drückt Stefan zur Seite und gibt ab an Theo.

Theo schießt.

Sebastian wehrt den Ball erfolgreich ab.

Florian erreicht den Ball und schießt.

Tor!

»Noch zwei Minuten.« Sabine legte den Ball zurück in die Spielfeldmitte.

Stefan hatte direkt neben Anna Position bezogen und beobachtete Hugo, der mit Lilly zu kämpfen hatte. Das kleine Mädchen hatte sich tatsächlich als Geheimwaffe entpuppt.

»Wissen Sie, was ich mir am meisten zu meinem Stück Erdbeerkuchen wünsche?« Stefan grinste Anna herausfordernd an.

»Arsen?«

»Sahne.«

Sabine pfiff das Spiel an.

Anstoß Katrin.

Katrin spielt ab zu Hannes.

Hannes verpasst den Ball.

Florian erreicht den Ball und nimmt ihn an.

Zielstrebig rennt er auf das Tor zu.

Florian schießt.

Sebastian erreicht den Ball noch mit seinem Fuß.

Er fälscht ihn ab.

Anna schubst Stefan, der sich vor ihr aufgebaut hat.

Sie erreicht den Ball – schießt.

Tor!

»Noch eine Minute Spielzeit. Es steht drei zu drei.« Sabine hob warnend einen Finger in die Luft. »Anna, nicht schubsen!«

»Genau, Anna. Nicht schubsen! Sonst muss ich mich womöglich wehren.« Äußerst amüsiert stellte Stefan fest, wie Anna ihn frech nachäffte. Es machte ihm zusehends mehr Spaß, die streitlustige Architektin aufzuziehen. Dass sie sich nicht von ihm einschüchtern ließ, empfand er als erfrischend. Und er musste zugeben, die Zankereien zu genießen.

Anstoß Hannes.

Hannes spielt ab zu Katrin.

Katrin gibt den Ball weiter an Lilly.

Lilly spielt zu Stefan.

Stefan will abspielen, doch Anna stellt sich ihm in den Weg.

Sie holt sich den Ball und gibt ab an Theo.

Katrin fälscht den Ball ab.

Der Ball fliegt im hohen Bogen über das Spielfeld.

Stefan springt in die Flugbahn des Balles.

Anna versucht, dazwischen zu gehen.

Stefan erreicht den Ball und köpft ihn in Richtung des Tores.
Er fällt und begräbt dabei Anna äußerst unsanft unter sich.
Tor!

»Anna?«

*

Anna spürte, wie jemand ihre Wange tätschelte. Langsam lichtete sich der Nebel, der sie umgab, und sie blickte in die angsterfüllten Augen von Hugo, Florian und Stefan.

»Lebt sie noch?« Sabine kam über das Spielfeld gerannt und blickte besorgt auf ihre Freundin.

»Was soll das heißen? Lebt sie noch!« Anna stieß Stefan in die Seite. »Dieser Trampel hat mich einfach umgeworfen.«

»Sie haben sich mir in den Weg gestellt.«

»So ein Quatsch. Das habe ich gar nicht getan.«

»Natürlich haben Sie das getan.«

»Habe ich nicht. Ich wollte den Ball spielen.«

»Das heißt, Sie wollten sich mit mir auf ein Kopfballduell einlassen? Ich bin schlappe zwanzig Zentimeter größer als Sie, Prinzessin.«

»Ich habe jedenfalls …«

»Mensch, Kinder, jetzt beruhigt euch mal wieder und hört auf zu streiten. Wie geht's deinem Kopf?« Sabine strich Anna die Haare aus der Stirn.

»Musst du jetzt sterben?« Lilly blickte besorgt auf Anna, die sich langsam aufrichtete. Doch sie lächelte dem kleinen Mädchen aufmunternd zu.

»Ehe ich sterbe, muss ein anderer sein Leben lassen.«

Lilly blickte Stefan ernst an. »Sie hat dich gemeint.«

»Das habe ich befürchtet. Vermutlich hat ihr süßes Köpfchen doch etwas abbekommen?« Er lächelte nur und hielt Anna seine Hand entgegen.

Liebend gerne hätte sie seine Hilfe ausgeschlagen, doch in Gegenwart der Kinder musste sie die Art seines Friedensangebotes annehmen. Sie griff nach seiner Hand, die sich warm und stark anfühlte. Sicher zog er sie in die Höhe. Als Anna ihre Hände schnellstmöglich aus seinem festen Griff zu befreien versuchte, geriet sie ins Straucheln.

Geistesgegenwärtig legte Stefan seinen Arm um ihre Taille und hielt sie fest. »Geht's wieder?«

Sie war überrascht, denn sie glaubte in seinen Augen so etwas wie Sorge entdeckt zu haben. In der Hoffnung, das Karussell in ihrem Kopf würde endlich aufhören, sich zu drehen, klammerte sie sich an seinem Arm fest.

»Danke. Mir geht es gut.«

»Sie sollten sich hinlegen. Ein wenig Ruhe wird Ihnen bestimmt guttun.«

Sabine deutete zum Haus. »In meinem Büro steht ein kleines Sofa.«

»Ich will mich nicht hinlegen.« Anna protestierte.

»Keine Widerrede.«

Unter ihren stetigen Einwänden griff Stefan beherzt nach ihr, hob sie auf seine Arme und trug sie zu dem alten Canapé in Sabines Büro.

»Soll ich einen Arzt rufen?« Sabine kniete sich vor das Sofa und hielt besorgt die Hand ihrer Freundin.

»Wehe, ihr ruft einen Arzt. Mir war nur kurz schwindelig. Lasst mich hier einfach ein paar Minuten liegen.«

»Aber …«

»Raus jetzt!« Bestimmend deutete Anna zur Tür.

*

Die Aufregung ebbte im Verlauf des Nachmittages ab. Während Sabine die Kinder im Garten beaufsichtigte, wurde es

Stefan nicht leid, zahlreiche Autogrammwünsche zu erfüllen. Zufrieden zogen sich die Jugendlichen in ihre Zimmer zurück.

Da Stefan sich eine Teilschuld an Annas Ausfall gab, entschied er sich, Florian, Theo, Hugo und Kevin bei ihrem Küchendienst zu unterstützen. Er hörte schon von weitem die Stimme der resoluten Köchin, die Anweisungen an ihre Gehilfen verteilte. Beim Eintreten in die Küche kam ihm Florian entgegen. Der kleine Junge erklärte, sich dringend nach dem Wohlbefinden der Patientin erkundigen zu müssen.

Berge mit schmutzigem Geschirr hatten sich in der Küche getürmt. Sämtliches weißes Porzellan war mit roter Soße überzogen. Als schon nach einer halben Stunde die letzten Teller in den Schränken verstaut waren, war Stefan durchaus überrascht, wie schnell sie ihre Aufgabe erledigt hatten.

Während Florian ständig in das nebenanliegende Büro rannte, um nach Anna zu schauen, wurden Theo und Kevin von ihren weiteren Pflichten entbunden. Stefan und Hugo erlösten die beiden und machten sich daran, die Erdbeeren in der großen Spüle zu säubern.

»Was führt dich eigentlich nach Marienhort? Arbeitest du auch hier?« Stefan musterte seinen Gehilfen von der Seite. Er wusste immer noch nicht, wie Hugo Lampertz in das Bild des Waisenhauses passte. »Es ist doch hoffentlich in Ordnung, wenn wir uns duzen?«

»Natürlich. Nein, ich arbeite nicht hier. Ich bin Landschaftsgärtner und komme nur ab und an vorbei, um die Frauen bei der Gartenarbeit zu unterstützen.« Konzentriert entfernte Hugo das Grün von den Erdbeeren. »Ich kenne Sabine und Anna schon viele Jahre. Seit Sabine die Heimleitung übernommen hat, versuche ich sie zu unterstützen, da das Budget zur Pflege und Instandhaltung des Außengeländes verschwindend gering ist. Bis vor ein paar Jahren war es den Kindern nicht mal möglich, draußen zu spielen. Wir mussten viel reparieren, und auch wenn es nicht so aussieht – du hättest es mal vorher sehen sollen.«

»Wie kommt es, dass ein so schönes und altes Gebäude wie dieses hier nicht vor dem Verfall gerettet wird?« Stefan füllte die gewaschenen Erdbeeren in eine große Schüssel und machte sich daran, die fruchtigen Köstlichkeiten in kleine Stücke zu schneiden.

»Es sind schon immer wieder Gelder hierher geflossen, die haben allerdings nur für das Nötigste gereicht.« Hugo ließ eine Beere in seinem Mund verschwinden. »Reparieren lässt sich hier nicht mehr viel. Man müsste alles erneuern, und das würde Unsummen verschlingen, zumal das Gebäude unter Denkmalschutz steht. Die Verwaltung der einzelnen Heime verfolgt außerdem ihr eigenes Ziel. Sie wollen eine neue, moderne Anlage bauen und alle umliegenden Kinderheime zusammenlegen. Daher werden auch keine weiteren Gelder für Reparaturen und Erneuerungen bewilligt. Marienhort ist als Erstes von der Schließung betroffen. Da dieses Projekt jedoch frühestens in drei Jahren fertiggestellt wird, müssen unsere Kinder vorläufig in anderen Heimen untergebracht werden. Sabine hat alles darangesetzt, die frühzeitige Schließung zu verhindern. Für sie ist eine Welt zusammengebrochen, als sie die Nachricht vom endgültigen Aus erhalten hat.«

»Gibt es denn keine weiteren Sponsoren oder Wohltäter, die Sabine bei der Finanzierung der Renovierung unterstützen könnten?«

»Sie darf das Geld nicht annehmen. Sämtliche Spenden fließen direkt zur Verwaltung, die natürlich für jeden Cent, den sie in das neue Projekt stecken können, dankbar ist.« Hugo betrachtete Stefan. »Sabine hat mir vorhin erzählt, dass du einen größeren Geldbetrag gespendet hast. Bereust du es schon?«

»Nicht einen Cent, schließlich kommt es trotz allem den Kindern zugute. Ich bin nur enttäuscht, dass es nicht auf direktem Wege passiert.«

Eine Weile arbeiteten die Männer schweigend weiter, ehe Stefan die Stille durchbrach. »Es will mir einfach nicht in den Kopf. Kann man denn nicht irgendetwas unternehmen?«

»Glaub mir. Ich habe schon alles Mögliche versucht.« Hugo schüttelte den Kopf, und in seinem Lachen klang die Enttäuschung durch. »Neulich habe ich eine Sendung im Fernsehen entdeckt, die schicksalsgebeutelten Familien bei der Renovierung ihrer Häuser unterstützt. Daraufhin habe ich an den Fernsehsender geschrieben und um Hilfe gebeten, doch die Hoffnung auf eine Antwort habe ich aufgegeben. Das war sowieso Quatsch.«

Stefan ließ sein Messer sinken.

»Hugo, du bringst mich auf eine Idee.« Er stand auf. »Ich muss kurz weg. Ist das in Ordnung?«

»Natürlich, die restlichen Erdbeeren schaffe ich schon allein.«

»Danke.« Stefan eilte in den Garten und bat Sabine, Florian zwei Stunden in seine Obhut zu übergeben. Irritiert bejahte sie. Noch ehe Sabine nachfragen konnte, wo er mit Florian hinwollte, hatte er die Stufen der Terrasse bereits überwunden und verschwand im Inneren des Hauses. Als er die Tür des Büros öffnete, unterhielt sich Florian angeregt mit Anna über das Fußballspiel.

»Flo, hast du Lust auf einen Ausflug?«

»Au ja.«

»Und Sie? Sind Sie wieder fit, Prinzessin?«

Anna hatte sich aufgesetzt. »Natürlich bin ich fit. Und hören Sie endlich auf, mich Prinzessin zu nennen.« Ihre Worte hatten einen bedrohlichen Unterton angenommen.

»Wann gehen wir denn?« Ungeduldig blickte Florian zu seinem großen Idol auf.

»Einen Moment noch, Flo.« Stefan wandte sich wieder Anna zu. »Anna, würden Sie uns begleiten? Es ist wichtig.«

»Wohin gehen wir denn?«

»Das kann ich Ihnen leider noch nicht verraten. Aber bitte vertrauen Sie mir!«

Anna lachte sarkastisch. »Ausgerechnet Ihnen?«

»Bitte.« Er hielt ihr seine Hand entgegen.

Skeptisch blickte sie zu ihm auf. Aber schließlich griff sie nach seiner Hand und ließ sich von ihm aufziehen.

»Wo ist denn Ihre Mappe mit den Zeichnungen und den Kalkulationen?«

Anna deutete auf Sabines Schreibtisch. »Die liegt dort. Wozu brauchen Sie die Unterlagen?«

»Vertrauen Sie mir einfach.« Stefan griff nach der Mappe und schob Anna und Florian anschließend aus dem Büro.

In der Hofeinfahrt parkte sein schickes Sport-Coupé, das Anna bereits von ihrer ersten Begegnung kannte. Höflich öffnete er die Beifahrertür und ließ Florian und Anna einsteigen, ehe er die Tür schloss und selbst hinter seinem Lenkrad Platz nahm.

»Sagen Sie mir jetzt, wohin wir fahren?«

Stefan grinste nur. »Sie nerven schon wieder.«

D R E I

Anna beobachtete Stefan von der Seite, während er seinen Wagen durch ein großes schmiedeeisernes Tor die Auffahrt entlang lenkte. Vor ihnen erhob sich eine großzügige Villa. Das Gebäude, das in zartem Gelb gehalten war, bestach durch Modernität und Exklusivität, dennoch wirkte es einladend und wohnlich. Anerkennend musterte Anna die Fassaden.

Wenn sich ihre Schlussfolgerungen bewahrheiten sollten, müsste dieses Haus einem Freund von Stefan Behrens gehören. Wenigstens glaubte sie, dies einem Telefonat entnommen zu haben, von dem sie während der Fahrt gezwungenermaßen Zeugin geworden war. Der Grund ihres Ausfluges und welche Person sich hinter Stefans Freund Carsten versteckte, blieb ihr dennoch weiterhin verborgen.

»Wer wohnt hier?« Florian griff nach der Rückenlehne und zog sich nach vorne, um einen besseren Blick auf das Gebäude zu erhaschen.

»Mein Freund Carsten Weigand wohnt hier.«

Anna wurde schlagartig klar, auf wen sie hier treffen würde. Sie selbst war Carsten Weigand zwar noch nie begegnet, doch war ihr sein Name durchaus ein Begriff.

»Carsten Weigand? Der Carsten Weigand vom SDF?« Anna blickte verwirrt zu Stefan.

»Sie kennen ihn?«

»Natürlich kenne ich ihn nicht.«

Florian stupste Anna mit den Fingern. »Was ist ein SPF?«

Anna drehte sich zu ihm um und lächelte. »Nicht SPF, sondern SDF. SDF ist eine Abkürzung und bedeutet *Süd-Deutsches-Fernsehen.*«

»Kommen wir ins Fernsehen?«

Stefan hatte den Wagen zwischenzeitlich vor der Garage geparkt und zog den Schlüssel aus dem Zündschloss. »Vielleicht. Wir können ihn ja fragen.«

Nachdem Anna den Sicherheitsgurt gelöst hatte und ausgestiegen war, klappte sie den Beifahrersitz nach vorne, um Florian behilflich zu sein.

Die Eingangstür öffnete sich, und eine attraktive, große Frau, mit langem schwarzem Haar und einer traumhaften Figur trat aus dem Haus. Anna wusste sofort, um wen es sich bei dieser wunderschönen Frau handelte: Esther Münch.

Esther Münch war beinahe täglich im Fernsehen zu bewundern. Ihr neuestes Projekt hatte sich in die Riege der Wohltätigkeits-Unterhaltung eingereiht. In ihrer Sendung Wohn(t)raum überraschte sie Menschen, die unverschuldet in Notlagen geraten waren. Mit einem großen Team an Handwerkern restaurierte sie in einem zweistündigen Zusammenschnitt allwöchentlich deren Häuser. Langsam dämmerte es Anna, worauf Behrens aus war.

»Stefan, wie nett.«

Esther ging die wenigen Stufen in den Hof und reichte ihm ein wenig unterkühlt, wie Anna befand, die Hand.

»Esther, meine Liebe. Schön, dich zu sehen.« Ehe Stefan die Möglichkeit hatte, Esther einen Kuss auf die Wange zu hauchen, kam Florian hinter dem Auto hervorgesprungen und zog Esthers gesamte Aufmerksamkeit auf sich.

»Wen haben wir denn hier?« Sie beugte sich vor und streckte Florian die Hand entgegen.

»Hallo, ich bin Flo, und wer bist du?« Er drückte Esthers Hand.

»Ich bin Esther.«

»Freut mich, dich kennenzulernen, Esther.« Florian strahlte sie bis über beide Ohren an. Sofort war die weltgewandte Moderatorin dem kleinen Jungen verfallen. »Das ist aber ein tolles Haus. Wohnst du hier?«

Esther streichelte über sein Haar. »Ja, ich wohne hier. Freut mich, wenn es dir gefällt.«

Anna gesellte sich zu der kleinen Gruppe. In ihrem unpassenden Outfit fühlte sie sich eingeschüchtert von der berühmten Persönlichkeit, der sie gegenüberstand. Esther richtete sich auf und reichte ihr die Hand.

»Esther Münch.«

»Anna Binder.«

Esther schaute überrascht drein. »Anna Binder? Kennen wir uns? Ihr Name kommt mir so bekannt vor.«

»Nicht, dass ich wüsste, Frau Münch.«

»Bitte, nennen Sie mich doch Esther. Kommt herein. Carsten ist auf der Terrasse.«

Die drei folgten ihr durch das großzügig gestaltete Haus. Anna fielen die kleinen architektonischen Raffinessen auf, die geschickt in die wohnlichen Linien des Hauses integriert waren. Doch wen wunderte es, Esther saß schließlich an der Quelle. Sie hatte sicherlich ein Auge für Architektur und ein Händchen für

Innengestaltung, aber den Entwurf und die Gestaltung eines Hauses wie diesem, traute Anna ihr doch nicht zu.

Das geräumige Wohnzimmer bot einen herrlichen Ausblick auf die Grünanlage. Die wuchtigen Glastüren zur Terrasse standen offen, und eine leichte Brise streifte erfrischend durch den Raum.

Carsten lümmelte in einem großen Korbsessel. Seine nackten Füße hatte er weit von sich gestreckt. Die Augen geschlossen, wandte er sein Gesicht der Sonne zu.

»Zu viel Sonne lässt die Haut altern. Hat man dir das noch nicht gesagt?« Stefan neigte sich über die Rückenlehne des Sessels und klopfte seinem Freund auf die Schulter.

»Machst du dir etwa Sorgen um mein jugendliches Aussehen?« Carsten öffnete die Augen. Er musterte Stefan und sein unrasiertes Gesicht. »Männer mit Bart sehen alt aus, hat man dir das noch nicht gesagt?«

»Touché.« Beide schmunzelten über diese kleine Stichelei.

»Und? Weißt du endlich, was du willst?«

»Ich will deine Hilfe.«

»Das ist ja mal was ganz Neues. Und womit kann ich dir helfen?«

»Ich brauche Esther.«

Carsten erhob sich. Erst jetzt bemerkte er, dass Stefan in Begleitung gekommen war. Seine Frau stand neben den Besuchern. Ihr Gesicht hatte von einer Sekunde zur nächsten jegliche Farbe verloren.

Ihr Blick verfing sich mit dem ihres Mannes, der ihre Unsicherheit bemerkte und die Hand nach ihr ausstreckte.

»Entschuldige bitte, Esther. Ich meinte natürlich *Wir* brauchen dich.« Der sonst so selbstsichere Fußballspieler zeigte sich plötzlich unbeholfen. Nervös sah er sich nach Florian und

Anna um. »Eigentlich geht es um Flo.«

»Was ist denn mit ihm?« Esther hakte sich bei ihrem Mann ein und blickte zu dem kleinen Jungen, der die Hand der blonden Frau fest umklammert hielt.

»Eigentlich geht es auch nicht direkt um Flo. Vielmehr geht es um Marienhort.«

»Du sprichst in Rätseln. Kannst du ein bisschen konkreter werden?« Carsten wusste nicht, worauf sein Freund hinaus wollte.

»Darf ich dir Anna Binder und Florian vorstellen? Ihr seid euch neulich schon im Café begegnet.«

»Angenehm. Carsten Weigand.« Carsten reichte Anna die Hand und klopfte Florian auf die Schulter. »Freut mich, dich kennenzulernen, Florian. Aber bitte, setzt euch doch.« Er deutete auf die einladende Sitzgarnitur.

Nachdem alle an dem großen Tisch Platz gefunden hatten, lehnte sich Carsten in seinem Stuhl zurück. »Jetzt bin ich auf deine Erklärung gespannt.«

»Kannst du dich noch an unser damaliges Gespräch erinnern?« Stefan blickte seinen Freund fragend an.

»Natürlich. Dass du dich noch erinnern kannst, wundert mich allerdings.«

»Jedenfalls habe ich an diesem Tag erfahren, dass Marienhort geschlossen werden soll. Marienhort ist das Waisenhaus, in dem Florian und seine Schwester leben. Ich war dort heute zu Besuch und wollte den Hort mit einem Scheck finanziell ein wenig unterstützen. Frau Binder hat mir jedoch sehr anschaulich verdeutlicht, dass es mit einer kleinen Finanzspritze nicht getan ist.« Er atmete tief durch. »Und an der Stelle kommt ihr ins Spiel.«

»Interessant. Erzähl' weiter.« Carsten streichelte die Hand

seiner Frau und lächelte sie liebevoll an.

Stefan blickte kurz auf die ineinander verschlungenen Finger der beiden und Anna kam nicht umhin sich zu fragen, in welchem Verhältnis die Drei zueinander standen.

»Kannst du mit deiner Sendung in den Marienhort kommen?«

»Das ist nicht so einfach.« Esther richtete sich auf, wich einem direkten Blickkontakt mit Stefan jedoch aus. »Wir haben pro Sendung nur ein bestimmtes Kontingent zur Verfügung. Wenn es in dem Rahmen liegt, kann ich gerne schauen, was ich für euch tun kann. Aber versprechen kann ich nichts. Die Entscheidung liegt letztendlich bei anderen. Um welche Summe handelt es sich denn?«

Unaufgefordert schob Anna ihr die Unterlagen über den Tisch zu.

»Oh mein Gott.« Fassungslos blätterte Esther durch die Dokumente. »Das ist nicht euer Ernst?«

»Ich dachte, wir könnten eine Spendenaktion damit verbinden.« Stefan beobachtete, wie Esther die Mappe ihrem Mann zuschob. Carsten überflog die Kalkulation und schüttelte den Kopf. »Also, wenn ich das richtig sehe, wäre es günstiger, das Gebäude abzureißen und neu zu bauen.«

Stefan raufte sich die Haare. »Das geht nicht. Das Haus steht unter Denkmalschutz.«

Anna spürte, wie Esther sie musterte, doch ihrem zunächst kritischen Blick folgte ein offenes und warmes Lächeln. »Anna Binder.«

»Ja.« Unsicher wandte sich Anna der Moderatorin zu.

»Mir fiel eben ein, wo ich Ihren Namen schon einmal gehört habe.«

Anna schüttelte verwirrt den Kopf.

»Sie haben letztes Jahr den *Traditional-Future-Award* gewonnen.«

»Ja, das stimmt.«

»Ihre Arbeit hat mich sehr inspiriert.«

»Vielen Dank.« Anna sah sie verlegen an. Damals war ihr nicht bewusst gewesen, welche Aufmerksamkeit mit diesem Preis verbunden war. Im vergangenen Jahr hatten sogar mehrere Fachzeitschriften wegen Interviews bei ihr nachgefragt. Dem ein oder anderen schien ihr Name daher nun bekannt zu sein – vor allem regional. Aber dass eine Persönlichkeit wie Esther Münch sie kannte, damit hatte sie nicht gerechnet.

»Liebling, kannst du dich noch an die Reportage über das alte Bauernhaus erinnern? Das ist eines der Projekte von Frau Binder.« Esther wandte sich wieder an Anna. »Wir haben wochenlang versucht, Sie zu erreichen, doch das Architekturbüro, für das Sie arbeiten, hat uns immer wieder vertröstet. Wie konnte Stefan Sie dazu überreden, für ihn zu arbeiten?«

»Ich arbeite nicht für Herrn Behrens. Meine Freundin, Sabine Haller, leitet das Waisenhaus. Die Pläne und Kalkulationen für die Renovierung habe ich für sie erstellt. Für das Büro Thalmann arbeite ich nur freiberuflich. Von Ihren Anrufen wusste ich leider nichts. Weshalb wollten Sie mich denn sprechen?«, fragte sie unsicher nach.

»Wir wollten ihnen anbieten, in unserem Team zu arbeiten.«

»Sie meinem im Wohn(t)raum-Team?« Die Überraschung über das unerwartete Angebot stand Anna ins Gesicht geschrieben.

»Ja. Wir suchen händeringend nach neuen Architekten, die sich vor allem auf Restauration und Sanierung verstehen und dennoch inspiriert und modern denken. Wenn ich mich nicht täusche, kennen Sie sich auch mit erneuerbaren und alternativen Energien aus. Ich würde mich freuen, wenn wir uns in Ruhe mal über dieses Thema unterhalten könnten. Natürlich nur, wenn Sie Interesse haben.«

»Sehr gerne.«

Esther widmete sich wieder Florian, der die ganze Zeit über artig auf seinem Stuhl gesessen und den Erwachsenen gelangweilt zugehört hatte.

»Sollen wir zusammen in die Küche gehen und schauen, ob wir für dich eine Limonade finden?«

»Au ja.«

Esther stand auf und reichte ihm die Hand. »Und den anderen bringen wir dann auch gleich etwas mit.«

»Kann ich Ihnen helfen?« Anna hatte ihren Stuhl zurückgeschoben.

»Sehr gern. Kommen Sie mit.«

Die beiden Frauen verschwanden mit Florian im Haus, während Carsten und Stefan allein auf der Terrasse zurückblieben.

*

»Was ist das hier für eine Aktion?« Carsten sah seinen Freund prüfend an.

»Was meinst du?«

»Komm schon. Du bist doch nicht von heute auf morgen zu einem Helden geworden, der die Waisen retten will. Wäre diese Anna dein Typ, würde ich sagen, du machst es wegen ihr, weil du scharf auf sie bist. Aber sie ist nun mal nicht die Sorte Frau, die dir gefällt. Warum machst du das also?«

»Ganz ehrlich?«

»Ja, ich bitte darum.«

»Ich weiß es selbst nicht so genau.« Stefan hielt kurz inne

und überlegte. »Zuerst ging mir der Kleine nicht aus dem Kopf. Seine Eltern sind bei einem Autounfall ums Leben gekommen. Er hat nur noch seine Schwester. Frau Haller hat mir erzählt, wie sehr sie dafür kämpfen musste, dass die Geschwister gemeinsam im Marienhort untergebracht werden konnten. Bei einer Schließung würden sie vermutlich wieder auseinandergerissen. Ich habe Florian damals im Café Karten für das Auftaktspiel versprochen, und als ich sie heute Morgen in den Händen hielt, habe ich mich dazu entschlossen, ihm die Karten selbst vorbeizubringen.« Er fuhr sich durchs Haar. »Auf der Fahrt habe ich mir Gedanken gemacht, wie ich Frau Haller und den Kindern helfen könnte. Deshalb der Scheck. Die Architektin hat mir jedoch eindrücklich klargemacht, was mit dem Geld tatsächlich passieren wird. Anscheinend plant deren Hauptverwaltung ein neues Heim – was in erster Linie ja nicht schlimm ist. Allerdings müssten die Kinder bis zur Fertigstellung in anderen Heimen untergebracht werden. Ich war schockiert, überhaupt nichts für Florian und die anderen Kinder tun zu können. Einer der freiwilligen Marienhort-Helfer hat mir dann erzählt, dass er sich vor Monaten im Fernsehen für Marienhort beworben hat, und das hat mich zu euch geführt.«

»Dir ist es also wirklich ernst mit der Sache?« Carsten saß aufrecht am Tisch und strich über die Mappe.

»Natürlich, sonst wäre ich nicht hier.«

»Dann werde ich sehen, was ich für euch tun kann. Versprechen kann ich allerdings nichts.«

Stefan legte seine Hand auf Carstens Schulter.

»Danke. Das weiß ich zu schätzen. Und wegen der Sache vorhin mit Esther …«

Er gönnte den beiden ihr Glück aus tiefstem Herzen, zumal er um die schicksalhafte Geschichte wusste, die sie alle drei miteinander verband. Seit Jahren gingen er und Esther sich erfolgreich aus dem Weg. Er wusste, wie sehr sie Kinder liebte, und hoffte, dass sich Esther, wenn sie einmal wusste, worum es ging, bereiterklären würde dem Waisenhaus zu helfen.

Carsten winkte ab. »Schon okay. Gib ihr nur ein wenig Zeit.«

»Geht es ihr denn gut?«

»Manchmal ja. Manchmal nein.« Carsten stand auf. »Lass uns ein paar Schritte gehen.«

*

Als die Frauen mit Florian wieder auf die Terrasse zurückkehrten, standen die Männer abseits an der Gartenlaube. Carsten hatte Stefan eine Zigarre angeboten, und sie unterhielten sich angeregt.

»Wollt ihr etwas trinken?«, rief Esther ihnen zu.

»Wir kommen gleich«, antwortete ihr Mann.

»Hast du Lust *Mau Mau* zu spielen?« Sie strich über Florians Haare.

»Was ist *Mau Mau?*« Florian trank einen großen Schluck Limonade.

»Was? Du kennst *Mau Mau* nicht?« Esther zeigte ein entsetztes Gesicht und legte ihre Hand gespielt entrüstet auf die Brust.

Florian lachte herzlich. »Nein. Das kenne ich nicht.«

»Dann muss ich es dir wohl beibringen. Hast du Lust?«

»Au ja.«

»Ich hole kurz die Karten.« Lächelnd verschwand Esther im Haus.

»Du, Anna?« Florian lehnte sich etwas näher zu ihr.

»Ja, Schätzchen.«

»Kannst du *Mau Mau* spielen?« Er blickte zu ihr auf und

Anna spiegelte sich selbst in den großen, blauen Augen des kleinen Jungen wider.

»Ja, das kann ich. Soll ich dir nachher helfen?«

»Wobei soll sie dir helfen?« Während Carsten sich damit beschäftigte, die Blumen an der Gartenlaube zu gießen, war Stefan unbemerkt näher gekommen. Interessiert hatte er Annas letzte Worte aufgeschnappt.

Die ganze Situation schien Anna unwirklich. Heute Morgen hatte sie noch bei Sabine im Büro gesessen und versucht, ihre Freundin zu trösten. Danach hatte sie Fußball gespielt und das nicht mit irgendjemandem – nein, mit Stefan Behrens. Und jetzt war sie zu Gast bei zwei prominenten Persönlichkeiten, schlürfte deren Limonade und spielte mit ihnen *Mau Mau*.

»Esther spielt mit mir *Mau Mau* und Anna hilft mir, weil ich das Spiel nicht kenne.«

»Ich«, Stefan streckte seine Arme in die Höhe und ließ seine Muskeln spielen, »bin der Champion im *Mau Mau* spielen. Aber wenn du lieber mit Anna spielen möchtest …«

Florian sah abwechselnd zu Anna und Stefan, bis sie ihm schließlich die Entscheidung abnahm.

»Nun mach schon und spiel' mit ihm. Aber beklage dich hinterher nicht, wenn ihr gegen mich verliert.«

Stefan setzte sich und lachte höhnisch. »Nie im Leben werden wir gegen Sie verlieren, Prinzessin.« Er ignorierte Annas wütenden Blick, winkte Florian zu sich und hob ihn auf seinen Schoß.

*

»Es hat mich sehr gefreut, Sie kennenzulernen, Anna.« Esther reichte ihr die Hand zum Abschied. »Ich melde mich in den nächsten Tagen dann bei Ihnen. Vielleicht können wir einen Termin vereinbaren.«

»Sehr gern. Vielen Dank für Ihre Gastfreundschaft.« Anna schenkte Esther ein Lächeln. Sie hätte nie gedacht, dass eine Frau wie Esther Münch so freundlich und offen sein konnte. Mit ihrem Aussehen und ihrem Erfolg wäre es ihr nicht zu verdenken gewesen, wenn sie sich hochnäsig und arrogant gezeigt hätte. Davon war jedoch keine Spur. Im Gegenteil. Anna hatte nie das Gefühl, nicht willkommen gewesen zu sein, und dass, obwohl sie mehr oder weniger unangekündigt, in alten Arbeitsklamotten mit Spaghetti-Flecken und zerzaustem Haar hier einfach aufgetaucht war.

Esther beugte sich zu Florian und gab ihm die Hand.

»Und du, sei nicht traurig. Das nächste Mal spielst du eben mit Anna. Dann gewinnst du bestimmt.«

»Ich bin nicht traurig. Stefan hat mir dafür ein Eis versprochen.« Er grinste. »Kommst du mich mal besuchen?« Florian blickte sie erwartungsvoll an.

»Ich komme dich sehr gerne besuchen.« Esther drückte den kleinen Jungen herzlich an ihre Brust.

»Super. Dann zeig’ ich dir alle unsere Spielsachen. Auf Wiedersehen, Herr Weigand.« Wie es sich gehörte, gab Florian Carsten zum Abschied die Hand, ehe er zu Stefans Auto rannte. Auch Anna verabschiedete sich von Carsten Weigand. Sie folgte Florian zum Wagen und half ihm, sich anzuschnallen.

»Versprich mir, dass du dich darum kümmerst.« Stefan nahm seinen Freund kameradschaftlich in den Arm.

»Ich werde sehen, was sich machen lässt. Versprechen kann ich allerdings nichts. Lass uns morgen noch einmal telefonieren.«

»Danke dir.« Stefan klopfte ihm auf die Schulter. »Und dir danke ich auch.« Er sah Esther tief in die Augen. »Wirklich. Vielen Dank, Esther.«

Sie vermied es, ihn anzusehen. »Gern geschehen. Bring die beiden wieder gut nach Hause.«

Stefan hauchte Esther einen Kuss auf die Wange und ging zu seinem Wagen. Während er das Fahrzeug aus dem großen Hof zurück zur Straße lenkte, saß Florian auf dem Rücksitz und winkte Esther begeistert zu.

*

Esther hatte sich mit einem Arm bei ihrem Mann eingehakt und verabschiedete sich winkend von ihrem kleinen Freund.

»Ich hätte nie gedacht, dass ausgerechnet ein Kind ihn einmal so weit bringen würde, sich für etwas einzusetzen. Es scheint ihm wirklich viel daran zu liegen.« Sie schmiegte sich an ihren Mann und sah dem Auto hinterher, das auf die Straße einbog.

»Und wie geht es dir dabei?« Carsten küsste seine Frau zärtlich auf die Stirn und blickte liebevoll auf sie herab.

»Ich weiß es nicht. Aber ich weiß, dass ich dich über alles auf dieser Welt liebe.« Sie hob den Kopf und küsste ihren Mann.

*

»Sie und Esther haben sich ja prächtig verstanden.« Stefan lenkte seinen Wagen durch die Stadt. Am Horizont konnte man dunkle Gewitterwolken erkennen. Es würde nicht mehr lange dauern, bis sich die Himmelsschleusen öffnen würden.

»Ich finde sie sehr nett. Ich dachte immer, dass Menschen die ständig im Rampenlicht stehen, zu einer Konversation mit normalen Sterblichen nicht fähig seien.« Den Seitenhieb auf ihn konnte sie sich nicht verkneifen. »Daher war ich positiv überrascht, dass sie und ihr Mann so aufgeschlossen und herzlich waren.«

»Sagen Sie jetzt bloß nicht, dass wir beide nicht in der Lage sind, eine normale Konversation zu führen.« Er grinste und sah kurz zu ihr rüber. »Okay, wir hatten unsere Anfangsschwierigkeiten. Aber geben Sie es zu, ich bin ein verdammt netter Kerl. Oder was meinst du, Flo?« Stefan blickte in seinen Rückspiegel, doch Florian konnte ihm nicht mehr antworten. Er war auf dem Rücksitz eingeschlafen.

»Sehen Sie, auch er möchte Ihnen auf diese Frage nicht antworten. Vermutlich will er Ihnen eine Enttäuschung ersparen.«

»Sie brechen mir das Herz, Anna.«

»Und Sie hätten mir heute Mittag beinahe das Genick gebrochen, als Sie auf mich gefallen sind. Ich denke, wir sind quitt.«

Stefan lachte. »Sie sind wohl nie um eine Antwort verlegen?«

»Niemals«, ließ sie ihn wissen.

Während Stefan sich weiter auf den Verkehr konzentrierte, blickte Anna verträumt aus dem Fenster. Esther hatte ihr das Angebot gemacht, für sie zu arbeiten. Sie könnte mit ihren Ideen dazu beitragen, aus alten Ruinen, bewohnbare Wohnträume zu schaffen. Doch letztlich blieb die Frage offen, ob Stefan es wirklich geschafft hatte, Carsten Weigand und Esther Münch von seiner Idee zu überzeugen, aus Marienhort ein TV-Projekt zu machen.

Anna kam plötzlich wieder das entsetzte Gesicht von Esther in den Sinn, nachdem Stefan erklärt hatte, sie zu *brauchen*. Allgemein war der Umgang zwischen den beiden sehr kühl. Vielleicht mochten sie sich ja nur nicht. Dies war ja oftmals der Fall zwischen Ehefrauen und den besten Freunden des Mannes. Oder vielleicht hatten die beiden ja auch mal ein Verhältnis gehabt? Anna verwarf den Gedanken sofort wieder. Carsten Weigand wäre nie im Leben mit einem Mann befreundet, der seine Frau angefasst hätte.

»Könnten wir Frau Haller vorerst nichts von unserem Ausflug erzählen? Ich möchte ihr keine falschen Hoffnungen machen«, erklärte Stefan.

»Ich möchte Sabine ungern anlügen, doch ich denke auch, dass es das Beste ist, wenn sie vorerst nichts davon erfährt. Aber was machen wir mit Florian?«

»Den bestechen wir mit einer Portion Eis.«

Anna nickte zustimmend. »Das könnte funktionieren.«

Wenige Minuten bevor sie Marienhort erreichten, wachte Florian wieder auf. Wie erwartet zeigte er sich begeistert von dem Handel, den ihm Stefan anbot. Sein Schweigen gegen so viel Eis, wie er essen konnte. Doch allein die Tatsache, dass ihn ein Geheimnis mit Stefan und Anna verband, ließ ihn glücklich und stolz strahlen.

Sowie der Wagen zum Stehen kam, fielen die ersten großen Regentropfen auf die Windschutzscheibe. Anna, die sich an diesem Morgen entschieden hatte mit dem Rad zu fahren, wollte sich nur noch von Sabine verabschieden und sich dann umgehend auf den Heimweg machen. Erstens hätte sie eventuell noch die Chance, vor dem großen Gewitter ihr Ziel zu erreichen, und zweitens hätte Sabine so keine Gelegenheit, sie über ihren Ausflug auszufragen.

Denselben Gedanken musste auch Stefan dazu getrieben haben, sich gleich am Wagen von Florian zu verabschieden. »Tschüss, Champ. Mach es gut.«

Florian sah ihn enttäuscht an. »Kommst du nicht mehr mit rein? Es gibt doch Erdbeerkuchen.«

»Nein, tut mir leid.« Er legte ihm kameradschaftlich die Hand auf die Schulter. »Sei nicht enttäuscht. Ich komme in den nächsten Tagen auf jeden Fall vorbei. Schließlich muss ich meine Schulden noch bei dir begleichen.«

Florian nickte.

»Gib mir fünf.« Stefan streckte ihm die Hand entgegen, woraufhin Florian eifrig mit seiner Hand dagegen schlug.

»Flo, ich muss auch los. Sonst bin ich pitschenass, bis ich zu Hause bin.« Anna strich dem Kleinen über den Kopf.

»Das werden Sie sowieso.« Stefan lachte und deutete zum Himmel.

Florian zog eine enttäuschte Schnute. »Schade, dass du auch schon gehst. Wir hätten doch noch *Mau Mau* spielen können.«

Anna lächelte liebevoll. »Ein anderes Mal bestimmt. Und jetzt geh rein, bevor du noch nass wirst.«

Der Junge drehte sich um und rannte an Sabine vorbei ins Haus.

»Tschüss Anna. Tschüss Stefan. Hallo Sabine.«

»Da hat es aber einer eilig.« Sabine kam die wenigen Stufen herab in den Hof.

»Eilig: Das ist mein Stichwort. Sabine, sei mir bitte nicht böse, aber ich muss los.« Anna kam ihrer Freundin entgegen und drückte sie zum Abschied fest an sich.

»Wie? Du kommst nicht mehr mit ins Haus? Ich dachte, du erzählst mir von eurem Ausflug?« Sabine blickte sie wissbegierig an. Man konnte förmlich spüren, wie neugierig sie war.

»Lass uns morgen telefonieren. Dann erzähle ich dir alles, versprochen. Jetzt muss ich aber los.«

Anna spürte, dass die Regentropfen auf ihrer Haut immer größer wurden.

»Aber Sie kommen noch herein, Herr Behrens?«

»Leider nein, Frau Haller. Aber ich komme in den nächsten Tagen noch einmal vorbei. Ich habe Florian versprochen, mit ihm Eis essen zu gehen.«

Die Regentropfen wurden von Sekunde zu Sekunde mehr.

»Anna, bleib doch hier. Du schaffst es doch nicht mehr trocken nach Hause.« Sabine stellte sich schutzsuchend unter das Vordach der Eingangstür.

»Ich kann Sie auch gerne mitnehmen.« Stefan deutete auf seinen Wagen.

»Ich glaube nicht, dass wir in dieselbe Richtung fahren.« Anna schwang sich auf ihren Drahtesel, den sie neben den Eingangsstufen geparkt hatte, und winkte den beiden zum Abschied zu. »Tschüss.«

Sabine rief ihrer Freundin hinterher. »Soll ich dir nicht wenigstens meine Regenjacke holen?«

»Nein, danke, das geht schon so. Tschüss.«

*

Stefan reichte Sabine die Hand. »Gehen Sie lieber rein, bevor Sie auch noch ganz nass werden.«

»Vielen Dank, dass Sie sich so viel Zeit genommen haben, Herr Behrens.«

»Gern geschehen. Ich hatte heute sehr viel Spaß. Auf Wiedersehen. Frau Haller.«

»Auf Wiedersehen.«

Just in dem Augenblick, als Stefan sicher in seinem Auto saß, begann es in Strömen zu regnen. Es blitzte und donnerte zugleich. Es schien beinahe so, als ob jemand die Sonne ausgeschaltet hätte.

Stefan wusste zwar nicht, wo Anna wohnte, doch musste die robuste Architektin jetzt komplett durchgeweicht sein. Nachdem er ungefähr einen Kilometer mit dem Wagen zurückgelegt hatte, sah er sie triefend nass durch den Regen radeln. Um eine Unterstellmöglichkeit zu finden, müsste sie mindestens noch einen weiteren Kilometer zurücklegen. Denn während sich auf der einen Straßenseite ausschließlich umzäunte Privatgrundstücke befanden, lagen auf der anderen Seite nur Felder und Wiesen.

Stefan bremste sein Fahrzeug ab und passte sich Annas Geschwindigkeit an. Mit einem Knopfdruck ließ er das Fenster der Beifahrertür herunter.

»Sind Sie sicher, dass ich Sie nicht doch mitnehmen soll?«

»Kein Problem, ich habe es nicht mehr weit.« Das Sprechen fiel Anna schwer, denn der Regen peitschte geradezu in ihr Gesicht.

»Seien Sie nicht kindisch, ich nehme Sie mit.«

»Das müssen Sie wirklich nicht, ich … Aah … Verdammt.« Es begann zu hageln. Anna neigte den Kopf, damit sie die Hagelkörner nicht im Gesicht trafen. »So ein Mist.«

Stefan fuhr mit seinem Wagen ein Stück vor und hielt an. Während er Anna dazu nötigte von ihrem Rad abzusteigen, öffnete sich sein Kofferraum auf Knopfdruck automatisch.

»Steig ein.«

Er musste sie leicht anschreien, denn das Gewitter um sie herum machte einen höllischen Lärm.

»Aber ich bin klatschnass.«

Stefan sah an ihr herunter und bemerkte, wie aus ihrem schlabbrigen Shirt ein hautenges Oberteil geworden war, das die Rundungen ihrer eher üppigen Figur sehr vorteilhaft zur Geltung brachte.

»Hast du etwa Angst um meine Sitze?« Er hievte das Fahrrad in seinen Kofferraum und befestigte den Kofferraumdeckel mit einem Band.

»Los. Steig endlich ein. Ich mach das hier nur noch fest.«

Anna stieg, wie geheißen, in den Wagen.

Nur wenige Augenblicke später öffnete Stefan die Fahrertür

und ließ sich in den Wagen fallen. Hastig schloss er die Tür wieder. Er blickte an sich herab und betrachtete seine durchnässten Klamotten.

Schlagartig beschlugen die Scheiben.

»Du weißt schon, dass wir uns das alles hätten sparen können, wenn du gleich auf meinen Vorschlag eingegangen wärst?« Seine Finger drückten an zahlreichen Knöpfen und das Gebläse begann zu arbeiten.

Sie sah ihm zu, wie er sich seine nassen Haare aus dem Gesicht strich und stellte beiläufig fest: »Ich fahre immer bei Regen. Das erspart mir sowohl die Waschmaschine als auch eine Dusche.«

Sie runzelte die Stirn und musterte eine dunkelrot verfärbte Stelle auf seiner Wange. »Du blutest ja.«

Stefan lächelte, da ihm nicht entgangen war, dass auch sie ihn ganz selbstverständlich duzte. Er strich sich mit dem Handrücken über die Wange und sah, wie sich das Blut mit den Regentropfen auf seiner Haut vermischte.

»Halb so wild. Ich bin mit dem Haken vom Sicherungsband abgerutscht. Hier müssten doch noch irgendwo Taschentücher sein.« Er beugte sich zur Beifahrerseite und öffnete das Handschuhfach. Hilflos tastete er darin nach einer Packung Papiertaschentüchern. Anna war ihm in diesem Augenblick so nahe, dass sie automatisch den Atem anhielt. Erst, als er sicher in seine Sitzposition zurückgekehrt war, erlaubte sie sich, wieder Luft zu holen. Aufgeregt hob und senkte sich ihr Brustkorb, und sie erschauderte.

»Alles in Ordnung? Du wirst doch keine Angst vor mir haben?« Er grinste sie spöttisch an.

»Mir ist nur kalt, weiter nichts.«

Anna schlang die Arme um sich. Die feinen Haare an ihrem

Arm standen senkrecht in die Höhe.

Da Stefan kein Taschentuch oder Vergleichbares in seinem Handschuhfach fand, nahm er den Ärmel seines Shirts und wischte sich das Blut damit ab. Doch wenngleich die Wunde nicht sonderlich groß war, füllte sie sich erneut mit Blut.

Ehe er sein Shirt wiederholt zweckentfremden konnte, zog Anna einige völlig durchweichte Taschentücher aus ihrer Hosentasche und reichte ihm eines davon. Er nahm es dankbar entgegen und presste es fest auf die Wunde. Ein prüfender Blick in die Außenspiegel ließ ihn wieder sicher in den Straßenverkehr zurückkehren. Er bemerkte, dass Anna den Sicherheitsgurt anlegte, und tat es ihr nach.

Wenige Augenblicke später nahm er das Taschentuch von der Wunde und wagte einen ersten Blick in den Rückspiegel. Erneut färbte sich die Stelle dunkelrot. Wie selbstverständlich nahm ihm Anna das verblutete Papiertaschentuch ab und drückte ihm ein sauberes gegen die Blessur in seinem Gesicht. Endlich entspannte er sich, da er sich nun voll und ganz auf die Fahrt und den Verkehr konzentrieren konnte.

»Danke.«

»Keine Ursache.«

»Wo wohnst du eigentlich?«

»Am besten du fährst in Richtung Stadion. Den Weg kennst du ja sicherlich.«

»Du wohnst in der Nähe vom Stadion?«

»Das habe ich nicht gesagt. Ich sagte nur, du sollst in diese Richtung fahren.«

»Du machst es aber richtig spannend.« Er drehte den Kopf zu ihr, und Anna hatte Mühe, das Taschentuch weiterhin gegen die Wunde zu drücken. Gekonnt wich sie seinem Blick aus.

»Wir Frauen brauchen eben unsere Geheimnisse.«

Er schmunzelte, ging aber nicht weiter darauf ein. Stattdessen fragte er sie: »Wird es schon wärmer?«

»Ein wenig. Danke.«

*

Eine Zeitlang saßen sie schweigend nebeneinander, bis plötzlich das Surren von Annas Handy die Stille durchbrach. Sie griff in ihre Hosentasche und zog ihr Smartphone heraus. Als sie es in der Hand hielt und den Namen ihrer Schwester las, lag ein Lächeln auf ihrem Gesicht.

»Hallo Alex.«

»Hallo Schwesterchen«, begrüßte sie Alex. »Wo treibst du dich herum?«

»Ich bin eben auf dem Weg nach Hause. Warum?«, fragte Anna interessiert nach. »Bist du in der Stadt?«

»Ja. Ich bin in einer halben Stunde bei dir. Mutti lässt dir übrigens ausrichten, dass du den Sommerball nicht vergessen sollst.«

»Ist etwa schon wieder ein Jahr vorbei?« Sofort verfinsterte sich Annas Miene. »Sie weiß doch, wie ich dieses Fest hasse. Müssen wir da wirklich hin?«

»Komm schon. Das wird bestimmt lustig.«

»Mal sehen.« Anna sah sich nach ihrem unfreiwilligen Zuhörer um. »Wir können ja später noch darüber sprechen.«

»In Ordnung. Bis nachher.«

»Ja, bis später. Tschüss.«

Anna legte auf und schob ihr Handy zurück in die Hosentasche.

»Dein Freund?«

»Warum? Eifersüchtig?« Anna schmunzelte.

»Total. Sieht man das nicht?« Er drehte den Kopf in ihre Richtung und zwinkerte ihr zu.

»Idiot.« Anna lachte vergnügt, und Stefan, der die weniger charmante Betitelung richtig zu deuten wusste, stimmte in ihr Lachen mit ein.

»Wir sind jetzt gleich am Stadion.« Er deutete mit der Hand in Fahrtrichtung. Von weitem konnte man bereits das große, imposante Bauwerk erkennen.

»Du kannst auf dieser Straße bleiben.«

Sie fuhren weiter die Straße entlang und während Anna erneut das Papiertaschentuch wechselte, hatten sie das Stadion bestimmt schon drei Kilometer hinter sich gelassen und waren bereits in einem der Vororte angekommen.

»Langsam frage ich mich wirklich, wohin du mich entführst.«

Endlich hatte die Blutung gestoppt. Sie entfernte die letzten Reste des Taschentuchs, das sich in seinen Bartstoppeln verfangen hatte. Ihre Augen begannen zu leuchten.

»In eine andere Welt.«

Anna hatte zwei Jahre zuvor außerhalb der Stadt einen alten, heruntergewirtschafteten Bauernhof gekauft. Mit den Plänen zum Umbau des Hofes hatte sie damals den *Traditional-Future-Award* gewonnen.

Der Hof war ihr Ein und Alles. Ihr Schatz. Ihr Baby. Jede freie Minute investierte sie in ihr Heim. Sie sehnte sich nach dem Tag, an dem sie endlich ihr Traumhaus beziehen konnte. Doch der lag noch in weiter Ferne. Um nicht länger in der Stadt wohnen zu müssen, hatte sie daher zunächst aus einem der alten Stallgebäude ein behagliches Ein-Zimmer-Appartement für sich gezaubert und bewohnte dieses seit einigen Monaten.

Stefan schmunzelte nur. »Jetzt machst du mich neugierig.«

»Da vorne musst du abbiegen.«

Stefan, der durch den starken Regen in seiner Sicht beeinträchtigt war, fuhr langsamer, um die Abfahrt nicht zu verpassen. Nach nur wenigen Augenblicken waren sie auf einer Straße angelangt, die durch ein Waldstück führte.

»Hier geht es rechts ab.«

Stefan stoppte den Wagen abrupt an der Abfahrt.

»Das ist nicht dein Ernst?« Argwöhnisch begutachtete er den aufgeschwemmten und matschigen Waldweg.

»Schon gut. Du musst nicht weiterfahren. Ich werde hier aussteigen.« Anna löste den Sicherheitsgurt. »Kannst du mir nur kurz sagen, wie sich die Halterung am Kofferraum öffnen lässt?« Sie hatte die Hand schon am Türgriff, als sich der Wagen wieder in Bewegung setzte. Gekonnt lenkte er das Coupé über den Weg. Hin und wieder drehten die Räder durch, und der Matsch spritze so hoch, dass die Windschutzscheibe nach wenigen Augenblicken verschmiert war.

»Ich hoffe, dir ist bewusst, dass du mir eine Autowäsche schuldest«, knurrte Stefan.

Nach ungefähr dreihundert Metern lichtete sich der Wald, und ein kleiner idyllischer Bauernhof kam zu Vorschein.

»Ist das nicht der Hof von deinen Plänen?« Stefan stellte den Wagen so nah wie möglich an der Haustür ab.

»Woher kennst du meine Pläne?«, fragte sie misstrauisch.

»Hast du schon vergessen? Deine Mappe ist doch im Café umgefallen. Und es ist durchaus möglich, dass ich beim Aufsammeln der Papiere kurz einen Blick darauf geworfen habe.«

Anna war sich unsicher, wie sie sich verhalten sollte. Eigentlich hatte sie keine große Lust, ihn hereinzubitten. Andererseits hatte er sie vor dem Hagel bewahrt und sich noch dazu verletzt, als er ihr Rad versorgte. Er war ebenso durchnässt wie sie selbst, daher beschloss sie, ihm zumindest ein Handtuch anzubieten und seine Wunde zu verarzten.

Nachdem sie einen Schlüsselbund aus ihrer Hosentasche gezogen hatte, deutete sie auf seine Wange.

»Komm mit rein. Ich gebe dir ein Pflaster.« Unvermittelt öffnete sie die Wagentür und sprang hastig unter das Vordach am Eingang. Dann wartete sie darauf, dass sich Stefan zu ihr gesellte. Mit einem lautstarken Ächzen und Stöhnen öffnete sich die alte Holztür.

»Erschrick nicht. Das Haus befindet sich momentan noch im Rohbau. Ich wohne eigentlich in einem kleinen Appartement im Nebengebäude.« Anna trat ein und machte sich schnurstracks auf den Weg in das alte Badezimmer, das vorübergehend noch intakt war. Nachdem sämtliche Schubladen von ihr durchwühlt worden waren, hielt sie die beiden Verpackungen mit den Pflastern wie Siegestrophäen in die Höhe. Die richtige Wahl fiel ihr nicht schwer, weshalb sie sich ein erwartungsvolles Schmunzeln nicht verkneifen konnte.

*

Stefan war viel zu interessiert an Annas Haus, um in der Diele stehen zu bleiben. Neugierig schaute er sich um. Er inspizierte ein großes Loch in der Decke. Eine Leiter war dagegen gelehnt und verband die beiden Stockwerke miteinander. Sein Blick fiel in den angrenzenden Raum zu seiner Rechten. Voller Entdeckerfreude trat er ein und beobachtete die Regentropfen, die gegen die Sprossenfenster schlugen und ihm einen verschwommenen Ausblick in den Hof gewährten. Der Fliesenspiegel aus dezenten Creme-Tönen ließ darauf schließen, dass er sich in der Küche befinden musste.

Eine rustikale Flügeltür zog seine Aufmerksamkeit auf sich. Er ging die wenigen Schritte darauf zu und ließ seine Hände über die eingearbeiteten Muster im Holz gleiten. Bewundernd drückte er die alte Klinke nach unten. Völlig überwältigt von den Eindrücken des dahinterliegenden Raumes blieb sein Mund offenstehen. Über ihm prasselte der Regen auf das große Glasdach. Es war, als stünde er im Freien. Nur eine hohe Glasfassade trennte ihn vom Gewitter.

Der Wohnbereich hatte eine angenehme Größe. Nur ein kleiner Schwedenofen stand darin. Sofort fingen seine Augen ein imposantes Gemälde ein, das sich über den Großteil einer Wand erstreckte. Stefan konnte moderner Kunst noch nie sonderlich viel abgewinnen, doch dieses Bild war anders als alles, was er bis jetzt gesehen hatte. Es wirkte unaufdringlich und beruhigend, dennoch faszinierend und anziehend.

Ein lautstarkes Donnergrollen direkt über ihm lenkte seine Aufmerksamkeit wieder zurück ins Freie. Die weitläufige Wiese mit den Obstbäumen luden ihn ein, seiner Fantasie freien Lauf zu lassen. Sein Kopf zeichnete Bilder von einem großzügigen Teich und die riesigen, miteinander verwachsenen Laubbäume riefen geradezu nach einem Baumhaus.

»Hier bist du ja.« Anna trat zu ihm an die Fensterfront und reichte ihm ein Handtuch, das er dankend entgegennahm und sich umgehend seine dunklen Haare trocken rubbelte. Unterdessen öffnete sie die Verpackung des Pflasters und signalisierte ihm wortlos, sich zu ihr zu drehen.

Vorsichtig klebte sie das gelbe Kinderpflaster auf seine Wunde.

Er beäugte sie skeptisch. »Kann es sein, dass du mir gerade ein gelbes Pflaster mit bunten Tieren ins Gesicht geklebt hast?«

»Wäre dir rot lieber gewesen?«

Stefan lächelte und strich mit seiner Hand darüber. »Nein, gelb ist schon okay. Vielen Dank.« *Hatschi.*

»Am besten ziehst du dich aus.«

Stefan riss überrascht die Augen auf.

»Ja, ich hätte auch nie gedacht, dass ich das mal zu dir sagen würde, aber wir sollten dich dringend von den nassen Sachen befreien.« Anna drehte sich um und verließ den Raum. »Keine Angst. Ich müsste noch ein paar Klamotten hier haben, die dir passen könnten.«

Stefan schmunzelte. Gehorsam folgte er ihr in ein altes Badezimmer im hinteren Teil des Hauses.

*

Anna öffnete einen Schrank und zog nach und nach alte Arbeitskleider ihres Bruders heraus.

Achim war Künstler. Ein Künstler, der zwischenzeitlich auch von seiner Kunst leben konnte. Er stellte seine Gemälde äußerst erfolgreich in Galerien aus. Mittlerweile auch international. Seinen Ausgleich vom kreativen Arbeiten fand er regelmäßig auf Annas Baustelle. So half er ihr nicht nur von Zeit zu Zeit bei ihrem Umbau, er hatte auch die Idee zu dem überdimensionalen Wandgemälde. Und so veränderte sich das Kunstwerk von Besuch zu Besuch. Jedes Mal, wenn Anna dachte, es könne nicht mehr schöner werden, wurde sie von ihrem Bruder überrascht.

»Hier.« Anna reichte ihm einen Stapel Kleidungsstücke. »Das kannst du dir überziehen.« Sie verließ das Badezimmer und zog die Tür hinter sich zu. Ihr Weg führte sie wenige Stufen hinab in einen kleinen Flur mit gewölbter Decke, der das Haupthaus mit dem Nebengebäude verband. Als sie schließlich ihre kleine Wohnung betrat, hatte sie einige Mühe, sich von ihren Kleidern zu befreien. Alles klebte an ihr. Dankbar, dass sie am Morgen ihr Badetuch achtlos auf das Bett geworfen hatte, griff sie danach und trocknete sich ab. Hastig durchstöberte sie ihren Schrank nach trockener und bequemer Kleidung. Als sie schließlich ihr Lieblingsshirt über den Kopf streifte, hörte sie auch schon, wie eine Wagentür in der Auffahrt zugeschlagen wurde. Ihre sonst eher unpünktliche Schwester zeigte sich ausgerechnet an diesem Tag von ihrer besten Seite. Bis zuletzt hatte Anna gehofft, sie könnte ein Aufeinandertreffen von Alex und Stefan vermeiden. Nun kam sie allerdings in das Vergnügen, die beiden einander vorzustellen.

Alex war zwei Jahre jünger als sie. Sie arbeitete in einem der besten Fünf-Sterne-Hotels der Region und war erst kürzlich zur *Junior Managerin* befördert worden. Anna war unglaublich stolz auf ihre Schwester.

Die beiden unterschied so vieles, und gleichzeitig waren sie sich so ähnlich. Dass sie Schwestern waren, konnte man auf den ersten Blick erkennen. Beide hatten langes, blondes Haar. Beide hatten den Dickkopf ihrer Mutter und die Hilfsbereitschaft ihres Vaters geerbt. Beide waren strebsam. Beide tranken ihren Tee mit Milch. Und beide verliebten sich immer in die falschen Männer. Vermutlich waren sie daher auch beide Singles.

Dennoch unterschied sie auch einiges. Alex hielt ihren Alltag mit Affären interessant, während Anna eher die Ruhigere war, die sich nicht so schnell auf jemanden einließ. Alex fuhr einen kleinen Sportflitzer – Annas Wagen glich eher einer Schrottkiste. Alex war stylisch und modebewusst, während Anna selten etwas anderes als Jeans und Shirts trug. Alex war schlank und mondän, Anna hingegen besaß Kurven und leider auch Problemzonen.

*

Stefan beäugte kritisch sein Erscheinungsbild, das aus alten Arbeitskleidern von Annas Bruder bestand, als es an der Tür Sturm klingelte. Er wusste nicht genau, wo Anna war, deshalb ging er zur Haustür und öffnete sie selbst.

Vor ihm stand eine unglaublich attraktive Blondine, die sich verwirrt umsah.

»Hallo. Ich bin mir nicht sicher …« Sie musterte Stefan skeptisch. »Habe ich mich in der Adresse geirrt?«

»Bestimmt nicht. Ich bin hier nur zu Gast.« Er trat einen Schritt zur Seite, um die Frau hereinzubitten. »Kommen Sie doch herein.« Ihm fiel ihre Ähnlichkeit mit Anna auf.

Sie betrat das Haus und streckte ihm die Hand entgegen. »Mein Name ist Alexandra Binder. Ich bin die Schwester von Anna Binder, die hier eigentlich lebt. Und nicht Sie, Herr Behrens.«

Fasziniert von ihrer erfrischend, sympathischen Art umschloss er ihre Hand und erwiderte den Gruß. Das war also Alex. Sie hatte wie Anna langes, blondes Haar – Alex trug es jedoch offen. Ein dezentes Make-up unterstrich ihr hübsches Gesicht. Ihr perfekter Körper steckte in einem hautengen Kostüm, und ihre Pumps, schienen ihre Beine nicht enden lassen zu wollen.

Anna kam die Kellertreppe hoch gerannt.

»Anna.« Alex eilte augenblicklich auf ihre Schwester zu und nahm sie herzlich in die Arme. »Seit wann hast du was mit Stefan Behrens?«

Unfassbarkeit spiegelte sich in Annas Miene wider.

»Um Gottes willen. Ich habe doch nichts mit ihm. Spinnst du? Ich kann ihn ja nicht mal leiden.« Sie drehte den Kopf in Stefans Richtung. »Nichts für ungut.«

Er hob beschwichtigend die Hände und grinste.

»Was macht er dann hier?« Alex blickte ratlos von Anna zu Stefan und wieder zurück.

»Ich bin mit dem Rad ins Gewitter gekommen. Er hat sich quasi aufgedrängt, mich nach Hause zu fahren.«

»Aber er trägt doch Achims alte Arbeitskleidung.«

»Er wurde wohl ein bisschen nass dabei. Und damit sich Mr. Fußballgott keinen Schnupfen einfängt, habe ich ihm mit ein paar Klamotten ausgeholfen.«

»Puh, herrscht bei euch beiden dicke Luft?« Wieder wanderte Alex' Blick zwischen den beiden hin und her.

Stefan winkte ab. »Nein, sie ist immer so.«

»Dann kennt ihr euch schon länger?« Nun schien Alex vollkommen verwirrt.

»Ja. Das heißt … Nein.« Anna sah sich hilfesuchend um. »Weißt du was? Ich werde jetzt erst einmal seine nassen Klamotten in den Trockner werfen, und danach erkläre ich dir alles in Ruhe bei einer Tasse Tee.«

»Tu das. Ich werde inzwischen Wasser aufsetzen.« Alex wandte sich an Stefan. »Kommen Sie, Herr Behrens.«

Wie ihm geheißen, folgte Stefan ihr die Stufen nach unten. Er sah sich noch einmal nach Anna um, doch sie war bereits im Badezimmer verschwunden.

Alex führte ihn durch einen langen gewölbten Flur, der im Nebengebäude endete. Die Eingangstür des Appartements lag geschützt unter einem großen Vordach. Die Räumlichkeiten, die Stefan beim Eintreten vorfand, erinnerten ihn mehr an ein Atelier als an eine Wohnung. Das Gebälk war freigelegt worden, und auch hier spiegelte sich die moderne Architektur wider. So säumten viele bodentiefe Fenster die Front zur Terrasse und gewährten einen wundervollen Ausblick in den überwucherten Garten. Die komplette Wohnung bestand aus nur einem großen Raum. Lediglich der Schlafbereich war durch einen Paravent abgetrennt. Hier lebte, kochte, arbeitete und schlief also Anna Binder.

Stefan sah sich aufmerksam um und musste Anna zugestehen, dass sie wirklich Geschmack bewies, was die Einrichtung betraf. Die komplette Ausstattung wäre als klassisch schlicht zu beschreiben gewesen, hätte sie es nicht verstanden, durch passende Dekoration und Farben dem Wohnraum sein eigenes Flair zu verleihen. Einzig die billige Katalog-Küchenzeile passte nicht in das Bild.

Unterdessen hatte sich Alex in der Küche zu schaffen gemacht. Wahllos durchstöberte sie sämtliche Schränke und Schubladen. »Wenn ich doch nur wüsste … Wo hat sie denn nur wieder … Ah, hier ist er ja.«

Endlich zog sie einen Wasserkocher aus dem Schrank. Als sie sich zu Stefan umdrehte, überraschte sie ihn dabei, wie er ihr auf den Hintern starrte.

Rasch wandte er den Blick auf eines der Gemälde, das an der Wand hing. »Die Bilder sind sehr schön. Auch das große Wandgemälde im Haus. Wissen Sie, wer der Künstler ist?«

»Allerdings. Die Bilder sind von unserem Bruder. Möchten Sie lieber grünen oder schwarzen Tee.«

»Danke, ich trinke keinen Tee.«

»Versuchen Sie ihn wenigstens einmal. Er wird Ihnen schmecken.« Alex kramte ein paar Teetassen aus dem Küchenschrank, als Anna wieder zu ihnen stieß.

»Ist der Tee schon fertig?«

»Er braucht noch ein paar Minuten. Aber so lange hast du die Gelegenheit, mir eure Geschichte zu erzählen.« Alex lehnte sich gekonnt elegant gegen den Küchentresen.

»Es gibt keine Geschichte.«

»Also so würde ich das nun auch nicht sagen, denn dafür, dass wir uns noch nicht lange kennen, haben wir schon viel miteinander erlebt«, schmunzelte er. »Heute habe ich Ihre Schwester zum Beispiel k.o. geschlagen. Aber erst, nachdem sie mich beschimpft hat, weil ich dem Waisenhaus zehntausend Euro gespendet habe.« Stefan war näher gekommen und nahm am Esstisch Platz.

»Du hast was?« Völlig entsetzt sah Alex ihre Schwester an.

»Das ist alles viel komplizierter.« Anna setzte sich auf den Stuhl, der am weitesten entfernt von Stefan stand und begann ihrer Schwester von den Ereignissen des Tages zu berichten.

Aufmerksam folgte Alex ihren Ausführungen. »Meint ihr wirklich, dass ihr das beim Fernsehen durchbekommt?«, fragte sie zögernd und äußerst skeptisch nach, wobei ihr Blick abwechselnd zwischen den beiden Hin und Her ging.

»Sieh mich nicht so an.« Anna hob beschwichtigend die Hände. »Ich kann mir nicht vorstellen, dass die einfach so ein Millionen-Projekt bewilligen.«

»Abwarten.« Stefan lehnte sich auf dem Stuhl zurück. »Carsten hat schon so manches Unmögliche möglich gemacht.«

»Dein Vertrauen will ich mal haben.« Anna nahm einen großen Schluck Tee.

»Siehst du, das ist dein Problem. Du bist zu pessimistisch.« Um seiner Aussage mehr Kraft zu verleihen, tippte er rhythmisch auf den Tisch.

»Ich bin doch nicht pessimistisch. Und übrigens, wie willst du das beurteilen? Du kennst mich doch gar nicht. Vielleicht bist du ja einfach nur zu optimistisch.« Kampflustig schaute Anna dem Fußballstar in die Augen.

»Ich bin nicht zu optimistisch, ich habe doch nur gesagt, dass Carsten sehen wird, was er für uns tun kann.«

»Junge, Junge. Könnt ihr bitte aufhören, euch zu streiten? Ihr zwei seid ja wie kleine Kinder.« Alex stand auf und trug ihre Tasse zum Spülbecken.

»Was machen wir eigentlich heute Abend?« Gekonnt lenkte Alex das Gespräch in eine andere Richtung. Sie war zurück an den Tisch gekommen und lehnte sich an.

Stefan blieb nicht verborgen, wie sich Alex' Kostüm perfekt über ihren Hintern spannte.

Anna, die seinem Blick gefolgt war, verdrehte die Augen. »Können wir nicht einfach hier bleiben. Ich bin total geschafft. Die Woche war echt anstrengend.«

Enttäuschung machte sich auf Alex' Gesicht breit. »Das ist nicht dein Ernst? Heute ist mein erster freier Tag seit fünf Wochen.« Sie sah ihre Schwester flehentlich an. »Bitte.«

»Na gut. Aber nicht zu lange. Ich bin hundemüde.«

»Prima.« Alex wandte sich an Stefan. »Kommen Sie mit, Herr Behrens?«

Stefan beäugte Anna und ihm entging nicht ihr Blick. Es war, als würden ihre Augen giftige Pfeile auf ihn schießen. »Vielleicht ein anderes Mal. Für heute habe ich leider schon anderweitige Verpflichtungen.«

Erleichtert sprang Anna auf. »Dann schaue ich doch gleich mal nach, ob deine Kleider trocken sind.« Ohne eine weitere Reaktion abzuwarten, verließ sie das Appartement, um sich der Wäsche im Haupthaus anzunehmen.

»Man könnte beinahe meinen, Ihre Schwester will mich loswerden.«

»Nehmen Sie es ihr nicht übel. Anna braucht eben ein bisschen länger, ehe sie jemanden ins Herz schließt.«

»Und Sie?« Stefan setzte sein charmantestes Lächeln auf.

»Stefan Behrens, flirten Sie etwa gerade mit mir?« Sie war überrascht, aber sie schien seine direkte Art weder als unangenehm noch aufdringlich zu empfinden.

»Schon möglich. Kann ich Sie denn zu einem gemeinsamen

Abendessen überreden?«

Sie kniff leicht die Augen zusammen und musterte ihn aufmerksam. »Nach allem, was man so über Sie hört, sind Sie ein echter Schwerenöter.«

»Man sollte nicht alles glauben, was man hört. Ich bin ein Gentleman.«

Alex schmunzelte und zeigte sich fasziniert von der Selbstsicherheit, die er ausstrahlte.

»Und da sind Sie sich ganz sicher?«

»Natürlich.« Er nickte kurz, um seine Aussage zu unterstreichen. »Und? Bekomme ich Ihre Nummer?« Die ganze Zeit über hatte er sie nicht aus den Augen gelassen. Alex zögerte einen kurzen Augenblick, doch sie gab nach und griff nach einem Stift und einem Stück Papier, das auf dem Tisch lag. Sie notierte ihre Nummer und reichte ihm den Zettel.

»Sie sagten Gentleman. Jetzt können Sie es beweisen.«

*

Die Tür flog auf und Anna trug einen gefüllten Wäschekorb herein.

»Du kannst dich hier im Bad umziehen.« Lautstark stieß sie die Tür zur überschaubaren, kleinen Nasszelle auf und legte sorgsam seine Kleidung auf dem Rand des Waschbeckens ab. »Es sollte alles wieder trocken sein.«

Zurück am Tisch platzierte sie sich neben ihrer grinsenden Schwester. Beide beobachteten Stefan auf seinem Weg ins Badezimmer. Als die Tür schließlich ins Schloss fiel, wandte sich Alex an Anna. »Er hat mich um ein Date gebeten.«

»Du willst doch wohl nichts mit diesem Typen anfangen?« Anna verzog das Gesicht.

»Warum nicht? Er ist gutaussehend, erfolgreich, sexy, charmant – was spricht also dagegen?«

»Ich kann ihn nicht leiden. Er ist überheblich, eingebildet, arrogant, ein Weiberheld und …« Anna hielt inne. Sie hatte keinen Grund, Stefan vor ihrer Schwester schlecht zu machen. Alex war schließlich alt genug, um zu wissen, was sie tat. »Und wenn man das alles außer Betracht lässt, ist er vermutlich ziemlich heiß. Also geh mit ihm aus und hab Spaß mit ihm. Aber sag hinterher nicht, ich hätte dich nicht gewarnt.«

Alex schmunzelte nur.

Nachdem sich Stefan umgezogen hatte, dauerte es nicht lange, bis er sich von den Schwestern verabschiedete.

Sobald sich die Tür hinter ihm geschlossen hatte, atmete Anna erleichtert auf.

Endlich fand sich die Zeit, sich unbeschwert und in Ruhe mit Alex unterhalten zu können. Doch anstatt sich gemeinsam zu entspannen, trieb Alex sie an, sich für den Abend fertigzumachen. Seufzend kam Anna den Wünschen ihrer Schwester nach.

Nachdem sie sich eine warme Dusche gegönnt hatte, trat sie an den Badezimmerspiegel und kümmerte sich um ihre Haare und ein dezentes Make-up.

Unterdessen durchstöberte Alex kopfschüttelnd den Kleiderschrank ihrer Schwester. Annas Garderobe ließ sehr zu wünschen übrig. Sie entschied sich letztlich für eine enge, schwarze Stoffhose und ein Trägertop, das sie sorgsam auf Annas Bett ausbreitete.

Widerwillig schlüpfte Anna in die unbequeme Hose und in das für ihren Geschmack viel zu weit ausgeschnittene Oberteil. Je öfter sie sich vor dem Spiegel drehte, umso unwohler fühlte sie sich.

»Was macht Sabine eigentlich, wenn die Geschichte mit der Fernsehsendung nicht funktioniert?«

Abgelenkt von Alex' Worten wandte Anna den Blick von ihrem Spiegelbild.

»Noch weiß sie nichts davon.« Sie setzte sich zu ihrer Schwester auf das Bett. »Und vorläufig wollen wir ihr auch noch nichts sagen. Sie ist schon verzweifelt genug. Eine weitere Enttäuschung sollte ihr erspart bleiben.«

»Ich wünsche ihr jedenfalls, dass es klappt. Sabine ist so ein lieber Mensch. Sie und die Kinder hätten es verdient.«

»Ja, das wünsche ich ihnen auch. Dennoch ist es eher unrealistisch.«

»Weshalb?«

»Selbst wenn Stefan es geschafft hat, Esther Münch und Carsten Weigand zu überzeugen, und tatsächlich eine Möglichkeit besteht, dass die Sendung nach Marienhort kommt – ich kenne die große Zahl unter dem Strich. Und glaub mir, Alex, die ist so gewaltig, dass sie einen umhauen kann.«

»Apropos umhauen: dein neuer Freund …«

»Moment. Er ist weder *mein* noch *Freund*.«

Alex schmunzelte. Natürlich war ihr nicht verborgen geblieben, dass ihre Schwester sofort reagiert hatte, als sie Stefan auch nur andeutungsweise mit ihr in Verbindung brachte. Amüsiert lehnte sie sich auf ihre Ellbogen zurück und fuhr in ihren Ausführungen fort.

»Hättest du gedacht, dass er in Wirklichkeit ebenfalls so gut aussieht wie in den Illustrierten und im Fernsehen?«

»Die Frage erübrigt sich wohl. Als ich ihn das erste Mal gesehen habe, habe ich ihn überhaupt nicht erkannt.«

Alex lachte laut auf. »Wie peinlich. Selbst in Achims alter Arbeitskleidung habe ich ihn vorhin erkannt, und er sah verdammt gut aus.«

Anna stand vom Bett auf.

»Ich habe es kapiert. Du stehst auf ihn.«

»Du etwa nicht?«

»Um Gottes willen, nein. Behrens kommt gleich nach Klaus auf meiner Liste mit den Männern, mit denen ich nichts zu tun haben will.«

»Ist Klaus auch der Grund, weshalb du nicht mehr zum Sommerball kommen möchtest?« Auch Alex war nun aufgestanden. Besorgt musterte sie ihre Schwester.

Klaus war Annas Jugendliebe und hatte ihr das Herz gebrochen. Über Jahre hinweg hatte Anna alles für ihn getan. Unbemerkt hatte sie sich von ihm nach Strich und Faden ausnutzen lassen. Vor drei Jahren war es dann auf dem Sommerball zum Eklat gekommen. Anna erwischte ihn in flagranti mit Nina, wodurch ihr auf äußerst unliebsame Art und Weise die Augen geöffnet wurden. Vor der versammelten Gemeinde hatte sie Klaus bloßgestellt und geohrfeigt. Seitdem war sie jedes Jahr um eine neue Ausrede bemüht, sich um die Veranstaltung zu drücken.

»Ich möchte ihm ungern begegnen.« Ein beklemmendes und altbekanntes Gefühl machte sich in Annas Brust breit.

Alex nickte. »Bis dahin sind es ja noch ein paar Tage. Denk einfach in Ruhe darüber nach.«

*

»Kann ich dir noch ein Stück Kuchen anbieten?« Sabine schob hastig die Tortenschaufel unter ein weiteres Stück Erdbeerkuchen. Nachdem die Kinder zu Bett gegangen waren und sich die Betreuerinnen für die Nacht in das Schwesternzimmer zurückgezogen hatten, blieb Sabine allein mit Hugo in der Küche zurück.

»Vielen Dank«, winkte er ab. »Aber noch ein kleiner Bissen, und ich platze.«

Fasziniert beobachtete sie, wie Hugo sich zufrieden streckte. Der Stoff seines Shirts spannte sich um seinen Oberkörper und ließ erahnen, wie gut gebaut er war. Erschrocken rief sie sich zur Ordnung und wandte umgehend ihren Blick ab, um nervös an ihrem Kaffee zu nippen.

Um sich abzulenken, fragte sie ihn daher: »Hat Behrens eigentlich erwähnt, wo er mit Anna und Florian heute Nachmittag hinwollte?«

»Nein. Er hat nichts gesagt.« Hugo musterte sie unauffällig.

»Findest du es nicht auch großartig, dass er so viel Geld gespendet hat?« Sie lachte ein wenig zu laut und zappelte unruhig auf ihrem Stuhl hin und her.

»Ja. Er scheint ein anständiger Kerl zu sein.«

Unbehagliche Stille legte sich über sie. Während sich Hugo jedoch gelassen auf seinem Stuhl zurücklehnte, knabberte Sabine angespannt auf ihrer Unterlippe.

»Euer Erdbeerkuchen war übrigens vorzüglich«, konstatierte sie mit eifrigem Nicken.

»Danke.«

Irgendetwas hatte sich zwischen ihr und Hugo verändert. Früher hatte sie es genossen, am Abend mit ihm zusammenzusitzen und ihm von den Geschehnissen des Tages zu berichten. Sie durfte ihren Kummer bei ihm abladen, ebenso, wie sie stets ein offenes Ohr für seine Sorgen hatte. Aber nicht nur ihre Nöte verband sie. Oft saßen sie auch nur bei einem Glas Wein zusammen auf den Terrassenstufen und planten die mögliche Neugestaltung der kleinen Parkanlage oder den nächsten Wanderausflug mit den Kindern. Sie konnten gemeinsam reden, schweigen und lachen. Doch seit einigen Wochen beschlich Sabine ein seltsames Gefühl, wenn sie sich begegneten – als ob etwas Unausgesprochenes zwischen ihnen stehen würde.

Überfordert von der Situation und seiner Nähe machte sich Sabine daran, das Geschirr abzutragen und in die alte Spülmaschine einzuräumen. Unbemerkt von ihr trat Hugo näher und stellte die restlichen Teller neben ihr ab. Erschrocken fuhr sie herum und ließ eine Tasse zu Boden fallen.

»Entschuldige, ich wollte dich nicht erschrecken.« Schuldbewusst bückte er sich nach der Tasse, die in zwei Teile gebrochen war. »Aber Scherben bringen ja bekanntlich Glück.« Er schenkte ihr ein zaghaftes Lächeln, ehe er die kaputte Tasse im Mülleimer unter der Spüle verschwinden ließ. »Maria sagte mir, dass eine der Glühbirnen im Speisesaal defekt ist. Ich werde sie noch rasch austauschen, bevor ich gehe.«

Hugo kannte sich gut genug in Sabines Büro aus, um im richtigen Schrank nach den Glühbirnen zu suchen. Von weitem hörte er den Krach aus der Küche. War nur zu hoffen, dass Sabines momentane Tollpatschigkeit nicht dazu führte, die Kinder wieder aufzuwecken.

Unterdessen verstaute die völlig verwirrte Sabine die restlichen Teller in der Spülmaschine. Der Schreck saß ihr noch in den Gliedern. Während sie versuchte sich auf eine gleichmäßige Atmung zu konzentrieren, nutzte sie die Durchreiche als Gelegenheit für einen ungehinderten Blick in den Speisesaal. Hugo stand bereits auf einem der Stühle und streckte sich. Problemlos konnte er die Fassung erreichen. Sein Shirt befreite sich langsam aus dem Bund der Hose und gab ihr den Blick auf seinen flachen und muskulösen Bauch frei. Egal ob am Badesee oder bei der Gartenarbeit, Sabine hatte Hugos nackten Oberkörper schon häufiger gesehen. Doch seit wann waren da diese Muskeln? Seit wann war er so gut trainiert? Und überhaupt: Seit wann zog er diese Hosen an? Hosen, die seinen Hintern so wahnsinnig gut zur Geltung brachten. Ihr Körper reagierte prompt auf den Anblick. Ihr Herz hämmerte aufgeregt gegen die Brust, und in diesem Augenblick ging nicht nur das Licht im Speisesaal wieder an, auch ihr ging plötzlich ein Licht auf.

Sie war verliebt.

Nur verliebt? Nein. Sie liebte diesen Mann von ganzem Herzen. Die Erkenntnis traf Sabine völlig unvorbereitet. Ihre Knie drohten nachzugeben. Als sie versuchte sich am Gitter der Spülmaschine abzustützen, erschrak sie selbst vor dem geräuschvollen Geklapper des Geschirrs.

»Sabine.« Hugo stürzte alarmiert in die Küche, als er sah, wie ihre Arme wild in der Luft herumruderten. »Was ist passiert? Fühlst du dich nicht gut? Möchtest du dich hinlegen?«

Sabine blickte in sein besorgtes Augenpaar. Zärtlich, wenngleich irritiert, strich sie ihm die Haare aus dem Gesicht. Ihre Blicke verfingen sich ineinander, und zum ersten Mal seit vielen Wochen umgab sie ein beruhigendes Gefühl von Sicherheit und Geborgenheit, als ihre Lippen seine fanden.

VIER

»Ich kann es immer noch nicht fassen, dass du das getan hast.«
Stefan kochte vor Wut. Carsten hatte dem Sender ohne sein
Wissen seine Mitarbeit am Marienhort-Projekt zugesichert.

Zunächst dachte er, dass es lediglich um die Nutzungs-
rechte seines Namens ging, was natürlich kein Problem dar-
stellte. Doch nachdem er das Konzept seines Freundes in den
Händen hielt, begriff er, was dieser tatsächlich von ihm einfor-
derte. Er sollte sich aktiv am Umbau beteiligen und vor Ort für
Dreharbeiten zur Verfügung stehen.

»Das kann doch nicht euer Ernst sein?«, fuhr ihn Stefan aufgebracht an.

»Stell dich nicht so an.« Carsten hatte sich lässig gegen eine
Wand gelehnt. Er beobachtete seinen Freund, der nichts unversucht ließ, um sich aus der Sache herauszuwinden. »Vergiss
nicht: Du bist zu mir gekommen. Aber wenn du nicht möchtest?« Er zog fragend die Schultern hoch. »Noch können wir
die ganze Sache wieder abblasen.«

»Hier wird gar nichts abgeblasen. Aber hättest du mich
nicht einfach aus der Sache heraushalten können?«

»Glaubst du im Ernst, die hätten sich dann auf dieses Projekt eingelassen?«

»Etwa nicht?« Stefan blickte Carsten verblüfft an.

»Natürlich nicht«, schnaubte er und begann seinem Freund zu erklären, welchen Aufwand er und Esther für das Projekt betrieben hatten, um überhaupt die Verantwortlichen an einen Tisch zu bringen. »Stefan, Esther und ich haben gefühlt keine Sekunde geschlafen. Seit ihr gestern gegangen seid, widmen wir uns diesem Konzept. Wären wir nicht überzeugt davon, hätten wir uns die Mühe sicherlich erspart. Aber wir glauben beide fest daran.« Carsten sah Stefan ernst an. »Ich dachte eigentlich, dass tust du auch?«

»Ja schon, aber …«

»Aber was? Hast du es dir zwischenzeitlich doch anders überlegt?«

Die beiden hörten das Klappern von Absätzen.

»Die werden das Projekt nur realisieren, wenn du dabei bist«, gab ihm Carsten noch einmal nachdrücklich zu verstehen.

Als Esther gemeinsam mit Anna um die Ecke bog, beendeten sie ihr Gespräch.

Stefan hätte nicht gedacht, die burschikose Architektin so schnell wiederzusehen. Sie wirkte erfrischend aufgeregt.

Er hingegen hatte sich noch immer nicht beruhigt.

*

Anna wurde von Esther am Eingang abgeholt, um sie sicher durch das Labyrinth der zahlreichen Flure zu führen. Carsten begrüßte sie und reichte ihr die Hand.

»Hallo, Frau Binder. Schön, Sie zu sehen.«

»Hallo, Herr Weigand. Vielen Dank für Ihren Anruf. Wissen Sie denn schon etwas Genaueres?«

Seit Anna den Anruf von Carsten vor wenigen Stunden

erhalten hatte, war sie das reinste Nervenbündel. Sie war nervös in ihrer Wohnung auf und ab gegangen und ein flaues Gefühl hatte sich in ihre Magengegend geschlichen.

Noch ehe sich Carsten die Gelegenheit bot, auf ihre Frage einzugehen, öffnete sich die Tür zum Büro von Herrn von Freyberg. Er bat sie einzutreten und Platz zu nehmen.

Nachdem er sich in seinen bequemen Bürostuhl zurückfallen lassen hatte, blickte von Freyberg in die angespannten Gesichter seiner Besucher und zog die Stille in schier endlose Länge.

»An die Realisierung dieses Projektes sind ein paar Bedingungen geknüpft, und ich möchte, dass Sie sich der Konsequenzen in vollem Umfang bewusst sind, ehe Sie zu jubeln beginnen. Erstens: Dieses Projekt findet nur statt, wenn wir Sie, Herr Behrens, exklusiv dabeihaben. Das heißt, Sie werden nicht nur während des gesamten Umbaus auf der Baustelle mitarbeiten, Sie werden zusätzlich auch Pressetermine und öffentliche Auftritte wahrnehmen. Ihre vereinsbedingten Termine werden wir natürlich berücksichtigen, und ich hoffe, es versteht sich, dass Sie hierfür keine Entschädigung erhalten werden.« Ohne auf Stefans Reaktion zu warten, wandte er sich an Anna.

»Zweitens: Als Basis für den Umbau würden wir gerne auf Ihre Pläne und Kalkulationen zurückgreifen. Wir möchten Sie daher für die komplette Sendereihe verpflichten und hoffen, dass Sie die Bauleitung vor Ort übernehmen.« Er lächelte wissend. »Schließlich kennt sich im Marienhort niemand so gut aus wie Sie. Im Vorfeld sollten Sie mit Esther und ihrem Team die wichtigsten Details besprechen, denn«, er blickte in die Runde, »am Montag in einer Woche startet dieses Projekt bereits. Der Spot muss spätestens am kommenden Dienstag auf

Sendung, das heißt, Sie haben nur noch zwei Tage Zeit für den Dreh.«

Er wartete einen Augenblick, bis sich seine Gegenüber von dem Schock erholt hatten. »Und drittens: Sie bekommen von uns die beste Sendezeit. Ich hoffe, Sie wissen dies zu schätzen.« Er schob Anna und Stefan die Vertragsunterlagen zu. »Lesen Sie sich die Verträge bitte in aller Ruhe durch. Ich erwarte sie morgen unterschrieben auf meinem Schreibtisch.« Er erhob sich. »Und bitte denken Sie daran: Diese ganze Sache steht und fällt mit Ihnen, Herr Behrens.« Er reichte den beiden Männern zum Abschied die Hand und hauchte den Frauen einen Kuss auf den Handrücken. »Ich bitte Sie, mich nun zu entschuldigen.« Ohne ein weiteres Wort zu verlieren, verließ er das Büro. Zurück blieben ein zufriedenes Ehepaar, eine verblüffte Architektin und ein wütender Fußballstar.

»Ist doch prima gelaufen, oder nicht?« Carsten tätschelte die Hand seiner Frau.

»Für dich vielleicht.« Stefan schob den Vertrag achtlos von sich. »Wie konntest du das nur tun?« Zornig funkelte er seinen Freund an und Anna hatte das Gefühl, als ob dies nicht besonders freundschaftlich von ihm gemeint war.

Carsten stand auf und zog seine Frau mit sich.

»Jetzt liegt es an dir. Entweder du kneifst endlich einmal den Hintern zusammen, schaffst zur Abwechslung etwas Nützliches und hasst mich für den Rest deiner Tage. Oder du bemitleidest dich weiterhin, verplemperst deine Zeit und dein Geld. Überleg es dir.«

Carsten nahm Annas Hand. »Egal, wie das hier ausgeht, Sie haben wirklich großartige Arbeit geleistet.«

»Dankeschön. Auf Wiedersehen, Herr Weigand.«

»Auf Wiedersehen, Frau Binder.«

Esther drückte Anna und flüsterte ihr ins Ohr: »Melden Sie sich, sobald Sie sich entschieden haben.«

Sie steckte Anna eine Visitenkarte zu und verließ mit ihrem Mann das Büro.

Zögernd sah Anna zu Stefan und erkannte, wie er wütend seine Hände zu Fäusten ballte. Als Carsten und Esther die Tür hinter sich geschlossen hatten, platzte es förmlich aus ihm heraus.

»So ein Idiot. Warum hat er das getan?« Er stand so hastig von seinem Stuhl auf, dass dieser gefährlich zu schaukeln begann. »Und überhaupt – das ist alles deine Schuld. Das wäre alles gar nicht erst passiert, wenn du mich auf dem Parkplatz nicht so angemacht hättest«, platzte es aus ihm heraus.

»Was?« Unbändige Wut keimte in ihr auf. Dieser Kerl war tatsächlich die Höhe. »Hey, gib nicht mir die Schuld daran. Du bist gestern aus freien Stücken in den Marienhort gekommen. Ich kann mich jedenfalls nicht erinnern, jemanden gesehen zu haben, der dich an den Haaren ins Haus gezerrt hätte. Und überhaupt: Wärst du nicht zu dämlich zum Einparken gewesen, hätte ich dich vollkommen ignorieren können.«

Anna stand auf und funkelte ihn zornig an. »Diese ganze Aktion hier hast du selbst angezettelt, also mach auch niemand anderem einen Vorwurf.«

Wütend stapfte sie aus dem Büro.

Als sie den Fahrstuhl erreichte, fiel ihr auf, dass sie die Vertragsunterlagen vergessen hatte. Doch sie musste nicht umkehren. Stefan stand bereits hinter ihr. Versöhnlich hielt er ihr die Verträge entgegen.

»Die hast du vergessen.«

Ohne ihn eines weiteren Blickes zu würdigen, nahm sie ihm die Unterlagen ab. Erleichtert stellte sie fest, dass er ihr nicht in den Aufzug gefolgt war.

Wie konnte er nur behaupten, sie hätte an seinen Problemen Schuld? Und überhaupt, welche Probleme? Enttäuscht erkannte sie, dass sie ihr Ziel, Marienhort zu retten, nicht erreicht hatte. Und dieser Behrens, der meinte das Ganze anstiften zu müssen und Hoffnung zu streuen, hatte dies alles zunichtegemacht.

*

Nachdem sich die Fahrstuhltüren hinter Anna geschlossen hatten, besann sich Stefan eines Besseren und setzte zu einem Sprint an. So wollte er nicht mit ihr auseinandergehen. Er hatte überreagiert und seinen Frust an ihr ausgelassen. Doch als Carsten ihm das Konzept präsentiert hatte, überkam ihn das untrügliche Gefühl, er würde sich vor aller Welt zum Affen machen müssen. Keiner würde ihm den selbstlosen Samariter abkaufen.

Anna hatte eine Entschuldigung verdient, und so öffnete er die Tür ins Treppenhaus und erreichte das Foyer problemlos vor ihr. Sie stieß ihn unsanft zur Seite und steuerte zielstrebig den Ausgang an.

»Anna, warte.« Stefan folgte ihr, doch sie ging unbeirrt weiter. »Jetzt warte doch mal! Anna, lauf nicht weg.«

Er folgte ihr in die Hitze der Samstagnachmittagssonne, wo sie innehielt und für einen kurzen Moment die Augen schloss.

»Lass es gut sein. Ich habe auf dein Schmierentheater echt keine Lust mehr.«

Verdutzt sah er sie an. »Welches Schmierentheater?«

»Hör endlich auf, jedem vorzuspielen, wie viel dir an Marienhort liegt, denn es ist nicht so. Hör auf, Florian vorzuspielen, im wahren Leben ein Held zu sein, denn der bist du nicht. Hör auf, Sabine falsche Hoffnungen zu machen, denn du wirst sie enttäuschen. Hör endlich auf mit dem Theater, denn ich glaube dir kein Wort mehr.« Ihr Brustkorb hob und senkte sich aufgeregt. »Ich kenne keinen größeren Egoisten auf der Welt als dich, Stefan Behrens. Im Marienhort leben Kinder, die alles verloren haben. Du hingegen hast alles und bringst es nicht mal fertig, ein paar Stunden deines Lebens für andere – für Kinder, die es bitter nötig haben und auf Hilfe angewiesen sind – zu opfern. Wie schaffst du es überhaupt, dich jeden Tag im Spiegel anzusehen? Das Leben ist kein Ponyhof. Werde endlich erwachsen.« Sie drehte auf dem Absatz um und ließ ihn alleine im Innenhof des Fernsehsenders zurück.

*

Enttäuscht machte sich Anna mit ihrem alten, klapprigen Auto auf den Nachhauseweg. Sie wollte sich einfach nur noch eine Decke über den Kopf ziehen und niemanden mehr sehen. Doch ihr Plan schien zum Scheitern verurteilt, als sie Sabine auf der gemütlichen Gartenbank vor ihrem Haus entdeckte.

Anna stellte ihren Wagen direkt vor der Haustür ab und begrüßte ihre Freundin, deren breites Grinsen schon beinahe etwas Befremdliches hatte. In der Hoffnung, dass Sabine nichts von der Fernsehgeschichte wusste, bemühte sie sich, sich nicht selbst zu verraten.

»Was ist denn mit dir passiert? Du strahlst ja über das ganze Gesicht.«

»Ich habe Neuigkeiten, Anna.« Sabine rieb sich die Hände. »Ich habe großartige Neuigkeiten. Du glaubst nicht, was passiert ist.«

Anna befürchtete das Schlimmste. Entweder hatte sich Florian verplappert, oder Behrens war noch dämlicher, als sie bisher vermutet hatte. Sollte Sabine tatsächlich etwas von den Fernsehplänen mitbekommen haben, hoffte Anna inständig, ihre Freundin würde die Enttäuschung überstehen.

Allein beim Gedanken daran, Sabine von den gescheiterten Plänen und Stefans Feigheit zu erzählen, sträubten sich ihr die Nackenhaare. »Ich kann es mir schon vorstellen.«

»Dann weißt du es also schon?«

»Ich war ja schließlich dabei.« Wieder wurde Anna an ihr Scheitern, so kurz vor dem Ziel, erinnert.

»Wo warst du dabei?«

»Na, im Sender.«

»In welchem Sender? Jetzt verstehe ich gar nichts mehr.«

»Wovon redest du eigentlich?« Anna setzte sich auf die unterste Stufe des Treppenaufgangs.

Wieder huschte ein Strahlen über Sabines Gesicht.

»Von Hugo natürlich«, antwortete sie glücklich.

»Von Hugo?« Anna zuckte verdutzt mit den Schultern.

»Ja. Ich habe mich in Hugo verliebt. Und gestern Abend haben wir uns geküsst.«

»Ihr habt was?« Nun war Anna ehrlich erstaunt.

»Wir haben uns geküsst, und Anna: Ich bin so verliebt.«

Sie sah, wie Sabines Augen funkelten. »Das wurde aber auch endlich Zeit. Du hast den armen Kerl schon viel zu lange zappeln lassen.«

»Wieso zappeln?« Sabine wirkte verwundert.

»Sag bloß, du hast es nicht bemerkt? Dieser Mann himmelt dich schon seit Jahren an.«

Sabine überlegte kurz und grinste. »Wirklich?«

»Ja, wirklich. Und jetzt möchte ich alles bis ins kleinste Detail wissen.«

Anna genoss die entspannte Atmosphäre. Sabine wurde es nicht leid, ihr immer wieder dieselben Wortwechsel und Ereignisse des vorherigen Abends zu erzählen. Doch selbst die vierte

Ausführung der Geschichte half ihr nicht dabei, den Streit mit Stefan zu vergessen. Sie dachte an die Vorwürfe, die sie ihm teils berechtigt, teils unberechtigt an den Kopf geworfen hatte. Selbst wenn nicht alles, was sie gesagt hatte, fair war, so änderte es doch nichts an der Tatsache, dass er sie enttäuscht hatte.

»Wie war eigentlich dein Abend? Konntest du dem Gewitter noch davonradeln?«

Anna winkte ab. »Behrens hat mich unterwegs aufgegabelt und darauf bestanden, mich nach Hause zu fahren.«

»Er war hier?« Nun war es an Sabine erstaunt zu sein.

»Ja.« Anna nickte.

»Wo seid ihr eigentlich gestern Nachmittag gewesen? Ich habe Florian gefragt, aber aus dem Jungen war nichts herauszubekommen.«

Anna schmunzelte. Der Kleine ließ sich tatsächlich mit Eiscreme bestechen. »Das ist eine lange Geschichte.«

»Ich habe Zeit.«

Anna wusste, sie würde ihrer Freundin eine Menge Kummer ersparen, indem sie nichts erzählte. Dennoch war sie es Sabine schuldig, ihr die ganze Wahrheit zu sagen, und so begann sie mit ihren Erzählungen.

Aufmerksam folgte Sabine Annas Worten. Sie nickte zwar ab und an, doch unterbrach sie Anna nicht, bis diese am Ende angelangt war. »Ich kann diesen Behrens nicht verstehen. Warum macht er erst so einen Wirbel und lässt dann alles platzen?«

Anna bemerkte die Enttäuschung in Sabines Stimme.

Noch vor wenigen Minuten war sie so glücklich gewesen, dass sie für ein paar Sekunden ihre Sorgen vergessen konnte. Und jetzt holte ausgerechnet sie, ihre beste Freundin wieder in die Realität zurück.

»Lieferung für Anna Binder.«

Unbemerkt hatte sich ein Fahrradkurier genähert, der vor den beiden Frauen zum Stehen kam.

»Das bin ich.« Anna stand auf und kam dem Kurier entgegen, der ihr einen braunen Umschlag entgegenstreckte.

»Den soll ich Ihnen geben. Der Herr meinte, Sie würden wissen, um was es geht.«

Neugierig öffnete Anna den Umschlag und hielt überrascht die Vertragsunterlagen, inklusive Stefans Unterschrift in den Händen. Anna schnappte nach Luft. Das war wohl seine Art der Entschuldigung.

Der Kurier räusperte sich. »Er sagte übrigens auch, dass Sie mir etwas für ihn mitgeben sollen.«

»Moment.« Sie öffnete die Beifahrertür ihres Wagens und griff nach den Unterlagen. Ungelesen unterzeichnete sie das Papierstück und übergab es dem Mann. »Vielen Dank.«

»Keine Ursache.« Er stieg wieder auf sein Fahrrad und radelte davon.

Anna war fassungslos. Wieder einmal hatte Stefan Behrens sie überrascht. Doch dieses Mal ausnahmsweise nicht negativ. Von einer zentnerschweren Last befreit, schaute sie sich nach Sabine um.

»Du glaubst es nicht! Behrens hat den Vertrag unterschrieben.« Anna beobachtete, wie die Gesichtszüge ihrer Freundin entgleisten und ihre Nasenspitze eine verdächtige Blässe annahm. Warnend hob Anna ihren Finger in die Luft. »Wehe, du kippst hier um.«

»Er hat unterschrieben? Er hat wirklich unterschrieben?«

»Ja.« Anna schenkte ihrer Freundin ein Lächeln.

»Und das heißt?« Sabine klammerte sich an Annas Arm fest.

»Das heißt, Marienhort ist gerettet.«

Jubelnd fielen sich die beiden Freundinnen in die Arme.

*

Anna saß in einem winzigen Besprechungszimmer des Senders und wartete auf Esther, die sie für den frühen Montagmorgen hierher eingeladen hatte.

Sie war aufgeregt und spielte nervös an ihren sowieso schon viel zu kurzen Fingernägeln.

Rückblickend konnte Anna die Entwicklungen noch immer nicht fassen. Unruhig hatte sie die letzten beiden Tage damit verbracht, über ihr Grundstück zu streifen. Erfolglos! Ebenso erfolglos wie ihr Versuch, sich mit allerhand liegengebliebener Arbeit abzulenken. Selbst in der Nacht fand sie weder Ruhe noch Schlaf, was sie sich nun gähnend eingestehen musste.

»Guten Morgen Anna.«

Esther stellte für Anna ein Phänomen dar. Sie konnte nicht nachvollziehen, wie es möglich war, bereits am frühen Morgen so wunderschön auszusehen wie die erfolgreiche Moderatorin. In ihrem hellblauen Etuikleid schwebte sie förmlich in den Raum. Im Gegensatz zu ihr selbst, die in einer alten, dunkelgrünen Leinenhose und einer langen, weißen Sommerbluse am Tisch saß und sich mehr wie ein Trampel, als eine Elfe fühlte.

»Guten Morgen Esther.«

»Sind Sie schon aufgeregt?« Esther tätschelte beruhigend Annas Hand, als diese durch ein kurzes Nicken deren Vermutung bestätigte.

»Das geht vorbei. Irgendwann nehmen Sie den Tumult um sich herum nicht mehr wahr«, versicherte sie ihr.

»Hoffentlich.«

Esther reichte Anna einen Stapel mit Textkarten.

»Das sind Ihre Texte für den Spot. Sie können sie sich in aller Ruhe vorher durchlesen, und keine Sorge, Sie müssen nicht alles auf Anhieb auswendig können.«

»Auswendig?« Eine skeptische Grimasse verriet Esther, dass Anna keine Ahnung davon hatte, was auf sie zukam.

»Keine Angst. Es sind nur ein paar wenige Textpassagen, die sie während der Aufnahme auch von einem *Board* ablesen dürfen.« Esther schenkte ihr ein aufbauendes Lächeln.

Nachdem die beiden Frauen den Ablauf des Tages besprochen hatten, trafen sie auf Carsten, der Anna die letzten Instruktionen zu den Aufnahmen gab.

»Wo ist eigentlich Stefan? Sollte er nicht auch hier sein?« Anna hatte während des gesamten Vormittags Ausschau nach ihm gehalten, konnte ihn jedoch nirgends entdecken. Was letztlich Zweifel in ihr hervorrief, was seine Verlässlichkeit und sein Wort anbelangte. Doch Carsten überraschte sie, indem er erklärte, dass Stefan bereits zu den ersten Interviews und Aufzeichnungen unterwegs war.

»Er stößt heute Nachmittag wieder zu uns. Rechtzeitig zum Drehbeginn.«

Der weitere Vormittag verlief turbulent.

Während Anna und Esther Gelegenheit fanden, die ersten Details für den Umbau zu besprechen, lernte sie nebenbei auch einen Großteil des Wohn(t)raum-Handwerkerteams kennen. Allesamt zeigten sich ihr gegenüber äußerst nett und freundlich. Und auch ihr Bauchgefühl verhieß eine gute und erfolgreiche Zusammenarbeit.

Nach und nach zog sich das Team zum Mittagessen in die Kantine des Senders zurück. Für den frühen Nachmittag stand Marienhort auf dem Plan, und dorthin wollten sie alle gestärkt aufbrechen. Anna schlug die Einladung jedoch aus. Sie wollte die wenige Zeit nutzen, um noch ein paar Augenblicke ungestört mit Sabine plaudern zu können.

Als sie wenig später in die Hofeinfahrt vom Marienhort einbog, staunte sie nicht schlecht. Zahlreiche fremde Menschen wuselten über das Gelände, während die Kinder das ganze Geschehen aus sicherer Entfernung beobachteten. Der Hof glich geradezu einem Container-Park, und dass Anna für ihren klapprigen Kombi überhaupt noch einen freien Parkplatz erhaschen konnte, grenzte an ein Wunder.

»Hallo Anna. Du, dürfen wir dich etwas fragen?« Theo lehnte mit ein paar Jungs am Eingangstor.

»Hallo Jungs. Natürlich, was möchtet ihr denn wissen?«

»Stimmt es wirklich, dass Esther Münch hierherkommt?«

Anna blickte in die gespannten Gesichter der Jungen. Anscheinend beherbergte Marienhort nicht nur zahlreiche Stefan-Behrens-Fans. Vor allem bei den älteren Jungen schien Esther hoch im Kurs zu stehen. »Ja, sie wird vermutlich in der nächsten halben Stunde hier sein.«

»Ist sie in echt genauso hübsch wie im Fernsehen?«

Die Wangen von Sebastian hatten sich verdächtig rot gefärbt.

»Ja, das ist sie. Aber ihr werdet euch nachher selbst davon überzeugen können. Wisst ihr vielleicht, wo ich Sabine finde?«

»Sie ist in ihrem Büro. Seit wir aus der Schule zurück sind, hängt sie ständig am Telefon.« Genüsslich biss Kevin in einen Schokoriegel.

Anna machte sich auf den Weg in das Büro, wo sie, wie erwartet, Sabine vorfand. Den Hörer des Telefons fest an ihr Ohr gepresst, ging sie im Raum auf und ab.

»Ja, Herr Wehinger ... Nein, Herr Wehinger ... Ja, Herr Behrens hat dies alles initiiert ... Ja, die Kamera-Teams sind schon da .... Ja, Herr Wehinger.« Sabine entdeckte Anna unter dem Türrahmen und winkte sie zu sich. Ruhig und bedacht sprach

Sabine weiter, wenngleich ihr die Erwartung ins Gesicht geschrieben stand. »Sowohl Herr Weigand, als auch die Verantwortlichen des SDF haben mir eine vollständige Übernahme der Kosten zugesichert. Unter diesen Umständen hoffe ich natürlich auf Ihre Zusage, dass Marienhort bestehen bleibt … Ja … Ja … Natürlich, sehr gerne … Ja … Ich wünsche Ihnen ebenfalls einen schönen Tag. Auf Wiederhören.«

Kaum hatte sie den Hörer aufgelegt, fiel Sabine Anna kreischend um den Hals. »Marienhort bleibt. Wo ist dieser Behrens? Ich könnte den Kerl küssen.«

»Küss lieber Hugo. Wer weiß, ob du dir bei Behrens Herpes einfängst.« Die beiden kicherten vergnügt.

»Wie ich höre, wird hier gerade über mich gesprochen.« Stefan trat durch die offene Bürotür. Florian saß Huckepack auf seinem Rücken und hielt eine große Tüte Schokoladeneis in seiner Hand.

»Musst du dich so anschleichen?« Von seiner Anwesenheit überrascht, wich Anna zurück.

»Ich schleiche nicht.« Er grinste frech. »Und im Übrigen habe ich auch keine Probleme mit Herpes.«

»Schön für dich.« Genervt verdrehte sie die Augen.

»Eigentlich sollte ich dir nur Bescheid geben, dass du in der Maske erwartet wirst. Sie wollen in einer Stunde mit dem ersten Dreh beginnen.«

»Und wo finde ich die Maske?«

»In einem der Trailer. Du wirst ihn sicher nicht verfehlen. Es steht in großen Lettern M-A-S-K-E drauf. Komm Kumpel, wir schauen uns solange draußen um.« Florians braunverschmierter Mund verzog sich zu einem Lächeln, als er den beiden Frauen zuwinkte und mit Stefan den Raum verließ.

»Ihr duzt euch?« Sabine knuffte Anna in die Seite.

»Das hat sich so ergeben.«

»Ach so.« Sabine schmunzelte in einer Art, die Anna überhaupt nicht behagte, dennoch wollte sie das Thema nicht weiter vertiefen.

Gemeinsam machten sie sich auf den Weg zur Maske. Vor dem Haus konnten sie das rege Treiben rund um das technische Equipment beobachten. Riesige Scheinwerfer, meterlange Kabelstränge und unzählige Kisten wurden über den Hof getragen und in Position gebracht.

Der besagte Wohnwagen für die Maske war neben der alten Garage abgestellt worden. Zögernd traten die Freundinnen in das kleine Vorzelt. Lediglich ein großer Schminktisch und ein bequem aussehender Friseurstuhl waren darin aufgebaut. Ansonsten war das Zelt leer – keine Menschenseele weit und breit. Vorsichtig klopfte Anna gegen die Tür.

»Momentchen.«

Die Tür öffnete sich, und Anna glaubte, ihren Augen nicht zu trauen. Sie suchte nach Worten, mit denen sie die Person beschreiben konnte, die ihr gegenüberstand. Paradiesvogel traf die Angelegenheit am ehesten. Sie hatte noch nie einen derart aufgeplusterten Mann gesehen. Er sah aus, als ob er in einen Farbtopf gefallen wäre. Alles an ihm war grell und schrill. Angefangen bei seiner Frisur und dem Make-up, bis hin zu den Plateau-Flip-Flops, die er trug.

»Hallo ihr Süßen. Ich bin Ernesto.«

Die Gestalt streckte Anna und Sabine, in einer weit ausholenden, theatralischen Bewegung, die Hand entgegen. Seine Stimme klang äußerst feminin und er näselte leicht.

»Hallo. Ich bin Anna Binder, und das hier ist Sabine Haller. Ich wurde gebeten, mich hier zu melden.«

»Anna, Chérie, ich habe schon auf dich gewartet. Darf ich

dich bitten, Platz zu nehmen. Mal sehen, was meine Zauber-
kiste für dich tun kann.« Er drängte Anna, vor dem großen
Schminkspiegel Platz zu nehmen. Interessiert, allerdings auch
distanziert, beobachtete Sabine das Schauspiel.

Der Visagist löste derweilen Annas Haarband und griff beherzt in ihre volle Haarpracht. »Traumhaft, Chérie. Deine
Haare sind absolut traumhaft.«

Ängstlich beobachtete Anna, wie ihre Haare innerhalb kür-
zester Zeit zu einer mächtigen Frisur toupiert wurden. Die
Hoffnung, dass Ernesto noch ein Ass aus dem Ärmel zaubern
würde, gab sie schließlich auf, als ihr Gesicht immer mehr dem
eines Clowns ähnelte.

»Voilà. Was sagst du dazu?« Ernesto blickte erwartungsvoll
zu Annas Spiegelbild.

Anna zupfte fassungslos an ihren Haaren. »Darf ich ehrlich
sein?« Sie schnitt eine Grimasse, um zu prüfen, ob sich ihre
Gesichtszüge überhaupt noch regen konnten. »Ich … ich weiß
gar nicht, was ich sagen soll.«

»Aber ich. Du siehst aus wie ein Kasper.« Stefan stand unter
dem Eingang des Zeltes und blickte Anna entsetzt an. Zwischenzeitlich war auch Esther eingetroffen, die er prompt zu
sich winkte. »Esther, kannst du dir das bitte mal anschauen.«

»Um Gottes willen. Wie sehen Sie denn aus?« Belustigt hielt
sich Esther die Hand vor den Mund. »Du bist unmöglich,
Ernst.« Sie zupfte an Annas Haaren. »Aber du schaffst es immer wieder, mich ins Staunen zu versetzen. Für einen Masken-
ball würde ich sagen: perfekt!«

»Das heißt, du möchtest eine Spur weniger Theatralik?« Die
nervigen Singlaute, die bisweilen seinen Mund verlassen hatten,
wandelten sich in eine wohlklingende, sonore Männerstimme.

»Ein bisschen weniger Theatralik, dafür ein wenig mehr

von Annas zauberhaftem Gesicht.« Mit spitzen Lippen küsste Esther ihn auf die Wange, ehe sie Anna einen Stapel Kosmetiktücher in die Hand drückte. »Eines müssen Sie sich merken Anna: Ernst ist der Beste.« Sie verließ amüsiert das Zelt, während Stefan und Sabine verdutzt hinter ihr herschauten.

Derweilen begann Anna sich die Farbe aus dem Gesicht zu wischen. »Ich muss zugeben, du hast mich ganz schön ins Schwitzen gebracht.«

»Tut mir leid, Herzchen.« Er nahm eine Bürste zur Hand und glättete ihr Haar. »Du musst wissen, die meisten Leute sind enttäuscht, wenn sie das erste Mal zu mir kommen und nichts Spektakuläres geschieht. Kein Bling-Bling. Kein homosexueller Coiffeur. Und kein zwanzigköpfiges Team im Rücken, das sich nur um Äußerlichkeiten kümmert. Hier.« Dankbar griff Anna nach der Pflegelotion, die ihr Ernst reichte. »Damit sollte es besser gehen. Ich ziehe mich rasch um, und dann legen wir richtig los.«

Er verschwand im Inneren des Wohnwagens. Auch Stefan ging zurück in den Garten, aber nicht ohne vorher seine Fassungslosigkeit durch ein vehementes Kopfschütteln zum Ausdruck zu bringen.

Als die beiden Freundinnen wieder unter sich waren, konnte Sabine nicht mehr an sich halten. Sie lachte laut los. »Du hast ausgesehen wie ein Kakadu.«

»Vielen Dank auch.« Anna griff schmunzelnd nach einem weiteren Tuch. »Warte erst mal ab, bis er Hand an dich legt.«

»Ich bin erst morgen an der Reihe.« Sabine tupfte etwas Lotion auf ein Kosmetiktuch und hielt es Anna unter die Nase.

»Woher willst du das wissen?«

»Herr Weigand hat mir heute Vormittag den Drehplan für die nächsten beiden Tage gezeigt. Daher weiß ich es schon. Am liebsten wäre es mir allerdings, ich hätte mit dieser ganzen Kamerageschichte nichts zu tun. Mir ist nicht wohl bei dem Gedanken.«

»Das verstehe ich. Mir geht's genauso.«

Ernst kehrte zurück und die beiden Freundinnen unterbrachen ihr Gespräch. Erleichtert blickte Anna in den Spiegel, als der wider Erwarten optisch bieder wirkende Visagist sein Werk vollendete. Esther hatte nicht zu viel versprochen. Anna trug ein schönes, dezentes Make-up, mit dem sie sich wohlfühlte, und auch ihr Haar hatte Ernst, auf ihre Bitte hin, zu einem einfachen Pferdeschwanz gebunden. Wenngleich der Zopf perfekt aussah und nicht mit dem zu vergleichen war, den sie in der allmorgendlichen Hektik band.

Gutgelaunt stießen Anna und Sabine im Garten auf Esther und Carsten. Das Ehepaar saß gemeinsam im Gras und studierte die Pläne, die weit ausgebreitet vor ihnen lagen.

»Wie ich sehe, sind Sie bereits fertig. Setzen Sie sich doch, dann kann ich Ihnen alles Weitere erklären.« Während Carsten sie ausführlich über den detaillierten Ablauf der nächsten beiden Tage informierte, machte sich Esther auf den Weg zur Maske.

Je mehr Information Carsten preisgab, umso erschlagener fühlte sich Anna. Zu beobachten, wie die Unterlagen letztlich wieder in einer großen Mappe verschwanden, ließ sie erleichtert aufatmen. Innerhalb der nächsten Stunde sollten die Dreharbeiten beginnen, und für Carsten gab es noch einige offene Punkte mit dem Aufnahmeleiter und dem Kamerateam zu besprechen. Auch Sabine ging zurück in ihr Büro.

Anna blieb alleine zurück und studierte die Textkarten, die Esther ihr am Morgen in die Hand gedrückt hatte. Doch so sehr sie sich auch bemühte, sie konnte sich nicht konzentrieren. Ihre Gedanken schweiften ständig ab. Noch vor wenigen Tagen hatte sie versucht, Sabine über die Auflösung vom Marienhort hinwegzutrösten. Nun saß sie hier, in der Gewissheit, dass sich das Schlachtfeld um die alte Stadtvilla in weniger als sechs Wochen in ein kleines Paradies für die Kinder verwandeln sollte.

»Anna?«

»Ja, Schätzchen?« Anna sah auf und blickte in Florians wundervolle, blaue Augen.

»Dürfen wir euch nachher zusehen?«

»Natürlich dürft ihr nachher zusehen.« Sie strich ihm liebevoll über die Hand.

»Wirst du dann ein großer Filmstar?«

Anna lachte. »Das glaube ich nicht. Außerdem hätte ich dann überhaupt keine Zeit mehr, euch zu besuchen.«

Florian blickte nachdenklich auf seine Schuhe.

»Stimmt. Dann wirst du wohl besser doch kein Filmstar.« Er griff in seine Hosentasche und zauberte eine Handvoll Fruchtgummis hervor.

»Möchtest du welche haben? Stefan hat uns ganz viele mitgebracht.«

Argwöhnisch betrachtete Anna die Fusseln, die an den Fruchtgummis klebten. »Das ist lieb von dir, aber ich möchte keines. Du kannst sie alle alleine essen.«

»Ich frage Stefan. Vielleicht möchte er eines. Weißt du, wo er ist?«

»Nein, tut mir leid. Vielleicht schaust du mal im Hof nach.«

Florian begab sich auf die Suche nach seinem großen Idol und schlenderte fröhlich davon.

Eiscreme. Süßigkeiten. Anna fragte sich, ob Stefan versuchte, etwas wiedergutzumachen.

Seit ihrem Streit im Sender hatte sie nicht mehr mit ihm gesprochen. Mit Ausnahme des kurzen Aufeinandertreffens in Sabines Büro.

»Hey, hast du Flo irgendwo gesehen?« Stefan stand unter der großen Terrassentür des Speisesaals. »Er wollte mir noch sein Zimmer zeigen, bevor wir mit dem Dreh anfangen.«

»Er ist vor dem Haus und sucht nach dir.«

»Danke, Prinzessin.«

Noch ehe sich Anna die Gelegenheit bot, ihm einen Wortschwall an Schimpfwörtern an den Kopf zu werfen, war er wieder sicher im Inneren des Hauses verschwunden.

Der Nachmittag zog sich in schier endlose Länge. Stundenlang wurden immer wieder dieselben Einstellungen geprobt und aufgezeichnet. Anna fühlte sich platt und erschöpft, obwohl sie während der ganzen Zeit nicht viel leisten musste. Ihre Aufgabe bestand hauptsächlich darin, anwesend zu sein und ständig in die Kamera zu lächeln. Einzig vier Zeilen Text musste sie auswendig aufsagen.

Bewundernd hatte sie Esther dabei beobachtet, wie sie sich vor der Kamera bewegte und kokettierte. Auch Stefan kamen seine bisherigen Erfahrungen vor der Kamera zugute. Er wirkte gelöst, und selbst Anna nahm ihm bei der Ernsthaftigkeit seiner nachdrücklichen Worte zwischenzeitlich ab, dass ihm am Marienhort wirklich etwas gelegen war. Als Carsten schließlich den Feierabend einläutete, war sie froh, dass der Tag endlich vorüber war.

Der nächste Tag begann, wie der vorherige Tag geendet hatte: Maske. Stellproben. Textproben. Dreh. Doch dieses Mal hatte Anna Sabine und die Kinder an ihrer Seite.

Mit der Zeit fanden die Freundinnen immer mehr Gefallen

an den Dreharbeiten. Sie wirkten weniger verkrampft, und man spürte ihre Verbundenheit. Die letzte Szene für den Spot wurde am frühen Nachmittag gedreht. Gemeinsam mit den Kindern standen alle vor dem Haus und winkten in die Kamera.

Während das Filmmaterial unterwegs ins Studio war, setzte sich das Handwerkerteam zu den Kindern in den Garten. Maria servierte Kaffee und Kakao sowie einen verführerisch duftenden, selbstgebackenen Apfelkuchen.

Die Kinder hatten in weiser Voraussicht einige Decken im Gras ausgebreitet, da sich die Sitzplatzangebote für den Außenbereich, wie befürchtet, als nicht ausreichend erwiesen. Anna ließ sich neben ihre Freundin fallen und genoss die entspannte Atmosphäre. Als sich die Menschentraube um Maria langsam auflöste, knobelten sie darum, wer von ihnen beiden aufstehen musste, um Kuchen zu holen.

Bei ihrer Rückkehr stellte Anna missbilligend fest, dass Stefan ihren Platz auf der Decke eingenommen hatte und Sabine sich angeregt mit ihm unterhielt. Dennoch setzte sie sich dazu und hielt Sabine eines der beiden Kuchenstücke entgegen.

»Ist eigentlich schon bekannt, wann der Spot ausgestrahlt wird?« Sabines Frage galt Stefan, doch ihr Lächeln war für Anna bestimmt, als sie dankbar nach dem Kuchen griff.

»Laut Carsten soll die erste Ausstrahlung wohl schon heute Abend gezeigt werden.«

»Heute Abend schon?« Ungläubig biss Anna in ihren Apfelkuchen.

»Ja. Der Sender hat wohl parallel im Studio gearbeitet. Sie haben nur noch auf das heutige Filmmaterial gewartet. Heute Nachmittag wird alles geschnitten, und heute Abend kann es dann auf Sendung gehen.« Stefan nahm Anna ihren Kuchen aus der Hand.

Entrüstet schaute sie ihn an. »Hey, das ist meiner.«

Ihre Einwände unbeachtet, biss er ein großes Stück ab.

»Der ist aber lecker.« Anerkennend nickte er.

»Ich weiß. Kann ich ihn bitte wiederhaben!«

»Natürlich, entschuldige.« Doch ehe er ihn Anna zurückgab, verschwand ein weiteres Stück in seinem Mund. »Ich glaube, ich hol' mir auch einen.« Er legte den kläglichen Rest des Kuchens zurück in Annas Hand und erhob sich. Zufrieden schlenderte er davon.

»Dieser Behrens ist so ein süßer Kerl. Findest du nicht auch?« Verträumt schaute Sabine hinter ihm her.

»Ist das dein Ernst? Du findest ihn süß?«

»Nicht so süß wie Hugo, aber trotzdem durchaus passabel. Er hat einfach etwas. Und wie er mit dir flirtet …«

Anna blieb der letzte Rest ihres Apfelkuchens im Hals stecken. Sie hustete kräftig. »Moment. Drehst du jetzt völlig durch? Das Einzige, was an ihm süß ist, ist mein Apfelkuchen, den er kaut. Und er hat tatsächlich etwas: zu viel Ego. Außerdem flirtet er nicht mit mir. Er bemüht sich höchstens um einen normalen Umgang, da wir uns die nächsten Wochen ja nicht ständig streiten können.«

Anna signalisierte mehr als deutlich, dass das Thema damit für sie beendet war, und Sabine kam ihrem unausgesprochenen Wunsch nach. Auch wenn sie ihr noch einen skeptischen Blick zuwarf.

*

Unterdessen setzte sich Stefan neben Carsten, der seinen Platz auf den Terrassenstufen gefunden hatte. Aufmerksam verfolgte dieser die Szenerie im Garten.

»Wen haben wir denn hier: den Mann der Stunde. Wer hätte gedacht, dass du dich tatsächlich zusammenreißen wirst und noch dazu an jemand anderen denkst, als an dich selbst.«

»Das habe ich wohl verdient. Aber was soll ich machen – ab und zu bin ich eben ein Idiot, der ein bisschen länger braucht.« Stefan ließ den Rest seines Kuchens im Mund verschwinden.

»Wer ist das nicht.« Carsten schmunzelte und blickte seinen Freund wissend an. »Wie kam es eigentlich dazu, dass du den Vertrag nun doch so schnell unterschrieben hast?«

»Ich könnte jetzt behaupten, dass mich eine gute Fee mit durchaus überzeugenden Argumenten dazu getrieben hat. Doch Fakt ist: Mir wurde selten so eine heftige Standpauke gehalten.« Er konnte sich noch lebhaft an die Vorwürfe von Anna erinnern. Nachdem sie ihm den Kopf zurechtgerückt hatte, konnte er überhaupt nicht mehr verstehen, weshalb er sich so gegen das Konzept von Carsten gesträubt hatte. Er sah zu Anna hinüber und musterte sie. Sollte er sich jemals wieder wie ein egoistischer Volltrottel aufführen, würde sie sicherlich kein Blatt vor den Mund nehmen und es ihn wissen lassen.

»Lass mich raten, wer die gute Fee war?« Carsten deutete mit dem Kopf in Annas Richtung.

»Gott, sie kann so nervig sein. Aber irgendwie mag ich sie auch.« Stefan lachte.

»Du magst sie?«, fragte Carsten verblüfft.

»Nicht, wie du jetzt denkst. Ich genieße es, dass ihr egal ist, wer ich bin. Sie behandelt mich wie jeden anderen Menschen. Außerdem muss ich mich mit ihr gut stellen, denn ich habe heute Abend ein Date mit ihrer Schwester.«

»Du hast ein Date mit ihrer Schwester?« Carsten war erneut verblüfft. »Woher kennst du ihre Schwester?«

»Wir haben uns zufällig kennengelernt, und ich schwöre dir, sie ist richtig heiß. Unglaublich hübsch. Langes, blondes Haar. Schlagfertig. Seidige Haut. Und ihr Lächeln …«

Ein schwärmender Gesichtsausdruck verriet seine Erwartungshaltung.

»Hm.« Carstens Blick fiel erneut auf Anna. Die hübsche und schlagfertige Architektin mit den langen, blonden Haaren und der makellosen Haut, unterhielt sich angeregt mit dem kleinen Florian. Sie schenkte dem Jungen ein strahlendes Lächeln, und auch Carsten konnte sich ein Grinsen nicht verkneifen. »Das hört sich nach einem absoluten Volltreffer an.«

»Das ist sie.«

*

Anna stand unter ihrer Dusche und stellte das Wasser an. Als das kühle Nass auf sie herabfiel, schloss sie erschöpft die Augen. Der Umbau hatte noch nicht einmal begonnen, und sie fühlte sich bereits gerädert. So sehr sie sich auch auf ihre Aufgabe freute, blieb doch die Angst vor dem Scheitern. Was würde geschehen, wenn sie diese gewaltige Herausforderung nicht im vorgegebenen Zeitfenster bewältigen konnten? Hatte sie sich womöglich selbst überschätzt? Die Zweifel blieben.

Eingehüllt in ein großes Badetuch legte sich Anna auf ihr Bett und schaltete den Fernseher ein. Sie wollte unbedingt den Spot sehen, doch schon nach wenigen Augenblicken fielen ihre Augen zu. Erst das Läuten des Telefons riss sie aus ihrem Schlummer. Verschlafen schaute sie sich um und erkannte, wie es bereits zu dämmern begann. Ihre Hand tastete blind nach ihrem Handy.

»Hallo?«

»Wann wolltest du uns eigentlich mitteilen, dass du in einer Fernsehshow mitmachst? Frau Müller hat eben angerufen und es uns erzählt.« Der schrille Tonfall von Annas Mutter ließ darauf schließen, dass sie verärgert war.

»Hallo Mutti. Tut mir leid. Ich wollte es euch schon früher

sagen, aber irgendwie ging alles so wahnsinnig schnell.«

»Das ist wieder einmal typisch. Du hast ja nie Zeit für uns und überhaupt – wann warst du das letzte Mal hier? Aber du kommst doch zum Sommerball? Sag nicht, dass du dieses Jahr wieder nicht kommen wirst. Das würde deinem Vater das Herz brechen.«

Anna hörte ein leises Knacken in der Leitung.

»Quatsch«, mischte sich ihr Vater ein. »Wenn du nicht kommen möchtest, brauchst du auch nicht kommen. Keiner zwingt dich dazu. Du kommst einfach wieder, wenn es bei dir reinpasst.«

»Danke Paps.« Anna lächelte.

»Max, geh aus der Leitung«, forderte ihre Mutter.

»Ich denke nicht daran«, behauptete sich ihr Vater.

»Max, ich warne dich.«

Anna merkte, wie der Tonfall ihrer Mutter vollständig zu kippen drohte.

»Wovor?«, erkundigte sich ihr Vater wenig eingeschüchtert.

»Muts, Paps, darf ich euch etwas erzählen?«

»Was hast du auf dem Herzen, mein Engel?« Die ruhige Stimme ihres Vaters legte sich wie Balsam um ihre Seele.

»Ich würde euch gerne etwas zu dieser Fernsehsendung sagen.«

»Ich bitte darum. Hoffentlich ist das keine von den Sendungen, in denen sich die Kandidaten ständig lächerlich machen müssen«, gab ihre Mutter ihre Bedenken zu verstehen.

»Nein, Muts, ist es nicht. Im Gegenteil. Ich habe euch doch von Sabines Problemen mit Marienhort erzählt. Vor ein paar Tagen kam der Bescheid, dass Marienhort geschlossen werden soll. Zufällig haben wir Stefan Behrens kennengelernt. Er hat seine Beziehungen zum SDF ein wenig spielen lassen. Am

Wochenende haben sie schließlich eingewilligt, dass Wohn(t)-raum dort aufgezeichnet wird.«

»Moment mal. Wohn(t)raum mit Esther Münch?«

Anna hörte die Verblüffung in der Stimme ihrer Mutter.

»Stefan Behrens!« Die Stimme ihres Vaters klang begeistert, war er doch seit Jahr und Tag ein großer Fußballfan. »Du kennst Stefan Behrens?«, bohrte ihr Vater weiter.

»Ja, ich kenne ihn.«

»Kannst du mir vielleicht ein Autogramm besorgen?«

»Paps.«

»Und ich möchte eines von Esther Münch.« Ihre Mutter schaltete sich nun wieder in das Gespräch ein.

»Muts.«

»Können wir dich dann auch einmal im Marienhort besuchen?« Max Binder überschlug sich förmlich am Telefon.

»Ich glaube nicht, dass das geht.«

»Schade. Aber vergiss bitte trotzdem mein Autogramm nicht.« Seine Aussicht auf ein Autogramm von Stefan konnte dadurch nicht geschmälert werden, den Fußballhelden der Nation nicht zu Gesicht zu bekommen.

»Und meines auch nicht. Und viel wichtiger, vergiss den Sommerball nicht.« Anna hatte schon gehofft, ihre Mutter hätte dieses leidige Thema fallen lassen.

»Werde ich nicht, versprochen. Ich habe mir alles notiert.« Gelangweilt schrieb sie mit ihrem Zeigefinger in die Luft.

»Ich melde mich diese Woche noch einmal bei euch. Macht es gut, ihr zwei. Tschüss.«

»Tschüss mein Engel.«

Befreit beendete Anna das Telefonat. Ihr Blick wanderte zur Uhr. Sie hatte den Spot tatsächlich verschlafen.

*

Stefan lag in einem bequemen Liegestuhl auf seiner Dachterrasse und nippte an einer gekühlten Flasche Bier. Er griff nach seinem Handy und las erneut die Mitteilung von Alex. Dann blätterte er in seinem Telefonverzeichnis und wählte ihre Nummer. Nach dem dritten Klingelton hörte er ihre Stimme.

»Stefan, welch angenehme Überraschung.«

»Ich bin untröstlich, Alex. Du versetzt mich tatsächlich?«

»Es tut mir so leid«, entschuldigte sie sich bei ihm. »Aber im Hotel sind heute wichtige Gäste angekommen, und ich komme hier nicht weg.«

»Versprich mir wenigstens, dass wir versuchen, es nachzuholen?« Er wollte sie zu gerne wiedersehen.

»Ich verspreche es dir.« Sie lachte, dann wurde es kurz ruhig in der Leitung, als ob sie über etwas nachdächte. »Hättest du eventuell Lust, mich am kommenden Wochenende auf ein Fest zu begleiten?«

»Ein Fest?«

»Ja.«

»Was für ein Fest?«, fragte er unsicher nach.

»Es nennt sich *Sommerball*.«

»Ah, der legendäre Sommerball. Von dem habe ich schon viel gehört.« Er erinnerte sich an einzelne Gesprächsfetzen der beiden Schwestern.

»Tatsächlich?«, fragte Alex erstaunt.

»Ja natürlich. Anna redet ununterbrochen davon.«

»Oh je. Wenn Anna dir vom Sommerball erzählt hat, hast du vermutlich kein Interesse an der Veranstaltung.«

»Aber ganz im Gegenteil. Ich würde mich freuen, dich zu begleiten.«

»Wirklich?«

Alex klang überrascht über die spontane Zusage.

»Natürlich. Soll ich dich abholen?«

»Nein, das ist nicht nötig. Ich fahre bereits am Freitag. Ich gebe dir einfach die Adresse durch, und du kommst am Samstag nach. In Ordnung?«

»Einverstanden.«

»Ja, dann, bis Samstag.«

»Ich freu' mich.«

Stefan hörte das Knacken in der Leitung, als Alex die Verbindung beendete. Selbstzufrieden stand er auf und lehnte sich gegen die Brüstung seiner Terrasse. Er genoss den Ausblick und ließ die vergangenen Tage Revue passieren. Endlich schaffte er mal wieder etwas Nützliches. Er fühlte sich gut und blickte den kommenden Wochen und der damit verbundenen Strapazen freudig entgegen. Er fühlte, dass das Schicksal einiges für ihn bereithielt.

Das Wiedersehen mit Alex, die Zusammenarbeit mit Carsten, das Hoffen auf eine Aussprache mit Esther und nicht zuletzt die Aussicht, sich mit Anna zu streiten, ließen ihn für einen Augenblick die letzte Bundesliga-Saison und seine Knieverletzung vergessen. Seit langer Zeit hatte er nicht das Gefühl, ausgehen zu müssen, um seinem Leben Abwechslung zu verschaffen. Er wollte weder Champagner schlürfen noch sich Bestätigung durch die Damenwelt suchen. Genussvoll trank er den letzten Schluck Bier.

In den kommenden Tagen bestand seine Hauptaufgabe in der Medienarbeit. Carsten hatte eine Vielzahl an Interviews für ihn geplant. Hierauf sollte er sich vorrangig konzentrieren, ehe die tatsächlichen Umbauarbeiten beginnen würden. Dafür wollte er fit sein und beschloss deshalb, früh ins Bett zu gehen.

FÜNF

Zwei weitere anstrengende Tage lagen hinter Anna, in die sie sich voller Tatendrang stürzte. Am Mittwochmorgen hatte sie sich mit Esther und ihrem Team im Sender getroffen und mit der Planung, der Organisation und den zahlreichen Bestellungen begonnen. Sie arbeiteten bis spät in die Nacht. Und auch der darauffolgende Tag brachte die gleichen Aufgaben mit sich. Nach und nach lernte Anna die Leute des Handwerkerteams besser kennen. Sie fühlte sich zusehends wohler unter ihnen, was ihre Kreativität nur noch mehr beflügelte. Seit langem hatte sie nicht mehr so viel Spaß gehabt. Sie lernte nicht nur interessante Leute kennen, gleichzeitig wurde ihr durch den Erhalt des Kinderheimes auch eine große Last abgenommen.

»Gute Nacht, Anna. Bis morgen.«

»Gute Nacht.« Anna winkte Esther auf dem Parkplatz des Senders kurz zu, ehe sie in ihren Wagen einstieg.

Nach mehreren Versuchen, ihren alten Kombi zu starten, atmete sie erleichtert auf, als sie endlich das Geräusch des laufenden Motors zu hören bekam. Gut gelaunt machte sie sich auf den Heimweg und fiel wenig später glücklich in ihr Bett.

Tutututu … Tutututu … Tutututu … Tutututu …

Verschlafen tastete Anna nach ihrem Wecker, um den schrillen Ton abzustellen, der ihren Schlaf auf so unliebsame Weise beendete. Doch die Aussicht, den ganzen Tag im Marienhort zu verbringen, und nicht mehr in den engen Räumen des Senders eingepfercht zu sein, ließ sie beflügelt aus den Federn schlüpfen.

Als ihr Wagen ihr auf dieselbe Art wie am Tag zuvor Probleme zu machen drohte, war ihre gute Laune für einen kurzen Augenblick verflogen. Nach etlichen Startversuchen hörte sie endlich das klappernde Geräusch des Motors und strich dankbar über das Armaturenbrett. Zielstrebig machte sie sich auf den Weg zu Sabine und den Kindern.

Im Marienhort herrschte bereits reges Treiben. Anna hatte ihren Kombi direkt neben Stefans teurem Sport-Coupé geparkt. Im Rückspiegel erblickte sie bereits den herannahenden Florian, der kurz darauf aufgeregt ihre Fahrertür aufriss.

»Anna, Anna. Rate mal, wohin wir fahren!«

Verdutzt blickte Anna ihn an. »Wer? Wir beide?«

»Nein, nur wir Kinder?«

»Hm. Lass mich überlegen.« Anna stieg aus dem Wagen und legte ihre Stirn in Falten.

»In den Zoo?«

»Nein. Rate nochmal.«

Sie tippte sich nachdenklich gegen die Stirn. »In den Zirkus?«

Florian hielt sich die Hände vor die Augen und schüttelte den Kopf. »Nein, nochmal.«

»Ins Schwimmbad?«

»Ach, du kommst ja nie drauf. Wir dürfen ins Feriendorf *Kunterbunt* fahren.«

Anna blickte in Florians freudig strahlende Augen.

»Nein, wirklich? Das ist ja toll.« Sie sah aus den Augenwinkeln, wie Stefan auf sie zukam.

»Das hat Stefan für uns ausgemacht.« Voller Freude blickte Florian seinem Helden entgegen.

»So, so. Das ist aber nett von Stefan.«

Ein weiteres Auto fuhr in den Hof. Florian erkannte Hugo sofort und betrachtete ihn als weiteres Opfer, um ihm von der neuesten Entwicklung im Marienhort zu berichten.

Stefan lehnte sich, gegenüber von Anna, an seinen Wagen und grinste. Er trug Shorts und ein passendes Poloshirt dazu. Selbst seine braungebrannten Beine steckten in Schuhen, die farblich auf sein Outfit abgestimmt waren.

»Weshalb grinst du so?« Sie verschränkte die Arme vor der Brust.

»Nur so.«

»Warum kann ich dir das nicht glauben?« Sie kniff ihre Augen zusammen und musterte ihn.

Stefan stieß sich von seinem schicken Sportwagen ab. Sie stand eingepfercht zwischen ihm und ihrem Kombi, als seine Hände auf ihrem Wagendach zum Liegen kamen. Er war ihr so nah, dass sie sein dezentes Aftershave ebenso deutlich zur Kenntnis nehmen konnte, wie seine dunklen Augen.

»Weil du immer nur das Schlechteste von mir denkst. Doch ich kann dir jedes Mal beweisen, dass du im Unrecht bist.«

»Kannst du bitte irgendjemand anderen nerven und auf die Pelle rücken?« Die wenigen Zentimeter, die sie voneinander trennten, beunruhigten Anna mehr, als sie sich eingestehen wollte. Sie war sich sicher, dass es im näheren Umfeld unzählige Frauen gab, die seine Nähe genossen hätten. Doch sie konnte seinem Machogehabe und der Art, wie er immer wieder betonen musste, was für ein toller Kerl er war, nichts abgewinnen.

»Natürlich kann ich das. Aber bei niemandem macht es so herrlich viel Spaß wie bei dir.«

Anna versetzte ihm einen heftigen Stoß gegen die Brust. Erleichtert, dass er zurückwich, nutzte sie umgehend die Gelegenheit, sich aus der Situation zu befreien. Zornig funkelte sie ihn an. »Idiot.«

Mit hochrotem Kopf stürmte sie, Hugo und Florian ignorierend, ins Haus. Hugos Blicke folgten Anna, bis die Eingangstür schließlich lautstark ins Schloss fiel. »Da scheint jemand richtig sauer zu sein. Was hast du denn mit Anna gemacht?«

Stefan gesellte sich zu den beiden und schmunzelte amüsiert. »Ich habe sie nur ein bisschen geärgert. Aber heute scheint sie besonders empfindlich zu sein.«

»Ich glaube, sie kann dich jetzt nicht mehr leiden.« Florian schaute bedrückt.

»Quatsch. Sie ist nur eingeschnappt. Das legt sich wieder. Weißt du, Kleiner, du musst noch viel über die Frauen lernen.«

Ohne das Thema weiter zu vertiefen, schlenderten die drei in den Garten. Während Florian begeistert mit seinen Freunden spielte, lümmelten Hugo und Stefan auf den Stufen zur Terrasse.

»Hab' ich das eigentlich richtig mitbekommen? Du und Sabine – ihr seid jetzt ein Paar?« Stefan entging nicht Hugos verklärter Blick, als die Sprache auf Sabine kam.

»Ja. Und ich kann es noch immer nicht glauben.« Hugo lächelte verträumt. »Schon bei unserer ersten Begegnung wusste ich: die oder keine.«

»Aber weshalb hast du dann so lange gezögert?« Stefan musterte Hugo interessiert.

»Weil ich mir nicht vorstellen konnte, dass Sabine mehr als Freundschaft für mich empfinden würde. Weißt du, wenn man immer nur hört, was für ein toller und verlässlicher Freund man ist, glaubt man auch irgendwann selbst, nie mehr sein zu können.«

»Dann freue ich mich umso mehr für dich, dass es endlich geklappt hat. Aber jetzt mal ganz unter uns: Du hättest schon viel früher angreifen sollen.«

»Sabine und ich, wir hatten uns eine Weile aus den Augen verloren. Als wir uns wieder begegneten, waren da bereits die Sorgen um Marienhort. Sie brauchte einen Freund, keinen verliebten Gockel. Deshalb habe ich nie etwas gesagt.«

»Hugo.« Stefan klopfte ihm auf die Schulter. »Auch du musst noch viel über die Frauen lernen.«

»Das hoffe ich nicht.« Sabine hatte die letzten Wortfetzen von Stefan aufgeschnappt. »Schließlich hat er ja jetzt mich.« Sie ging neben ihrem Angebeteten in die Hocke und hauchte ihm einen flüchtigen Kuss auf den Mund.

»Whuhu«, »wow« und zahlreiche weitere Schmatzgeräusche hallten als Echo von den Kindern wider. Protestierend küsste Sabine Hugo erneut.

Anna hatte das Schauspiel durch die Terrassentür beobachtet. Sabine und Hugo gemeinsam zu sehen, ließ sie unwillkürlich schmunzeln. Sie gönnte den beiden ihr Glück von ganzem Herzen. Und der Anblick ihrer verliebten Freunde, ließ Anna kurzzeitig auch den Groll auf Stefan vergessen.

*

Am späten Vormittag trafen Esther und Carsten ein, gefolgt von einigen weiteren Handwerkern des Wohn(t)raum-Teams. Gemeinsam mit Anna inspizierten sie erneut die Räumlichkeiten, glichen die Umbaupläne ab und setzten sich zu einem weiteren ausführlichen Brainstorming zusammen. Doch auch der Spaß sollte nicht zu kurz kommen.

Nach einem gemeinsamen Mittagessen mit den Kindern auf der Terrasse, nahmen sich die Handwerker Zeit und spielten mit ihnen im Garten. Anna und Esther hatten sich dazu bereiterklärt, die Tische abzuräumen, wobei sie sich über Männer im Allgemeinen und Stefan im Speziellen unterhielten.

»Sie haben mir noch gar nicht verraten, wie Sie es geschafft haben, Stefan doch noch für das Projekt zu begeistern?« Gespannt wartete Esther auf eine Antwort.

Anna lachte. »Ich habe ihn angeschrien und ihm mehr oder weniger gesagt, dass er ein egoistischer Vollidiot ist.«

Esther schüttelte ungläubig den Kopf und lächelte. »Hätte ich das mal früher gewusst.« Sie hielt inne und ließ das Geschirrtuch sinken. »Wollen wir uns eigentlich nicht auch duzen?«

Esther streckte Anna die Hand entgegen.

»Sehr gerne.« Anna wollte ihr die Hand reichen, doch der schwere Putzeimer in ihrer Hand hielt sie davon ab. Mit einer schwungvollen Bewegung leerte sie den Inhalt über die Terrassenmauer. Noch bevor sie den Kübel abstellen konnte, hörte sie bereits einen Aufschrei unterhalb der Terrasse. Erschrocken zuckte sie zusammen. Keine Sekunde hatte sie einen Gedanken daran verschwendet, jemand könnte dort stehen. Dicht gefolgt von Esther sprang sie hastig zur Brüstung, wo sie umgehend in schallendes Gelächter ausbrach.

Stefan stand unterhalb des Geländers und war von Kopf bis Fuß in Seifenwasser eingeweicht. Selbst sein warnender Blick konnte ihrem Lachen keinen Einhalt mehr gebieten.

»Ups.« Anna grinste amüsiert und Genugtuung stand ihr ins Gesicht geschrieben.

Er funkelte sie zornig an und atmete tief durch. Dann begann er in gefährlich ruhigem Ton zu sprechen. »Anna Binder: Lauf! Und zwar so schnell du kannst.«

Esther flüsterte ihr leise zu: »Anna, ich würde besser tun, was er sagt.«

Ehe sich Anna versah, setzte Stefan zu einem Sprint in ihre Richtung an. »Verdammt.« Hastig rannte sie ins Haus, doch Stefan war ihr bereits dicht auf den Fersen. Sie hörte die trampelnden Schritte der Kinder, die ihnen folgten. Unschlüssig, wie sie sich am besten retten konnte, eilte sie die Treppe nach oben. An der vorletzten Stufe spürte sie bereits einen nassen Griff um ihren rechten Knöchel, der sie unsanft zu Fall brachte.

Wild schlug sie mit ihrem noch freien Bein um sich, bis Stefan auch dieses zu fassen bekam. Als sie es wagte, sich umzudrehen, beugte sich der triefende Fußballheld bereits über sie. Ihren stetigen Protest ignorierend, fand sich Anna schließlich über seiner Schulter wieder. Da er ihre Beine fest umschlossen hielt, konnte sie sich nur noch mit ihren Armen zur Wehr setzen. Notgedrungen begnügte sie sich damit, wild gegen seinen Rücken zu hämmern.

»Lass mich gefälligst runter.« Erschrocken stellte sie fest, wie sich Stefan in Bewegung setzte. »Was hast du vor?«

*

Die grölenden Kinder folgten Stefan in den ersten Stock. Lilly zog an Stefans Hosenbein und sah besorgt zu ihm auf.

»Muss sie jetzt sterben?«

»Nein, mein Engel. Sie muss nicht sterben. Sie wird büßen.« Er zwinkerte dem kleinen Mädchen zu, und ein siegreiches Lächeln umspielte seinen Mund.

»Das habe ich gehört. Stefan, lass mich sofort runter. Ich entschuldige mich auch.«

Doch er kam ihrer Aufforderung nicht nach, sondern schlug den direkten Weg zu den Waschräumen ein. Schlagartig wurde Anna bewusst, was genau er mit *büßen* meinte.

Mit einem kräftigen Stoß flog die angelehnte Tür zum Waschraum der Jungen auf. Zielstrebig steuerte er die Duschen an.

»Wage es nicht! Ich warne dich.«

Zufrieden nahm er zur Kenntnis, wie sich ihre Hände an ihm festkrallten.

Genauso schnell, wie sie auf seine Schulter gelangt war, stellte er sie wieder auf sicherem Boden ab. Verzweifelt versuchte Anna sich zu befreien, doch seine Arme umschlossen bereits ihre Taille. So sehr sie sich auch bemühte, sie war chancenlos gegen ihn.

Stefan wählte einen Duschkopf aus, der direkt auf sie gerichtet war und schob sie unablässig in diese Richtung. Zufrieden stellte er ihre ausweglose Situation fest: eingeklemmt zwischen der gefliesten Wand und seinen Armen.

Er tastete nach der Duscharmatur. »Kinder, geht in Deckung!«

Aufgeregt sprangen die Kinder zur Seite, als Stefan den altmodischen Drehknauf umschloss. Zu gerne hätte er in diesem Augenblick Annas wütenden Gesichtsausdruck gesehen.

Anna schien verzweifelt, denn letztlich wusste sie sich nicht anders zu helfen, als die Gunst ihrer kleinen Freunde zu gewinnen. »Kinder, wenn ihr mir helft, bekommt ihr alle ein Eis von mir.«

Noch ehe die Kleinen auf ihn einstürmen konnten, schoss Stefans Hand nach oben. Er rief laut »Stopp« und gebot ihnen kurzzeitig Einhalt. Leise flüsterte er an Annas Ohr. »Das ist erbärmlich, Prinzessin. Du versuchst tatsächlich, die Kinder zu bestechen? Langsam solltest du dir eingestehen, dass du alleine nicht mit mir fertig wirst.« Er drehte sich zu den Jungen und Mädchen um. »Ich verspreche euch einen ganzen Eis-

Wagen, wenn ihr die Beine ruhig haltet.«

Der aufkommende Jubel übertönte Annas Aufschrei, als das eiskalte Wasser der Brause sie traf. Automatisch drehte sie sich zu ihm um und barg ihr Gesicht schutzsuchend an seiner Brust, während ihre Hände sich an dem Stoff seines durchweichten Shirts festkrallten.

Stefan lockerte seinen festen Griff, hielt Anna aber weiter in den Armen. Er genoss die Nähe zu ihr und für einen kurzen Augenblick war er versucht, besänftigend über ihren Rücken zu streicheln. Irritiert rief er sich zur Ordnung und drehte das Wasser ab. »Genug geplanscht für heute. Auf geht's – raus mit euch!«

Die Kinder stürmten nach unten, zurück in den Garten und ließen die beiden alleine zurück. Stefan wich einen Schritt zurück und musterte Anna. Als sie ihren Kopf hob und ihn wütend anfunkelte, verfiel er in ein lautstarkes Lachen.

»Du Idiot.« Sie stieß ihn heftig gegen die Schulter, woraufhin er nur noch mehr lachen musste.

»Au.« Er rieb die getroffene Stelle. »Du hast überhaupt keinen Grund, sauer zu sein. Schließlich gilt hier gleiches Recht für alle.« Er zwinkerte herausfordernd. »Es sei denn, du hast Lust auf eine zweite Runde?«

»Bleib mir bloß vom Leib!« Anna warf ihren nassen Zopf über die Schulter. Vorsorglich bewaffnete sie sich mit dem Duschkopf und richtete ihn auf ihren Gegenüber. »Am besten, du gehst einfach. Sonst kann ich für nichts garantieren.«

Stefan kam auf sie zu. Sofort hielt ihm Anna abwehrend den Duschkopf entgegen.

»Ich warne dich.«

»Wovor? Willst du mich nass spritzen?«

Er blickte auf seine triefenden Klamotten, die an ihm

herabhingen. »Ähm, Moment – ich bin ja schon nass.«

Er bemerkte, wie Annas Finger nach dem Drehknauf der Brause tasteten.

Doch ehe sie sich versah, hatte sich Stefans Hand besitzergreifend über ihre Finger gelegt, und der Duschkopf blickte gefährlich in ihre Richtung. Er umschloss ihre Hand auf der Armatur. Nun ruhte das Dirigat des Wassers wieder unter seiner Macht. Sie saß in der Falle. Eingeklemmt zwischen der altmodisch gekachelten Wand und dem Feind. Hämisch grinsend genoss er es, dass sie sich ihrer Unterlegenheit bewusst war.

»Hast du Interesse an einem Waffenstillstand?«

»Ich spreche nicht mit dir, solange du mir das Ding ins Gesicht hältst.«

Anstatt die Armatur einfach freizugeben oder von ihr wegzudrehen, ließ er sie hinter seinem Rücken verschwinden und zog Anna damit automatisch näher an sich. Ihr Kopf schoss umgehend in die Höhe.

»So besser?« Sein Plan, sie weiterhin zu ärgern, war nicht aufgegangen. Ihre Nähe. Ihr Blick. Ihre wütenden, grünen Augen. Ihre Körper, die sich berührten. All dessen war er sich plötzlich mehr als bewusst. Als sie ihre Lippen angestrengt aufeinanderpresste, war es um seine Selbstbeherrschung geschehen. Er schluckte hart.

»Lass das bitte.«

»Was?« Irritiert keifte sie ihn an.

»Das da.« Seine Augen fixierten ihre Lippen.

»Aber ich tu doch gar nichts.« Sie begann verunsichert auf ihrer Unterlippe zu kauen.

»Du tust es schon wieder.«

»Was um alles in der Welt meinst du?«

Anna sah ihn vollkommen verwirrt an.

Er lockerte seinen festen Griff, und ihre Hand glitt von der Armatur. Sein Blick senkte sich und er sah, dass ihre Finger noch immer ineinander verhakt waren.

Stefan neigte sich vor und flüsterte an ihr Ohr. »Deine Lippen. Ich meine deine Lippen.«

Zögernd sah sie auf und blickte ihm direkt in die Augen. Sie kamen sich gefährlich nahe. Doch ehe sich ihre Lippen finden konnten, vernahmen sie ein lautstarkes Räuspern, das sie aufschreckte.

Carsten stand unter der Tür und rief seiner Frau zu: »Du brauchst dir keine Sorgen machen, Schatz. Sie lebt noch.«

Die Szenerie im Waschraum wurde eindeutig von ihm interpretiert. »Na, die kalte Dusche scheint euch ja nicht viel gebracht zu haben.«

Er machte auf dem Absatz kehrt und ließ die beiden alleine zurück.

*

Völlig irritiert und überfordert von der Situation ging Anna ins Erdgeschoss. Am Fuß der Treppe wartete bereits Sabine auf sie.

»Wie siehst du denn aus?« Schadenfreudig nahm sie Anna in Empfang. »Komm mit, ich gebe dir ein Handtuch.«

»Danke.« Bevor sie das Schwesternzimmer betraten, entledigte sich Anna ihrer durchweichten Schuhe.

»Ihr seid mir vielleicht zwei Helden«, lachte Sabine.

»Über eure Vorbildfunktion müssen wir noch einmal dringend sprechen.«

Sie schüttelte amüsiert den Kopf und reichte Anna ein Badetuch aus dem Schrank. »Hier müssten auch noch irgendwo Ersatzklamotten sein.« Aufmerksam durchstöberte Sabine die Schränke. »Ah, hier.«

Anna öffnete ihren Zopf, und das nasse Haar hing ihr ins Gesicht. Abwesend knetete sie ihre Haare im Handtuch trocken.

Sabine beäugte sie skeptisch. »Ist alles in Ordnung?«

Anna zwang sich zu einem Lächeln. »Natürlich. Behrens ist nur so ein Vollidiot.«

Sabine lachte. »Also, wenn ich das richtig mitbekommen habe, bist du nicht ganz unschuldig an dieser Geschichte gewesen. Jetzt zieh dich erst mal um. Ich warte im Garten auf dich.«

»Dankeschön.« Anna zog ihre nassen Kleider aus und trocknete sich ab. Sie versuchte verzweifelt, einen klaren Gedanken zu fassen, doch sie durchlebte die letzten Minuten erneut. Sie wäre durchaus bereit gewesen, sich für die Putzwassergeschichte bei ihm zu entschuldigen, doch er hatte ihr nicht einmal die Gelegenheit dazu gegeben. Vielmehr hätte sie ihn beinahe geküsst. Nein, er hätte sie geküsst. Sie war völlig durcheinander. Letztlich war sie sich nicht sicher, was Stefan mit seinem Verhalten zu bezwecken versuchte.

Als sie Schritte auf dem Flur vernahm, wickelte sie in Windeseile das große Badetuch um sich. Automatisch hielt sie den Atem an. Mucksmäuschenstill konnte sie mitverfolgen, wie die Schritte am Schwesternzimmer vorbei ins Freie gingen. Durch den schweren, alten Vorhang erkannte sie ihren Widersacher.

Er ging zu seinem Wagen und hievte seine Sporttasche aus dem Kofferraum.

Anna stockte der Atem, als er aus heiterem Himmel sein durchnässtes Poloshirt über den Kopf zog und mit entblößtem Oberkörper dort stand. Ihr Herz begann aufgeregt zu hämmern. Wäre dieser Mann nur nicht ausgerechnet Stefan Behrens … Doch diese Art von Gedanken wollte Anna erst gar nicht zulassen.

SECHS

»Kann man denn da wirklich nichts mehr tun?« Verzweiflung spiegelte sich in Annas Gesicht. Am Morgen war sie mit Müh und Not noch bis Marienhort gekommen. Nachdem sie den Motor jedoch abgestellt hatte, war nur noch ein lauter Knall zu hören gewesen. Danach ließ sich der Wagen nicht mehr starten.

Hugo wischte seine verschmutzten Finger an einem alten Tuch ab. »Tut mir leid, Anna, aber hier ist wirklich nichts mehr zu machen.«

»Und wenn ich ihn doch noch in die Werkstatt bringe?« Enttäuscht blickte sie auf die alte Karosse.

»Glaub' mir, das Geld kannst du dir sparen.«

»So ein Mist. Und ausgerechnet heute muss ich zu meinen Eltern fahren.« Frustriert lehnte sie sich gegen die Fahrertür.

»Ich kann dir mein Auto leihen.« Hugo steckte das Tuch zurück in die Tasche seiner Arbeitshose.

»Das ist lieb von dir, aber ich werde Alex fragen, ob sie noch in der Stadt ist. Sie kann mich mitnehmen.« Anna zog ihr Handy aus der Hosentasche und wählte Alex' Nummer.

»Hallo Schwesterchen«, begrüßte sie Alex freudige Stimme.

»Hallo Alex. Du, ich habe ein Problem.«

»Was ist passiert?« Alex schien sofort alarmiert.

»Ach, mein Wagen … Bist du noch in der Stadt?«

»Dass diese Klapperkiste überhaupt so lange gefahren ist, wundert mich. Ich bin allerdings schon bei Mutti und Paps. Warum fährst du nicht einfach mit Stefan?«

Anna beschlich ein ungutes Gefühl.

»Anna? Bist du noch dran?«

»Weshalb sollte ich bitte mit Behrens fahren?«, fragte Anna skeptisch nach.

»Ich habe ihn zum Sommerball eingeladen. Er kann dich bestimmt mitnehmen. Am besten, ich rufe ihn gleich an. Bis später.«

»Alex, nein. Warte!« Entsetzt blickte Anna auf ihr Handy. Ihre Schwester hatte das Telefonat beendet.

»Was ist passiert?« Hugo schlug die Motorhaube mit einem lauten Knall zu.

»Alex ist manchmal einfach zu übereifrig. Eigentlich wollte ich sie nur bitten …«, Anna unterbrach sich, als sie hörte, dass ein Wagen in den Hof fuhr. Es ließ sich unschwer erkennen, dass es sich um Stefans Auto handelte. Er parkte den Wagen dicht neben ihr, als sie aus dem Inneren den verdächtigen Klingelton hörte, der sie mit den Augen rollen ließ. Mit dem Telefon am Ohr, schwang er sich aus dem Auto und grinste.

»Das mach' ich doch gerne.« Er winkte Hugo kurz zu und lehnte sich lässig neben Anna an den alten Kombi. Er trug ein weißes Hemd mit aufgekrempelten Ärmeln. Seine langen Beine steckten in einer Jeans, die der sportlichen Figur des Ausnahmeathleten äußerst schmeichelte.

»Mhm. Mhm. Klar, mach' ich. Keine Ursache. Vielleicht sollte ich noch einen Maulkorb organisieren … Ja, das hat sie gehört. Bis später.«

Er wandte sich Anna zu. »Sind die Kids noch da?«

»Nein, sie sind bereits vor einer halben Stunde gefahren. Was hast du da eben von einem Maulkorb erzählt?«

»Schade, ich wollte mich noch verabschieden.« Enttäuscht verzog Stefan seinen Mund.

»Hast du dich nicht gestern schon verabschiedet?«

»Ja, schon. Aber ich wollte heute noch einmal kurz vorbeischauen.«

»Noch einmal?« Sie blickte ihn fragend an.

»Ja.«

Abschätzig schüttelte sie ihren Kopf. »Du musst ja Zeit haben. Was war das jetzt gerade mit dem Maulkorb?«

»Sei froh, dass ich so viel Zeit habe. Ansonsten hättest du hier eine ganze Weile auf mich warten müssen.«

»Es ist ja nicht so, als ob man mich gefragt hätte«, gab sie schnippisch zur Antwort.

»Ist es dir am Ende vielleicht nicht recht, mit mir zu fahren?«

»Nein.« Sie blickte stur geradeaus.

»Warum nicht?«

»Frag' doch mal den Maulkorb.«

Hugo lief kopfschüttelnd zum Haus. »Junge, Junge. Gebt mir Bescheid, wenn ich Boxhandschuhe bringen soll.«

Die beiden standen eine Weile schweigend nebeneinander bis Stefan als erster das Wort ergriff. »Müssen wir über gestern reden?«

»Nein.« Provokativ drehte sich Anna weg.

»Okay. Hast du eine Tasche dabei?«

»Ja.«

»Beifahrersitz?«

Stefan sah auf das klapprige Fahrzeug herab.

»Rücksitz.«

»Ich nehme sie.«

»Mache ich schon selbst.« Anna stieß sich von ihrem Wagen ab und nahm von der Rücksitzbank eine kleine Tasche, die zu ihrem heutigen einfachen Outfit passte: Chucks, Jeans, Shirt.

Er öffnete seinen Kofferraum. Noch bevor sie protestieren konnte, nahm er ihr die Tasche ab und verstaute sie neben seinem Anzug.

Anna hatte bereits im Wagen Platz genommen. Stur blickte sie aus dem Beifahrerfenster. Ihre Anspannung stieg, denn die Bilder vom Vortag, die sie bis zu diesem Zeitpunkt erfolgreich verdrängt hatte, schossen ihr nun wieder durch den Kopf.

Ihr erster Eindruck von Stefan Behrens hatte sie offenbar nicht getäuscht. Er war ein aufgeblasener Schnösel, der davon überzeugt war, bei allen Frauen landen zu können. Dummerweise beinahe auch bei ihr. Sie war noch immer entsetzt über ihre eigene Reaktion.

Was hatte sich Alex nur dabei gedacht, ihn zum Fest einzuladen? Anna überlegte, ob sie ihrer Schwester vom Vortag erzählen sollte, doch eigentlich bestand keine Notwendigkeit. Zumal sie Behrens erstens nicht geküsst hatte. Zweitens, sie ihn nie küssen würde und drittens, ihr die ganze Geschichte überaus peinlich war.

*

Auch Stefans Gedanken schweiften während der Fahrt ab. Der vorherige Tag war anders verlaufen, als er ursprünglich gedacht hatte.

Anfangs hatte ihn die Situation im Waschraum einfach nur amüsiert. Er wusste nicht, wann er je einer so sturen und leidenschaftlichen Person wie Anna Binder begegnet war. Doch dann kam alles anders als erwartet.

Nachdem Carsten sie unter der Dusche entdeckt hatte, war Stefan enttäuscht, überrascht und erleichtert zugleich gewesen. Enttäuscht, weil er in seinem Vorhaben unterbrochen worden war. Überrascht, dass es hatte überhaupt soweit kommen können. Erleichtert, denn Anna schien seine heftige Reaktion auf sie nicht bemerkt zu haben.

Doch das war gestern – nun wollte er sich voll und ganz auf Alex konzentrieren. Sie war schließlich die Frau, die er wollte, und nicht ihre störrische Schwester, mit der er sich so gerne stritt.

»Welches sind eigentlich die Lieblingsblumen deiner Schwester?« Er drehte den Kopf zu ihr, den Blick jedoch weiter auf die Straße gerichtet.

»Lilien.«

»Und die deiner Mutter?«

»Rosen. Was wird das hier? Ein Blumenquiz?« Es war nicht zu überhören, wie genervt Anna war.

»Wäre es nicht äußerst unhöflich, wenn ich keine Blumen mitbringen würde?« Er überlegte kurz. »Was sind eigentlich deine Lieblingsblumen?«

»Margeriten. Aber ich kann dich beruhigen. Ich möchte nicht, dass du mir Blumen kaufst.« Da Annas Tonfall keinen Zweifel daran ließ, dass sie keine Lust auf ein Gespräch mit ihm hatte, verlief die restliche Fahrt äußerst schweigsam.

Kurz bevor sie ihr Ziel erreichen sollten, hielt Stefan an einem Blumenladen und verschwand im Inneren des Geschäftes.

Er sah, wie Anna ihn durch das Schaufenster beobachtete und vermutete, dass sie großen Spaß daran hatte zu sehen, dass er zunächst von den Angestellten und den Kundinnen belagert wurde, ehe er seinen Einkauf erledigen konnte. Höchste

Zeit, sie zu überraschen und ihr vor Augen zu führen, dass er gar kein so schlechter Kerl war, wie sie annahm.

*

Als Stefan wenige Minuten später zum Wagen zurückkehrte, hielt er zwei wunderschöne Blumensträuße in den Händen und verstaute sie auf der Rücksitzbank. Sie waren wirklich traumhaft schön, und einen kleinen Augenblick durchzuckte Anna so etwas wie Neid.

Auch die weitere Fahrt verlief äußerst schweigsam. Erst als Stefan unerwartet auf einen Feldweg einbog, der am Waldrand entlangführte, platzte es genervt aus ihr heraus: »Normalerweise heißt es doch immer, wir Frauen müssen ständig zur Toilette. Es sind nur noch zehn Kilometer. Hältst du es nicht mehr so lange aus?« Der sarkastische Unterton in Annas Stimme war nicht zu überhören.

»Anscheinend nicht.«

Sie schnaubte verächtlich.

Seinen Wagen parkte er auf einer kleinen Lichtung am Waldrand und verschwand anschließend zwischen den Bäumen.

Die Minuten verstrichen, und Anna überlegte bereits, ob er sich wohl im Wald verlaufen hatte. Nachdem fünf Minuten vergangen waren und Stefan immer noch nicht zurück war, dachte sie ernsthaft darüber nach, ihn im Wald suchen zu gehen. Die Entscheidung wurde ihr jedoch abgenommen, als sich die Wagentür schließlich öffnete und Stefan sich wieder auf seinen Sitz fallen ließ.

Sie setzte zu einer Litanei an Gehässigkeiten an, da hielt er ihr einen kleinen Strauß Margeriten unter die Nase.

»Der ist nicht gekauft, Prinzessin.«

Stefan startete den Wagen und kehrte, ohne ein weiteres

Wort, wieder zur Landstraße zurück.

Hatte ihr Stefan Behrens tatsächlich Blumen gepflückt? Die Frau im Blumenladen musste ihm zuvor den Weg erklärt haben. Verblüfft, wenngleich überrascht, bedankte sie sich kleinlaut bei ihm. Sie konnte sich nicht erinnern, wann sie das letzte Mal Blumen geschenkt bekommen hatte. Vor allem, so wunderschöne Margeriten.

Sie hasste ihn dafür, dass er sie immer wieder darüber nachdenken ließ, ob er nicht doch ein netter Mensch war.

*

Die Binders lebten in einem wunderschönen, alten Landhaus. Das Gebäude lag am Rande einer idyllischen, überschaubaren Dorfgemeinde, umgeben von Wäldern, Feldern und einem großen Garten.

Kaum hatte Stefan im Hof geparkt, stürzte Annas Mutter aus dem Haus.

»Hallo Muts.«

»Anna, mein Liebes. Etwas Schreckliches ist passiert.« Die kleine, zierliche Frau mit dem graumelierten Haar und der altmodischen Kurzhaarfrisur stürmte auf ihre Tochter zu.

Anna blickte in das blasse Gesicht ihrer Mutter. Ängstlich schaute Hilde Binder zu ihrer Tochter auf.

»Was ist passiert?« Sie nahm die Hände ihrer Mutter und spürte, wie sie zitterte.

»Alex.«

»Was ist mit Alex?« Annas Adrenalinspiegel schnellte abrupt in die Höhe.

»Sie ist vom Baum gefallen.«

»Sie ist vom Baum gefallen?« Was um alles in der Welt hatte ihre Schwester auf einem Baum zu suchen?

»Ja. Deine Schwester ist vom Baum gefallen.«

Hilde Binders Stimme wurde schriller.

»Und wie geht es ihr?« Anna strich ihrer Mutter besänftigend über die Arme.

»Ich weiß es nicht.«

»Wo ist sie?«

»Papa hat sie ins Krankenhaus gebracht.«

Just in diesem Augenblick klingelte Annas Handy, und Alex' Nummer wurde angezeigt.

»Alex. Was ist los? Wie geht's dir?« Anna brüllte lautstark in ihr Telefon.

»Mir geht's gut«, lachte Alex. »Lass mich raten, Muts hat dir bereits alles berichtet.«

»Berichtet ist zu viel gesagt. Aber wie ich höre, lebst du noch.« Erleichtert atmete Anna auf.

»Natürlich leb' ich noch. Ich habe nur ein gebrochenes Bein. Wie sagt man doch so schön – Unkraut vergeht nicht.«

»Musst du im Krankenhaus bleiben?«, erkundigte sich Anna.

»Nein. Ich bekomme noch einen Gips, und dann fahren wir nach Hause. In spätestens einer Stunde sind wir bei euch.«

»Okay, dann bis später.« Anna legte auf und blickte in die erwartungsvollen Augen ihrer Mutter.

»Du kannst dich wieder beruhigen. Alex hat nur ein gebrochenes Bein. Ihr Mundwerk läuft noch.«

Hilde Binder griff sich mit einer theatralischen Geste an die Brust.

»Gott sei Dank. Nicht auszudenken, wenn dem Kind etwas Ernsthaftes zugestoßen wäre!« Beherzt ging sie einen Schritt auf Stefan zu. »Bitte entschuldigen sie, Herr Behrens, ich habe ganz vergessen, mich vorzustellen. Ich bin Hilde Binder. Die Mutter von Alex. Und natürlich auch von Anna.«

146

Anna war immer wieder überrascht über das einnehmende Wesen ihrer Mutter. Hatte sie vor wenigen Augenblicken um das Leben ihrer Tochter gebangt, bezirzte sie nun im charmantesten Ton den Fußballhelden der Nation.

»Freut mich sehr, Sie kennenzulernen, Frau Binder. Ich bin Stefan Behrens.«

Annas Mutter winkte verlegen ab. »Aber das weiß ich doch.« Sie warf einen kurzen Blick auf Stefans Auto. »Sie haben aber einen tollen Wagen. Der war bestimmt teuer?«

»Muts!«

»Was denn? Sein Auto ist definitiv schöner als deine alte Klapperkiste. Läuft der Wagen überhaupt noch?« Sie blickte ihre Tochter fragend an.

»Nein … Doch … Ach, was weiß ich. Ich muss erst in die Werkstatt.«

Hilde schnaubte verächtlich. »Du wirst doch nicht so blöd sein und noch Geld in diese Kiste investieren. Kauf dir endlich ein neues.«

»Können wir das vielleicht ein anderes Mal diskutieren?« Kaum war Anna fünf Minuten hier, schon kam es zwischen den beiden Binder-Frauen zum Schlagabtausch.

»Du hast Recht. Herr Behrens hat bestimmt keine Lust, weitere Geschichten über diesen Schrotthaufen zu hören. Kommt doch rein.«

»Geh doch schon vor, Muts. Wir kommen gleich nach.«

»Ich gieße uns derweilen eine Tasse Kaffee ein. Lasst mich nicht zu lange warten.« Winkend tänzelte Hilde zurück ins Haus.

»Ich könnte fast Mitleid mit dir bekommen.« Stefan nahm Annas Tasche aus dem Kofferraum, während sie nach den Sträußen griff.

»Das brauchst du nicht. Denn spätestens in einer Stunde werde ich vermutlich Mitleid mit dir bekommen. Wobei …«, sie blickte kurz auf und ein vielsagendes Lächeln zeichnete sich auf ihrem Gesicht ab.

»Ich weiß nicht, ob ich jetzt neugierig sein soll, oder ob ich Angst haben muss.« Der Kofferraumdeckel fiel ins Schloss und beunruhigt nahm er ihr amüsiertes Lachen zur Kenntnis.

*

Annas Mutter hatte in der Obstwiese hinter dem Haus einen einladenden Kaffeetisch gezaubert. Das musste Anna ihrer Mutter neidlos zugestehen: Sie war eine hervorragende Gastgeberin mit dem richtigen Gespür für Details. Der Strauß Rosen, den Stefan Annas Mutter überreicht hatte, stand in der Mitte des Tisches, und Hilde labte sich an dessen Anblick. Alex' Lilien warteten hingegen in der Küche auf ihren Einsatz, während Anna das kleine Margeritensträußchen in ihr altes Kinderzimmer gestellt hatte.

Annas Blick fiel immer wieder auf die Uhr. Sie hoffte, Alex und ihr Vater würden bald eintreffen. Ihre Mutter nahm Stefan derart in Beschlag, dass sie zwischenzeitlich Mitleid mit ihm hatte. Er musste Auskunft über sämtliche Partys und Berühmtheiten geben, die er kannte. Ihre Mutter schreckte auch nicht davor zurück, ihn auf seine zahlreichen Frauenbekanntschaften anzusprechen. Für das raffinierte Umgehen dieses Themas zollte ihm Anna Respekt.

Erleichtert nahm sie schließlich ein lautes Hupen wahr.

»Das muss mein Mann sein, Herr Behrens.« Freudig klimperte die Gastgeberin mit den Augen.

»Wird aber auch Zeit.« Anna schoss wie ein Pfeil von ihrem Stuhl auf und war bereits auf dem Weg. »Kommst du mit?«

»Ja, warte.« Stefan schenkte Annas Mutter ein strahlendes

Lächeln, die ihm freundlich hinterher winkte. Rasch holte er Anna mit ein paar großen Schritten ein.

Als sie außer Hör- und Sichtweite waren, bedankte sich Stefan bei Anna. »Danke.«

»Bedank' dich nicht zu früh. In spätestens fünf Minuten hat sie dich wieder.«

Sie erreichten den Hof und erblickten Alex, die sich an Krücken aus dem Auto quälte. Gegen jede Annahme lag jedoch ein freudestrahlendes Lächeln im Gesicht der hübschen Hotelmanagerin.

Beim Anblick ihrer Schwester war sich Anna sicher, dass einem Mann selbst jetzt der Gips nicht auffallen würde. Alex trug einen kurzen Mini-Rock, eine bauchfreie Wickelbluse und stellte sich für Anna wahrlich als Phänomen dar. Wie konnte man vom Baum fallen, ein gebrochenes Bein haben und immer noch so verdammt gut aussehen?

»Hallo, ihr zwei.« Alex winkte mit ihrer Krücke in die Richtung von Anna und Stefan.

»Hallo.« Anna stürmte auf ihre Schwester zu. »Geht's dir gut?«

»Natürlich geht's mir gut. Oder sehe ich so schrecklich aus?«

»Du siehst ganz entzückend aus.« Stefan drückte Alex kurz an sich und gab ihr einen Kuss auf die Wange. Derweilen verdrehte Anna ihre Augen, was Alex amüsiert feststellte.

»Stefan Behrens, wie wir ihn kennen. Immer charmant.«

»Eigentlich mache ich das nur, um Anna zu ärgern. Sicher steht sie jetzt hinter mir und schneidet Grimassen. Hab' ich recht? Sie mag es nämlich überhaupt nicht, wenn ich nett und freundlich bin.«

»Also Grimassen schneidet sie nicht, nein.« Alex humpelte

ein paar Schritte und hielt dann inne. »Aber sie rollt mit den Augen, das ist fast genauso gut.« Sie lachte herzlich und hakte sich bei Stefan ein, der sich ebenfalls köstlich amüsierte.

Anna hingegen murmelte etwas, das die beiden nicht verstehen konnten. Zum Glück.

»Hast du was gesagt, Schwesterchen?« Alex drehte sich noch einmal zu ihrer Schwester um und zwinkerte ihr entschuldigend zu.

»Nein, nein. Alles in Ordnung.« Anna verstand ihre Entschuldigung und ließ es darauf beruhen. »Wo ist eigentlich Paps?« Suchend sah sie sich um.

»Er war ganz versessen darauf, den alten Rollstuhl von Oma auf dem Speicher zu suchen. Ich denke, wir sehen ihn die nächsten Stunden nicht mehr. Er weiß nämlich nicht, dass Mutti ihn beim Sperrmüll abgegeben hat.«

Lachend gingen die drei zurück in den Garten, wo Hilde bereits auf sie wartete. Lautstark hielt sie Alex eine Standpauke über ihre leichtsinnige Kletteraktion.

Entschuldigend küsste diese ihre Mutter auf die Wange.

»Mutti, wir sind schon als Kinder immer auf unsere Bäume geklettert. Du musst langsam einsehen, dass sich das nicht ändern wird. Egal, wie alt wir sind.«

Nachdem Alex' Bein gut gebettet auf einem Gartenstuhl lag, tauchte auch Annas Vater auf. Über die Suche hätte der rüstige Frührentner mit der Halbglatze und dem deutlichen Anzeichen eines Wohlstandsbäuchleins beinahe den prominenten Gast vergessen.

Anna freute sich darüber, denn obwohl ihr Vater ein großer Fußballfan war und natürlich kein Spiel seines Lieblingsvereines verpasste, schloss er zunächst sie herzlich in die Arme, ehe er sich Stefan widmete.

Die nächste Stunde drehte sich alles nur um Fußball. Stefan und Max verstanden sich gleich sehr gut und unterhielten sich angeregt. Auch das Fernsehprojekt kam zur Sprache.

»Dann kommst du also tatsächlich ins Fernsehen?« Hilde schaute ihre Tochter aufgeregt an.

»Ja. Es kann schon sein, dass man mich das ein oder andere Mal sehen wird.«

»Kind, dann musst du unbedingt noch zum Friseur. Und zum Einkaufen. Du brauchst etwas Neues zum Anziehen. Wäre ja noch schöner, wenn alle Welt dich in deinen alten Hosen und den ausgewaschenen T-Shirts sehen würde. Noch dazu im Fernsehen. Was glaubst du, wie viele Männer dich sehen werden.«

Anna war sichtlich genervt von der Litanei ihrer Mutter.

»Oh ja. Und am besten lasse ich mir noch ein T-Shirt drucken. Weiblich, ledig, sucht. Ruft mich an!«

»Liebling, so habe ich es doch gar nicht gemeint.« Hilde spürte, dass sie ihrer Tochter zu nahegetreten war, und legte rasch ihre Hand auf die von Anna.

»Ich weiß, Muts.« Anna konnte ihrer Mutter nicht böse sein. So war sie einfach. Ein Themenwechsel schien ihr angebracht. »Hast du mir eigentlich mein Dirndl rausgehängt?«

»Natürlich.« Liebevoll blickte ihre Mutter zu ihr auf. »Ich habe es sogar umgenäht. Komm mit, ich zeige es dir.«

»Dirndl?« Stefan wandte sich fragend an Anna.

»Alex, kann es sein, dass du Stefan nicht gesagt hast, was für eine Art von Fest der Sommerball ist?«

»Ups.« Alex hielt sich kurz die Hand vor den Mund.

»Ups? Was habt ihr Binder-Frauen nur immer mit diesem Ups.«

Kleinlaut erklärte Alex ihrem Begleiter, um welche Art von

Feier es sich beim Sommerball handelte, denn diese Art von *Ball* hatte nichts mit einer Gala-Veranstaltung gemein, sondern glich eher einem Volksfest. Hier hielt man die alten Traditionen noch aufrecht und trug zum Fest noch Dirndl und Lederhose.

»Ich habe lediglich einen dunklen Anzug dabei. Das ist dir doch hoffentlich bewusst.« Stefan blickte zu Alex, die schuldbewusst den Kopf einzog.

»Da werden sie dich aber schön auslachen.« Anna nahm ihre Mutter an die Hand und schlenderte mit ihr zum Haus.

»Wie wäre es, wenn Sie die Lederhose von meinem Sohn tragen würden? Die müsste Ihnen passen, und Achim ist am Wochenende nicht da.«

»Das ist eine tolle Idee, Paps. Kannst du sie suchen?« Vertraut legte Alex ihrem Vater die Hand auf den Arm.

»Natürlich. Ich sehe gleich mal nach.«

Um Alex und Stefan war es ruhig geworden. Im idyllischen Garten der Binders bot sich ihm endlich die Gelegenheit, mit Alex allein zu sein. Er rückte seinen Stuhl näher zu ihr und bemerkte: »Also das ist mit Abstand das seltsamste Date, das ich je hatte.«

»Wirklich? Mir passiert sowas ständig.« Sie grinste nur.

»Jetzt kann ich heute Abend überhaupt nicht mit dir tanzen.« Aufmerksam beobachtete Stefan Alex von der Seite.

»Nein, leider nicht. Aber wenn Paps die Hose findet, wie wäre es dann mit einem Schuhplattler?« Herausfordernd blinzelte sie ihm zu.

»Das wäre allerdings eine Schlagzeile. Meine krummen Fußballerbeine sind jedoch vermutlich wenig geeignet dafür.«

»Feigling.« Sie knuffte ihn vertraut gegen den Oberarm.

»Ich könnte ja ganz privat für dich Schuh-Dingsbums.«

Er rückte seinen Stuhl noch ein wenig näher zu Alex und grinste sie verschmitzt an.

Alex lachte laut und klatschte mit der Hand auf ihren nackten Schenkel. »Anna hat nicht zu viel versprochen, als sie sagte, du wärst ein Macho.«

»Hat sie das wirklich gesagt?« Stefan war überrascht. »Ich hätte eher gedacht, sie würde mich als unheilbringendes, frauenverschlingendes Monster betiteln.«

»Okay, das kommt ihrer Ausführung doch ein wenig näher.« Sie nickte zustimmend.

»Dachte ich es mir doch.«

»Du darfst ihr aber nicht böse sein. Anna hatte es in letzter Zeit nicht leicht. Sie ist so ein lieber und treuer Mensch. Doch seit ihre damalige Beziehung zu Bruch ging, ist es schwer, an sie heranzukommen. Vor allem, wenn man ein Macho ist. Und wenn wir mal ehrlich sind, ein Macho bist du wirklich.«

»Aber ein netter Macho.«

»Ein süßer Macho.« Alex zwinkerte ihm zu, woraufhin Stefan ihr ein gewinnbringendes Schmunzeln schenkte.

»Was ist damals passiert?« Interessiert lehnte er sich zurück.

»Ihr Ex war einfach ein Vollidiot. Er hat sie jahrelang nur ausgenutzt. Wir hatten sie immer gewarnt, aber unsere Anna war blind vor Liebe. Vor drei Jahren hat sie ihn dann auf dem Sommerball in flagranti erwischt. Das hat ihr auf äußerst unliebsame Art und Weise die Augen geöffnet. Vermutlich hatte er sie schon lange davor betrogen. Seitdem hat sie den Männern abgeschworen und sich in die Arbeit gestürzt.«

»Wie? Sie hat den Männern abgeschworen?«

Alex lachte. »Nicht wie du meinst. Anna hat sich mehr oder weniger verkrochen. Es fällt ihr schwer, sich auf jemanden einzulassen, und für Affären ist sie nicht der Typ. Obwohl ich immer wieder versuche, es ihr schmackhaft zu machen.«

»Du bist aber eine gute Schwester.« Er rückte seinen Stuhl noch etwas näher zu Alex. »Wie stehst du denn zum Thema Affäre?«

Alex schmunzelte. »Frag' mich wieder, wenn der Gips ab ist und ich keine Schmerzmittel mehr brauche.«

Die beiden unterhielten sich noch eine Weile, bis Max sie schließlich wissen ließ, dass er die Lederhose gefunden hatte, woraufhin sie sich ins Landhaus aufmachten. Fürsorglich stützte Stefan Alex bei ihrem Weg zurück.

Nachdem er sich rasch umgezogen hatte, blieb ihm genügend Zeit, sich in aller Ruhe umzuschauen. Das Zimmer, in dem er sich befand, schien das von Annas und Alex' Bruder zu sein.

Es war sehr schlicht eingerichtet. Ein großes Bett, ein Sofa direkt unter dem Fenster, ein Kleiderschrank und ein kleines Fernsehgerät. Lediglich die Bilder, die die Wände säumten, waren alles andere als schlicht zu bezeichnen.

Er erkannte den Stil wieder, den er schon in Annas Appartement bewundert hatte. Die Kunstwerke gefielen ihm immer besser.

Um sich noch ein paar Augenblicke Ruhe zu gönnen, beschloss Stefan, zurück in den Garten zu gehen. Er wollte gewappnet sein, denn ihm war durchaus bewusst, dass sein Erscheinen auf dem Fest zur Belagerung führen würde. So war es schließlich immer, wenn er sich in der Öffentlichkeit sehen ließ.

Im Flur hingen zahlreiche Familienbilder der Binders, die er auf seinem Weg aufmerksam begutachtete. Eine Bewegung, die er im Augenwinkel wahrnahm, zog dann jedoch seine volle Aufmerksamkeit auf sich. Er spähte in eines der angrenzenden

Zimmer und erblickte Anna. Sie stand vor einem großen Spiegel und mühte sich unbeholfen, den Reißverschluss ihres kobaltblauen Kleides zu schließen. Ihr langes, blondes Haar fiel seidig über ihren Rücken und schimmerte wie Gold auf der weißen Bluse. Leise klopfte er gegen die Zimmertür.

»Kann ich dir helfen?«

Die unerwartete Männerstimme ließ Anna erschrocken zusammenzucken. Hastig presste sie das Kleid gegen ihre Brust und wich zurück.

»Du bist aber ganz schön schreckhaft, Prinzessin.«

»Stehst du da schon lange?« Sie sah ihn fragend an.

»So ungefähr eine halbe Stunde.«

»Ha, ha. Sehr witzig.«

Unaufgefordert betrat er den Raum und entdeckte die Margeriten neben ihrem Bett. Das Zimmer war für seinen Geschmack ein typisches Mädchenzimmer. Schreibtisch, Flokati, Blumen, Kuscheltiere, Pink.

Anna war seinen Blicken gefolgt. »Bist du jetzt fertig mit der Inspizierung?«

»Tolle Farbe.«

»Die soll Aggressivität vorbeugen.« Anna stand immer noch ziemlich verkrampft vor dem Spiegel und drückte ihr Kleid fest an sich.

»Du bist vermutlich länger nicht mehr hier gewesen.« Schmunzelnd ging er auf sie zu. »Wenn du dich jetzt umdrehen würdest und dir helfen lässt, bist du mich schneller wieder los, als du denken kannst.«

Stefan bedeutete ihr mit einer Geste, sich zu drehen.

Widerwillig kehrte sie ihm den Rücken zu. Seine Fingerspitzen, die sie deutlich auf ihrer Haut spüren konnte, ließen sie unwillkürlich zusammenzucken. Dabei hatte er nur sacht ihr

Haar zur Seite gestrichen, um den Reißverschluss nach oben ziehen zu können.

»Störe ich euch?« Alex humpelte in den Raum. Sie trug ein entzückendes rotes Dirndl, das weit über den Knien endete.

»Natürlich störst du nicht. Stefan hat mir nur mit dem Kleid geholfen.« Rasch flüchtete Anna zu ihrer Schwester auf die andere Seite des Zimmers.

»Meinst du, ich könnte ihn mir kurz ausleihen? Ich stehe nämlich vor dem gleichen Problem.«

Anna verzog das Gesicht und flüsterte ihrer Schwester ins Ohr: »Ich schenk' ihn dir sogar.«

»Ihr seht übrigens hinreißend aus.« Lässig schlenderte Stefan auf sie zu und zog den Reißverschluss an Alex Kleid das letzte Stück nach oben. Anerkennend musterte er die beiden Schwestern und war überrascht, wie hübsch Anna in ihrem Kleid aussah.

»Ich warte draußen auf euch.«

*

Alex setzte sich an Annas Schreibtisch. »Puh, Stefan ist schon ein Prachtkerl, findest du nicht auch?«

»Optisch mag das ja durchaus sein, aber alles andere lässt zu wünschen übrig.« Schwungvoll ließ sich Anna auf ihr Bett fallen.

»Aber er hat sich für Marienhort engagiert, und das war dir doch so wichtig. So ein Idiot kann er also nicht sein.« Alex stieß sich mit ihrem gesunden Bein ab und genoss die kurze Fahrt auf dem Bürostuhl-Karussell.

»Das mit Marienhort ist allerdings auch das einzig Gute. Wenn ich ihn schon sehe, geht mein Blutdruck in die Höhe. Du müsstest erst einmal seine blöden Machosprüche hören.«

»Dennoch ist er die geballte Ladung Erotik auf zwei Beinen.«

»Du kannst mir ja dann erzählen, ob er hält, was er verspricht.«

Alex grinste wissend und murmelte etwas, das Anna nicht verstehen konnte.

»Was sagtest du?« Anna streckte sich.

Alex sah sie überlegen an. »Ach, nichts weiter. Nur, ob ich dich um zwei Gefallen bitten darf?«

»Kommt drauf an«, antwortete Anna skeptisch.

»Kannst du mir die Haare flechten?«

»Also, wenn mir der zweite Gefallen genauso leichtfällt wie der erste, dann gerne.«

»Darf ich dir heute die Haare …« Alex hatte keine Chance, ihre Frage auszusprechen.

»Nein.« Anna setzte sich senkrecht auf ihr Bett.

»Aber warum nicht? Bitte, bitte.« Alex' Schnute erinnerte Anna an die eines enttäuschten Kindes.

»Ich will meine Haare nicht offen tragen. Du weißt genau, dass ich das nicht mag.«

»Bitte.« Alex zog ihre Mundwinkel immer weiter nach unten. »Das steht dir doch so gut.«

»Nein.« Anna versuchte, hart zu bleiben.

»Bitte. Wie kannst du mir was abschlagen, nachdem ich heute so schwer gestürzt bin und jetzt mit einer körperlichen Beeinträchtigung leben muss?« Nun verdrehte Alex zu allem Überfluss auch noch weinerlich die Augen.

Anna gab sich geschlagen. »Na gut. Ausnahmsweise.« Dann unterbrach sie Alex lautstarkes Jubeln. »Aber«, sie hob bestimmend ihren Zeigefinger in die Luft, »ich darf ein Haargummi mitnehmen.«

»Hol' mir das schwarze Täschchen von meinem Bett.«

*

»Alex. Anna. Wo bleibt ihr denn?« Max Binder lief aufgeregt vor dem Haus auf und ab.

»Ich komme schon, Paps.« Alex kam humpelnd durch die Haustüre. »Anna kommt auch gleich.«

Im Hof warteten neben Max auch Stefan und Hilde, die in einem netten, wenn auch ein wenig altbackenen Dirndl steckte.

»Ich kann mich nur wiederholen. Du siehst klasse aus.« Stefan nahm Alex eine der Krücken ab und hakte sie bei sich unter.

Prompt ging Hilde das Herz auf, als sie ihre Tochter gemeinsam mit dem ungekrönten Fußballgott der Nation sah. »Wollt ihr beiden nicht mit dem Wagen schon vorausfahren? Du weißt doch, es ist ein ganz schönes Stück zu Fuß.«

»Deine Mutter hat Recht.« Stefan wollte Alex zu seinem Wagen führen, doch Max bedeutete ihm, den alten Geländewagen zu nehmen.

»Man weiß nie, wo man da draußen parken muss.«

Der Wagen mit Alex und Stefan fuhr nach wenigen Augenblicken davon. Max und Hilde wollten nicht mitfahren. Sie bevorzugten es, mit Anna traditionell zu Fuß zum Fest zu spazieren.

*

Der Sommerball fand wie jedes Jahr auf einer großen Obstwiese am See statt. Die Tische standen unter großen, schattenspendenden Bäumen. Unzählige Lichterketten waren über die Äste gespannt worden. Die Wirte hatten wieder zahlreiche feierlich geschmückte Pavillons aufgebaut und sorgten mit allerhand kulinarischen Köstlichkeiten für wahre Gaumenfreuden.

»Sie sitzen da hinten.« Hilde Binder deutete auf einen Tisch nahe der Bühne. Wie erwartet hatte sich eine kleine Menschentraube um Stefan und Alex gebildet.

Anna folgte ihren Eltern durch die Reihen. Der Weg zu ihrem Sitzplatz zeigte sich als äußerst mühsam, war sie doch damit beschäftigt all den Verwandten, Bekannten und Freunden der Familie zuzunicken oder sie persönlich zu begrüßen. Als das Nicken und Händeschütteln endlich ein Ende nahm, atmete sie erleichtert auf.

»Freunde, lasst uns doch durch. Ihr belagert ja unseren Gast. Gönnt ihm doch eine kleine Verschnaufpause.« Max bahnte sich den Weg durch die Meute und zog seine Frau hinter sich her.

Als sich die Menschentraube langsam auflöste, schaute sich Anna um und bemerkte, dass Stefan sie irritiert musterte. Er entdeckte eine der Margeriten in ihrem Haar und schmunzelte.

Alex knuffte ihn in die Seite. »Sieht sie nicht süß aus?«

Aus seiner Verwunderung machte er keinen Hehl. »Ich hätte sie beinahe nicht wiedererkannt. Sie sieht ja aus wie eine echte Frau.«

Anna schnaubte verächtlich, setzte sich jedoch neben ihn.

»Danke. Wüsste ich es nicht besser, würde ich sagen, neben mir sitzt ein echter Mann.«

»Anna!«, entfuhr es ihrer Mutter entrüstet.

»Was?« Anna war nicht bereit, mit ihrer Meinung hinter dem Berg zu halten. Stefan wusste bereits, wie sie über ihn dachte. »Er hat angefangen.«

Es blieb ihr erspart, näher darauf eingehen zu müssen, denn eine Blaskapelle begann zu spielen. Man konnte sich kaum unterhalten, so laut war die Musik. Als die letzten Töne des Liedes verklungen waren, ergriff der Bürgermeister das Wort. Hermann Scholz hielt ein nicht enden wollendes Loblied auf das traditionelle und schöne Fest. Für seine Rede erntete er tosenden Beifall, wobei alle eher das Ende seiner Ansprache herbeisehnten, als seine Worte selbst. Schließlich warteten alle gespannt auf den Fassanstich.

Anna kannte das Dorfoberhaupt und seine Familie schon ihr ganzes Leben. Früher besaßen sie die größte Autowerkstatt der Gegend. Doch vor einigen Jahren hatte Herrmann Scholz seine Leidenschaft für die Politik entdeckt und die Werkstatt seinem Sohn Christian überschrieben.

Mit Christian verband Anna eine jahrelange Freundschaft. Sie kannten sich von Kindertagen an und gingen gemeinsam zur Schule. Mit dem Ende der Schulzeit war jedoch auch ihr Kontakt weitestgehend abgebrochen. Anna hatte ihr Architekturstudium begonnen, und Christian verschrieb sich erfolgreich dem Rennsport. Feste, wie der Sommerball, waren die einzige Gelegenheit, um sich wiederzusehen. In der Hoffnung, Christian unter all den Menschen ausfindig zu machen, sah sie sich auf der Festwiese um.

»… Stefan Behrens.«

Völlig vertieft in ihre Gedanken, war Anna den weiteren Worten des Bürgermeisters nicht mehr gefolgt. Umso überraschter war sie, plötzlich Stefans Namen lautstark aus den Lautsprechern zu hören. Ihr Tischnachbar war bereits aufgestanden und winkte den Festgästen freundlich zu.

Unbeirrbar setzte der Bürgermeister seine Ansprache fort.

»Darum wäre es uns eine große Ehre, wenn Sie den Fassanstich und den Eröffnungstanz des diesjährigen Sommerballs übernehmen würden. Deshalb bitten wir auch dich, liebe Anna, mit auf die Bühne zu kommen.«

Der Bürgermeister klatschte begeistert in die Hände, woraufhin die ganze Gemeinde mit einstimmte.

»Ich? Warum ich?« Hilfesuchend blickte Anna zu ihrer

Schwester, die sich über die Begebenheit durchaus zu amüsieren schien. Von der Situation überfordert, konnte sie den Worten des Bürgermeisters nicht mehr folgen. Daher entging ihr die Lobeshymne, in der ihr dafür gedankt wurde, sich sozial zu engagieren und noch dazu einen der besten, nationalen Fußballspieler zum größten gesellschaftlichen Ereignis der Gemeinde mitgebracht zu haben.

Stefan griff nach ihrer Hand und umschloss sie fest. Anna war selbst überrascht, wie warm und vertraut sich seine Berührung anfühlte. Irritiert von der Intimität dieser Geste zog sie hastig ihre Hand zurück und folgte ihm widerwillig zur Bühne.

»Ich hoffe, du kannst tanzen, Prinzessin?« Stefan legte den Arm um Annas Taille und schob sie sacht die Stufen hoch.

»Für dich reicht es allemal.«

Der Bürgermeister begrüßte die beiden und reichte Stefan Schlegel und Hahn. Es ließ sich nicht leugnen, wie verblüfft Anna war, als der smarte Fußballgott unter den Zurufen der begeisterten Zuschauer den Fassanstich bravourös meisterte.

Binnen Sekunden stellten einige Helfer das Bierfass an den Bühnenrand, und die ersten Töne eines Walzers erklangen. Während Anna noch darüber nachdachte, wie viele der Frauen auf dem Fest in diesem Moment wohl gerne mit ihr getauscht hätten, zog Stefan sie an sich und begann sich im Takt zu bewegen.

Da man bei einem Fußballspieler ein gewisses Beingeschick voraussetzen konnte, zeigte sie sich wenig beeindruckt von seinen tänzerischen Fähigkeiten, wenngleich sein Taktgefühl sie überraschte.

»Tanzt du immer so verkrampft?«, feixte Stefan.

»Das muss an dir liegen.« Genervt blickte sie zur Seite.

»Bis jetzt wurde mir eigentlich immer gesagt, ich sei ein guter Tänzer.«

»Alles Lügner.«

»Dann sollte ich mir wohl mehr Mühe geben.« Schwungvoll drehte er sich mit ihr im Kreis.

»Das brauchst du nicht. In ziemlich genau zwei Minuten ist diese Tortur hier überstanden.«

»Tortur?«

»Folter.«

Stefan lachte laut auf und hielt ihre Taille fest umschlossen. »Also, das hat noch niemand zu mir gesagt.«

Sie folgte seinem Blick und musste entsetzt feststellen, dass der tanzende Fußball-Macho wieder einmal einen geradezu perfekten Ausblick in ihr Dekolleté genoss. »Könntest du aufhören, in meinen Ausschnitt zu starren?«

»Ich starre nicht, ich bewundere«, stellte Stefan augenzwinkernd fest.

Ihre Wangen röteten sich. Erleichtert nahm sie die letzten Akkorde des Stückes wahr und sagte sich von ihm los. Keine Sekunde länger wollte sie sich dem Feuer aussetzen, das seine Hände auf ihrer Haut hinterließen. Endlich gab Hermann Scholz Ruhe, und sie konnten sich wieder zurück zu ihren Plätzen begeben, während die Musik erneut anstimmte und weitere Tanzpaare anlockte.

*

Stefan hätte Anna beinahe umgerannt, als sie abrupt stehen blieb und ihren Blick zu einer der Tischgruppen richtete. Mit schockiertem Gesichtsausdruck musterte sie eine kleine, zierliche Frau mit langen, schwarzen Haaren, die ein rotes Sommerkleid trug. Unverkennbar zeichnete sich ein großer Babybauch unter dem Kleid ab. Ihm entging nicht, wie enttäuscht sie in die Richtung ihrer Eltern sah, um umgehend kehrtzumachen und in die entgegengesetzte Richtung abzurauschen. Er war verwirrt.

Von weitem sah er bereits den Mann, der sich durch die Menschenmasse schob und Anna direkt ansteuerte. Kaum hatte er sie erreicht, fielen sich die beiden um den Hals und verschwanden in enger Umarmung in einer der Weinlauben.

Grübelnd kehrte Stefan zum Tisch zurück und setzte sich neben Alex. »Was, bitte, war das eben?«

»Das musst du nicht verstehen.« Alex reichte Stefan ein Glas und prostete ihm zu.

»Das würde ich aber gerne.« Er trank einen Schluck und stellte sein Glas zurück auf den Tisch.

»Na gut.« Sie setzte sich ein wenig aufrechter auf ihren Stuhl. »Die Frau, die Anna vorhin so angestarrt hat, das ist Nina. Nina ist die Frau von Klaus – Annas Ex. Anna hatte Klaus damals mit Nina erwischt. Tja, und unsere Anna-Maus wusste nichts von Ninas Schwangerschaft. Und jetzt ist sie vermutlich sauer auf uns, weil wir es ihr nicht erzählt haben. Ende der Geschichte.«

»Und der Kerl? War das Klaus?«

»Gott bewahre. Nein.« Alex lachte. »Der würde sich Anna freiwillig nie mehr im Leben nähern. Es würde mich nicht wundern, wenn er sich irgendwo verkrochen hat und überhaupt nicht auftauchen würde. Anna hat ihn damals vor der versammelten Gemeinde bloßgestellt und ihm eine geknallt. Sollten sie je wieder aufeinandertreffen, wäre es nicht auszuschließen, dass Anna ihm noch eine verpasst.« Alex deutete in die Richtung von Anna. »Das ist Christian. Der Sohn unseres lieben Herrn Bürgermeisters.«

*

Nachdem Anna ihre einstige Nebenbuhlerin unter den Festbesuchern entdeckt hatte, wollte sie nur noch weit weg und schnellstmöglich den Anblick des unübersehbaren Babybauches vergessen.

Glücklicherweise war sie in diesem Moment Christian in die Arme gelaufen. Freudestrahlend begrüßte sie ihren alten Freund, den sie schon so viele Jahre nicht mehr gesehen hatte. Sie ließ sich von ihm fest an sich drücken und bezweifelte keine Sekunde, wie sehr er sich über die unverhoffte Begegnung freute.

»Wie lange ist es her, seit wir uns das letzte Mal gesehen haben?« Christian drückte ihr einen kameradschaftlichen Kuss auf die Stirn. »Schön dich einmal wiederzusehen.«

»Find' ich auch.« Ein Strahlen lag in ihren Augen.

»Trinkst du ein Gläschen Wein mit mir oder musst du wieder zurück zu deinem neuen Freund?« Verschmitzt deutete er in Stefans Richtung.

Entrüstet ballte sie ihre Faust und knuffte ihn in die Seite. »Fang du nicht auch noch an. Er ist nicht mein Freund. Er ist mit Alex hier.« Sie lächelte ihn an. »Und zu einem Gläschen Wein mit dir würde ich niemals nein sagen.«

»Das war die richtige Antwort, Kleine.« Er nahm sie an die Hand und ging mit ihr zu einer der Weinlauben. So vertraut sie miteinander waren – seine Berührung rief nicht einen Bruchteil der Empfindungen hervor, die Anna zuvor bei Stefans Berührung verspürt hatte. »Ist Christiane eigentlich auch hier? Ich hab' deine Schwester schon so lange nicht mehr gesehen.«

Er deutete auf eine zierliche Person, deren schlanke Beine in einer kurzen Lederhose steckten. Sie stand mit dem Rücken zu ihnen, daher blieb Anna ihr Gesicht verborgen. Lediglich das extrem kurze, schwarze Haar war zu erkennen.

»Da hinten steht sie.«

»Wo?« Hätte sich Christiane Scholz nicht zufällig in diesem Augenblick zu ihnen umgedreht, Anna hätte nicht geglaubt, dass es sich bei der attraktiven, kurzhaarigen Frau um Christians kleine Schwester handeln sollte.

Just in dem Augenblick, in dem Christiane Anna entdeckte, begann sie lautstark zu brüllen. »Anna!« Sie breitete die Arme weit aus und stürmte auf Anna zu. Glücklich fielen sich die beiden in die Arme.

»Wo sind deine Haare geblieben?« Nach ihrer herzlichen Begrüßung musterte Anna sie aufmerksam.

»Wie findest du es?« Christiane fuhr sich gespielt dramatisch durch das nicht mehr vorhandene Haar.

»Wahnsinn.« Anerkennend nickte Anna mit dem Kopf. »Echt der Wahnsinn. Es steht dir ausgezeichnet. Vielleicht noch ein bisschen ungewohnt aber – Wahnsinn.«

»Hey, was ist mit mir? Ich komme mir ein wenig überflüssig vor.« Trotzig verschränkte Christian die Arme vor der Brust.

Vergnügt kniff Anna ihm in die Wange. »Armer Kerl, das wollten wir nicht. Sobald du uns auf ein Glas Wein eingeladen hast, werden wir dich wieder beachten.«

»Versprochen!«, bekräftigte Christiane den Schwur.

»Euer Wunsch ist mir Befehl.« Mit einem kräftigen Pfiff signalisierte Christian einem jungen Burschen hinter der Theke, ihnen eine Flasche Wein zu bringen.

Anna genoss die ungezwungene Unterhaltung mit den beiden und labte sich an der Vielzahl von Neuigkeiten, die es zu berichten gab. Es dauerte allerdings nicht lange, bis der Wein bei ihr seine Wirkung zeigte. Daher entschuldigte sie sich bei ihren Freunden und reihte sich in dem Durcheinander vor dem Essensstand ein.

Der ungehinderte Blick zum Tisch der Eltern verkürzte ihre Wartezeit. Doch während sich ihre Schwester angeregt mit Behrens unterhielt, wirkten ihre Eltern bedrückt und nachdenklich.

Ihr Augenpaar wanderte automatisch zu dem Tisch, an dem sie kurz zuvor Nina entdeckt hatte. Sie war zwar schon lange über Klaus hinweg, aber zu sehen, wie ihre einstige Nebenbuhlerin zärtlich über ihren Babybauch strich, hatte sie getroffen. Sie wäre gerne vorgewarnt gewesen. Doch vermutlich war ihr die Nachricht zu ihrem eigenen Wohle verschwiegen worden.

Ihre Eltern freuten sich schon so lange auf den Sommerball, Anna wollte ihnen den Abend nicht verderben. Sie bestellte sich eine *Dinnete* und ging zurück an den Tisch der Binders.

»Anna, es tut uns so leid. Wir hätten es dir sagen müssen.« Anna hatte noch nicht einmal Platz genommen, als es aus ihrer Mutter bereits heraussprudelte. »Aber wir dachten … Weißt du … dass es dich verletzen würde, wenn du es erfährst.«

»Schon gut, Muts. Ich verstehe euch ja.« Anna biss in das köstlich duftende Hefeteig-Gebäck, dass ein wenig an einen Elsässer Flammkuchen erinnerte, und setzte sich auf den freien Stuhl neben Stefan. »Nächstes Mal warnt ihr mich aber vor.«

»Entschuldige bitte.« Annas Vater legte seine Hand reumütig auf die ihre.

»Schon gut.« Sie lächelte ihn verzeihend an. »Aber sag' mal, Paps, du hast noch gar nicht mit Mutti getanzt. Solltest du das nicht nachholen?«

»Das ist doch eine gute Idee.« Sämtliche Anspannung fiel spürbar von Annas Eltern ab. Erleichtert und freudestrahlend machten sich die beiden auf den Weg zum Podium.

»Nachdem du die erste Schocknachricht verkraftet hast – bist du bereit für die zweite?« Alex hatte mittlerweile ihr Bein hochgelegt und sich entspannt zurückgelehnt.

»Wollen die beiden etwa noch heiraten?« Ein weiterer Bissen verschwand in Annas Mund.

»Das haben sie schon.«

Das letzte Stück ihres Gebäcks blieb Anna im Halse stecken. Sie japste nach Luft und begann zu husten. Aufmerksam klopfte Stefan ihr auf den Rücken und reichte ihr fürsorglich sein Wasserglas.

»Muss ich sonst noch was wissen?« Langsam erholte sich Annas Atmung wieder.

»Da gibt es tatsächlich noch etwas, aber das verrate ich dir ein anderes Mal.« Alex grinste ihre Schwester wissend an.

»Wird es mich schockieren?« Beunruhigt kniff Anna die Augen zusammen.

»Es wird dich umhauen.«

»Dann will ich es definitiv heute nicht mehr wissen.« Anna atmete tief durch und trank einen kräftigen Schluck aus dem Glas, das Stefan ihr zugeschoben hatte.

»Gutes Mädchen«, bestätigte Alex ihren Entschluss.

Der weitere Abend auf dem Sommerball verlief sehr gemütlich und harmonisch. Zu späterer Stunde gesellten sich Christian und Christiane mit ihren Eltern noch an den Tisch der Binders. Während die Männer Stefan in Beschlag nahmen, musste Anna den neugierigen Frauen alles über die Fernsehsendung erzählen. Es wurde viel getrunken, getanzt und gelacht. Und wenn Stefan einmal nicht als wandelndes Fußball-Lexikon Auskünfte erteilen musste, unterhielt er die Damen auf charmante Art und Weise.

Max und Hilde Binder, sowie Hermann und Rita Scholz verabschiedeten sich, als die Kapelle zur letzten Tanzrunde einlud. Anna, Christiane und Christian hingegen genossen ihr

Wiedersehen noch eine Weile. Nachdem die zweite Flasche Wein geleert war, befand Anna leicht beschwipst, dass sie vorerst genug hatte.

Müde aber glücklich verließ sie mit dem Rest der Gruppe wenig später das Fest. Max hatte Stefan fürsorglich die Wagenschlüssel überlassen, damit er Alex wieder sicher nach Hause bringen konnte. Und so trennten sich die Wege der fünf auf dem Parkplatz. Amüsiert blickten Alex und Stefan Christian hinterher, der die beiden Frauen bei sich untergehakt hatte.

*

»Es ist schön, dich auch einmal für mich allein zu haben.«

Stefan und Alex saßen auf der Holzbank vor dem Haus der Binders. Ganz selbstverständlich legte er seinen Arm um sie.

»Wie hat dir denn der Abend gefallen?« Alex streckte ihr Gipsbein aus.

»Die Frage ist wohl eher: Wie hast du mir gefallen? Und ich kann dir sagen, du hast mich umgehauen.« Stefan zog sie ein wenig fester in seinen Arm.

Alex lächelte. »Ich habe mich heute so gut unterhalten, wie schon lange nicht mehr.« Sie blickte zu ihm auf und strich sanft mit den Fingerspitzen über seinen Hals. »Stefan, darf ich dir ein paar Fragen stellen?«

»Was für Fragen?« Er zog die Augenbrauen hoch.

»Ach, ganz harmlose.« Ihr Finger folgte seiner Halsbeuge.

»Nur zu.« Seine Stimme wurde rau. Er ließ seinen Kopf nach hinten sinken und genoss ihre Liebkosungen.

»Blond oder braun?«

»Blond.«

»Kalt oder heiß?«

»Heiß.«

Ihre Nasenspitze berührte sein Ohrläppchen. Ihr Mund war

seinem Ohr so nahe, dass ihn ein Schauer über den Rücken lief, als sie weitersprach.

»Leidenschaft oder Beständigkeit?«

»Leidenschaft.« Er drehte seinen Kopf und sah sie herausfordernd an.

»Entspann' dich und schließ die Augen.« Sie lächelte. Wie geheißen schloss Stefan seine Augen und ein vielsagendes Grinsen umspielte seinen Mund. Ihre Finger streichelten zärtlich seine Wange.

»Ruhe oder Konfrontation?«

»Konfrontation.«

»Anziehung oder ausziehen?«

»Beides.«

»Sehnsucht?«

»Ja.«

»Gefühle?«

»Ja.«

»Herzklopfen?«

»Mhm.« Er suchte nach ihren Lippen.

»Anna oder Alex?«

»Anna.«

SIEBEN

Entsetzt riss Stefan seine Augen weit auf.

»Moment. Wie war das?«

Alex war keinen Millimeter zurückgewichen, schaute ihn jedoch vielsagend an. »Denk' mal drüber nach.« Freundschaftlich küsste sie ihn auf die Wange und griff nach ihren Krücken. Ihr Blick galt seiner versteinerten Miene. »Du hattest ja wirklich keine Ahnung.«

Während Stefan versuchte, seine Gedanken zu ordnen, die plötzlich wild und alarmierend in seinem Kopf herumschwirrten, verschwand Alex im Haus.

Was war nur los mit ihm? Er saß neben einer atemberaubenden Frau, die ihn neckte und liebkoste. Doch bei allen Fragen, die sie ihm stellte, sah er stets nur eine Person: Anna.

Anna. Auf dem Parkplatz vor dem Café, wie sie sich mit ihm anlegt. Im Marienhort, wie sie mit ihm streitet. Im Sender, wie sie ihn anschreit. Im Hof vom Marienhort, wie sie ihn wütend anfunkelt. Völlig durchnässt auf dem Fahrrad. Beim Fußballspiel, als er sie unter sich begraben hat. Unter der Dusche, als er sie ganz nah bei sich spürte. Wie am Nachmittag ihr blondes

Haar sanft über ihren Rücken fiel. Auf dem Fest, als sie mit ihm tanzte. Heute Abend, als sie ausgelassen mit ihren Freunden feierte. Sie hatte geradezu von seinen Gedanken Besitz ergriffen.

Die Erkenntnis trieb ihn an, schleunigst zu verschwinden. Rasch schlich er ins Haus und zog sich hastig um.

Der Versuch, sich von seinen Gedanken abzulenken, scheiterte – seine Flucht blieb nicht unbemerkt. Als er vor das Haus trat, wurde er unvermittelt von Anna überrascht.

Einzelne Haarsträhnen hatten sich aus ihren Spangen gelöst und fielen ihr wirr ins Gesicht. Stefan musterte die Frau, die ihm nach so kurzer Zeit des Kennenlernens bereits so vertraut war. Das erste Mal, seit sie sich kannten, lächelte sie ihn an. Er hatte sie schon so oft schmunzeln gesehen, doch dieses wundervolle Lächeln, das zum ersten Mal ihm galt, warf ihn komplett aus der Bahn.

»Hi.« Anna grinste bis über beide Ohren und lehnte sich gegen Stefans Auto. »Fährst du zufällig in meine Richtung?«

Wortlos öffnete er ihr die Beifahrertür.

»Dankeschön.« Sie tätschelte ihm ganz selbstverständlich die Wange, sich nicht bewusst, welche Zärtlichkeit von ihrer Berührung ausging.

Stefan musste hart schlucken. Er schloss irritiert die Tür, nachdem sie sich in den Sitz hatte fallen lassen, und ging zur Fahrerseite.

Da er gezwungen war, die Zeit für die Heimfahrt mit Anna im Wagen zu verbringen, hoffte er inständig, sie würde müde genug sein, um einzuschlafen. Momentan stand ihm der Sinn weder nach einer Unterhaltung noch nach einem Streit. Zu groß war das Chaos, das sie in ihm anrichtete. Tatsächlich lehnte sie den Kopf zurück und schloss die Augen.

Während der Fahrt zurück in die Stadt versuchte Stefan sich

mit allerhand Themen abzulenken.

Da war seine Knieverletzung, die ihm gelegentlich noch Probleme bereitete. Der wichtige Termin beim Arzt. Die Hoffnung, zu Beginn der nächsten Bundesligasaison wieder Fußballspielen zu dürfen. Das anstehende Trainingslager und das Bangen auf seinen alten Stammplatz. Doch so sehr er sich auch bemühte, zuletzt war er sich seiner Mitfahrerin immer bewusst.

In wenigen Minuten würde er sie zu Hause absetzen, dann hatte der Spuk endlich ein Ende für ihn. Als er versuchte, sich ein wenig zu entspannen, schoss ihm ein erschreckender Gedanke durch den Kopf.

»Anna?«

Als sie nicht reagierte, schüttelte er sanft ihre Schulter.

»Anna?«

»Hm?« Sie war zu müde, um die Augen zu öffnen.

»Hast du deine Schlüssel dabei?«

»Hm?«

»Deinen Haustürschlüssel?«

»Hosentasche.«

Na prima. Warum hatte er nur nicht früher daran gedacht, sie nach ihrem Schlüssel zu fragen. Für einen kurzen Augenblick spielte er mit dem Gedanken, wieder umzukehren, doch die fortgeschrittene Uhrzeit ließ ihn seinen Plan wieder verwerfen.

Müde erreichte er schließlich das große Gebäude, in dem er seit knapp einem Jahr das Penthouse bewohnte. Er stellte seinen Wagen in der Tiefgarage ab und versuchte Anna durch ein sanftes Rütteln wach zu bekommen. Was immer er auch versuchte, es blieb erfolglos. Schließlich stieg er aus und ging zur Beifahrerseite. Er kniete sich neben sie und beobachtete die sonst so aufbrausende Architektin, die gleichmäßig und ruhig atmete. Zum ersten Mal bot sich Stefan die Gelegenheit, Anna aufmerksam zu mustern, ohne befürchten zu müssen, jeden Augenblick von ihr ertappt zu werden. Gedankenverloren strich er ihr eine Haarsträhne aus dem Gesicht und stellte fest, wie zart sich ihre Haut unter seinen Fingern anfühlte.

»Schaffen wir dich mal nach oben, Prinzessin.« Ein wenig ungelenk hob er sie aus dem tiefen Sportsitz seines Coupés und versuchte durch einen leichten Stoß möglichst leise die Wagentür zu schließen. Dennoch hallte das Geräusch lautstark in den Tiefen des Parkdecks wider.

Anna öffnete für einen kurzen Moment die Augen. Doch anstatt ihre Missbilligung mit einem großen Gezeter zum Ausdruck zu bringen, schloss sie ihre Augen wieder und barg ihr Gesicht an seiner Schulter. Fast gerührt über ihr Verhalten, machte er sich auf den Weg zum Fahrtstuhl, der sie direkt in seine Wohnung führte.

In seinem Schlafzimmer angekommen, legte er Anna behutsam auf das moderne Designer-Bett, das den Raum beherrschte. Fürsorglich zog er ihr die Schuhe aus und breitete eine leichte Sommerdecke über ihr aus.

Anna schlummerte tief und fest in seinem Kissen.

Nachdenklich beobachtete er sie noch einen Augenblick und verschwand dann im angrenzenden Wohnzimmer, wo er sich auf die unbequeme Ledercouch zurückzog.

Das fahle Mondlicht fiel durch die großen Fenster seines Wohnzimmers und ließ die braune Flüssigkeit in seinem Glas glänzend schimmern. Der unerwartete Verlauf des Abends beschäftigte ihn. Barfuß irrte er in seiner Wohnung umher und fand keine Ruhe. Sein Blick wanderte immer wieder zu der Tür, die den Wohnbereich vom Schlafbereich trennte.

Eine Woche lang hatte er sich auf den Abend mit Alex gefreut. Sie war heiß. Sie war sexy. Und sie wusste genau, was sie wollte. Es gab nicht viele Frauen, bei denen er die gemeinsamen Gespräche ebenso genießen konnte, wie deren Gesellschaft.

Und Anna? Anna brachte ihn schlicht und einfach um den Verstand. Die streitlustige Architektin hatte nichts von dem, was ihm gewöhnlich an einer Frau gefiel. Trotzdem hatte sie sich in seinen Kopf geschlichen und wollte von dort einfach nicht mehr verschwinden.

Er trat auf die geräumige Dachterrasse und genoss die erfrischend klare Brise, die ihm durchs Haar strich. Bourbon brannte heiß seine Kehle hinab, als er einen großen Schluck davon trank. Sein Blick galt den vielen Lichtern der Stadt, doch seine Gedanken kreisten ausschließlich um die Frau, die in seinem Bett lag.

*

Erschrocken erwachte Anna aus ihrem tiefen Schlaf. Ihr Herz pochte aufgeregt. Was war das nur für ein verrückter Traum? Wenn sie es nicht besser wissen würde, hätte sie beinahe annehmen können, hinter Stefan Behrens verbarg sich mehr, als er bereit war von sich preiszugeben. Verwirrt sah sie sich um.

Sie lag in einem fremden Bett, in einer fremden Wohnung und erst bei genauerer Überlegung fiel ihr wieder ein, dass sie es ja war, die Stefan um eine Mitfahrgelegenheit gebeten hatte. Beunruhigt vermutete sie daher, in der Wohnung ihres unfreiwilligen Chauffeurs gelandet zu sein. Sie hätte sich selbst ohrfeigen können. Was hatte sie sich nur dabei gedacht? Es gab nur eines, was sie wollte: schnellstmöglich weg von hier, bevor die Situation noch peinlicher werden würde.

Leise schlich sich Anna aus dem Zimmer. Orientierungslos

schweifte ihr Blick durch den angrenzenden Raum. Nur zu gerne wäre sie einfach verschwunden, doch die imposanten Umrisse von Stefans Statur ließen sie zögern. Er stand auf der Terrasse und hatte ihr den Rücken zugewandt.

Sie hatte die Wahl. Entweder konnte sie sich heimlich und feige davonstehlen oder sich der unausweichlichen Konfrontation stellen.

»Ich habe zu Hause einen Ersatzschlüssel.« Anna stand unter der Terrassentür und sah betreten vor sich hin. »Entschuldige, ich bin wohl eingeschlafen. Ich wollte dir keine Umstände bereiten. Am besten, ich ruf' mir ein Taxi.«

Der Mond strahlte hell über ihnen, als er sich zu ihr umdrehte. Sein Blick verfing sich in ihrem und Anna stellte alarmiert fest, nicht geträumt zu haben. Alles, was sie zuvor noch als seltsamen Traum abgetan hatte, war tatsächlich passiert.

Ein verlegenes Schweigen füllte die Distanz zwischen ihnen, ehe Stefan als erster seine Stimme wiederfand. »Du kannst gerne hierbleiben.«

Fasziniert stellte Anna fest, wie die Schatten, die langsam über sein Gesicht wanderten, ihn noch interessanter und attraktiver erscheinen ließen als bisher. Ein seltsames Gefühl beschlich sie. Und beim Anblick, den die geöffneten Knöpfe seines Hemdes freigaben, war ihr, als wüsste sie nicht, wohin mit ihren Empfindungen. Ihr Mund war staubtrocken. Nervös befeuchtete sie ihre Lippen und wandte ihren Blick ab. »Ich glaube, es ist besser, wenn ich gehe«, doch sie blieb wie angewurzelt stehen.

Mit Entsetzen erkannte sie, wie Stefan sich langsam auf sie zu bewegte. Er blieb so dicht vor ihr stehen, dass sie die Wärme spüren konnte, die von ihm ausging.

»Ich … Ich muss gehen.« Aufgeregt hob und senkte sich ihre

Brust, doch ihre Beine schienen wie fest mit dem Boden verankert. Noch ehe sie die Gründe ihrer Unbeweglichkeit hinterfragen konnte, spürte sie, wie er nach ihrer Hand griff.

»Das sagtest du bereits.« Ein liebevolles Lächeln umspielte seinen Mund. Erwartungsvoll schaute er auf Anna herab.

»Ich weiß«, flüsterte sie leise an seine Brust, ohne ihn dabei anzuschauen.

Seine Stimme wurde rau, als er den Abstand zwischen ihnen weiter verringerte. »Dann bleib bei mir.«

Es gab tausende Gründe für Anna zu gehen, doch keiner wog so schwer wie der, tatsächlich bleiben zu wollen. Sie versuchte, einen klaren Gedanken zu fassen, doch ihr pochendes Herz und ihre weichen Knie lenkten sie davon ab.

»Ich … Ich …« Zögernd wich sie zurück und betrachtete ihre Finger, die noch immer in seiner Hand lagen.

»Anna, sieh' mich an!«

Sie schüttelte den Kopf. »Nein.«

»Warum nicht?«

»Weil …«, sie zögerte einen Augenblick.

Die Anziehung zwischen ihnen war greifbar und nicht mehr abzustreiten. Sie war verwirrt und wusste nicht, was sie tun oder sagen sollte. So entschied sie sich für die Wahrheit und blickte zaghaft zu ihm auf. »Weil ich dann womöglich hierbleibe.«

Sie hatte kaum ausgesprochen, als sich ihre Lippen bereits trafen. Stefan zog sie an sich, und die Distanz zwischen ihnen war – in jeder Hinsicht – verschwunden. Anna wusste nicht, ob sie in ihrem Leben je so leidenschaftlich geküsst worden war, geschweige denn solche Empfindungen verspürt hatte. Sie wusste nichts mehr. Alles um sie herum verblasste.

Da waren nur noch sie und der Fußballstar, der es wie kein

anderer vermochte sie zu küssen.

Ohne weiter nachzudenken, schlang sie ihre Hände um seinen Nacken und presste sich noch enger an ihn. Seine Hände wanderten zu ihrem Po, und sie konnte fühlen, wie begehrlich er auf sie reagierte.

Nach und nach nahm Anna wahr, wie zuerst ihr Kleid, dann ihre Bluse zu Boden fiel. Während der ganzen Zeit ließen ihre Lippen nicht voneinander ab. Der Kuss schien nicht enden zu wollen. Erst als Stefan mit einem gekonnten Handgriff den Verschluss ihres BHs öffnete und bewundernd seinen Blick senkte, konnten sich Annas Lippen für einen kurzen Augenblick erholen. Zärtlich streifte er ihr die Träger über die Schultern und hob sie auf seinen Schoß.

Anna schlang ihre Arme und Beine fest um ihn und ließ sich von ihm zurück in sein Schlafzimmer tragen, wo er sie erneut in sein Kissen bettete.

*

Während Stefan sich eines Großteils seiner Kleidung entledigte, verharrte sein Blick in ihrem langen Haar. Weit ausgebreitet lag es auf seinem Laken, und er entdeckte die einzelne Margerite wieder, die sich in einer ihrer Strähnen verfangen hatte. Bewundernd beugte er sich über sie und zeichnete mit den Fingern die Kontur ihrer Kurven nach.

Seine Daumen hakten im Bund ihres Slips ein und zogen ihn nach unten, während seine Lippen zärtlich ihren Bauchnabel küssten. Quälend langsam wanderte sein Mund schließlich zu ihren Brüsten, bis er es kaum mehr erwarten konnte, ihre Lippen wieder zu spüren.

Als Anna sich von ihm zu lösen begann, dauerte es einen Moment, ehe er erleichtert feststellte, dass sie nicht vorhatte zu fliehen – im Gegenteil. Sie wollte die Oberhand gewinnen, was er nur zu gerne zuließ. Er drehte sich mit ihr und lag schließlich auf dem Rücken.

Ihr wunderschönes Haar fiel wie ein seidener Vorhang an ihr herab, als sie ihren Kopf hob und ihn anlächelte. Stefan strich ihr ein paar einzelne Strähnen hinters Ohr. Ihr Mund war zwischenzeitlich von seinen Küssen leicht geschwollen, und doch konnte er nicht anders, als sie weiter zu küssen.

Sanft strichen ihre Hände über seine Bauchmuskeln, die er unter ihrer Berührung augenblicklich anspannte. Und während sich ihre Lippen von seinem Mund lösten und seinen Oberkörper zärtlich liebkosten, spürte er, wie ihre Hand tiefer und tiefer glitt. Er zog scharf die Luft ein und begrub sie gefühlvoll, wenngleich bestimmt wieder unter sich.

Zärtlich streifte er mit seinem Daumen über ihre Lippen.

»Nicht bewegen.«

Er ging zur Kommode auf der gegenüberliegenden Seite des Raumes und blickte in die Schublade. Mit einem wissenden Schmunzeln nahm er nicht nur ein bunt verpacktes Kondom aus der Schachtel. Voller Vorfreude ging er zurück zum Bett, wo Anna sich aufgerichtet hatte und ihn erwartungsvoll anblickte.

»Stopp.«

Er hielt in seiner Bewegung inne und sah sie fragend an.

Sie grinste spitzbübisch, während ihre Zunge gedankenverloren ihre Lippen befeuchtete. Geschmeidig glitt sie vom Bett. Sanft streichelten ihre Finger über seine Haut. Ihr Mund bedeckte seine Schultern mit Küssen, während ihre Hände langsam an ihm herabwanderten. Sie schoben sich sacht unter den Bund seiner enganliegenden Boxershorts und befreiten ihn vom letzten Stück Stoff, dass er noch trug.

Er genoss sichtlich ihre Liebkosungen und doch fiel es ihm

zusehends schwerer, Anna nicht zu berühren. Daher drängte er sie, kaum dass sich ihm die Gelegenheit bot, unter stetigen Küssen sanft zurück zum Bett.

Er hatte schon viele Frauen in seinem Leben gehabt, aber keine war wie sie.

Sie verstellte sich nicht.

Sie spielte ihm nichts vor.

Sie faszinierte ihn.

Sie war einfach sie selbst.

Sie war einfach Anna.

Mit ihr konnte er jede Sekunde ihres Zusammenseins genießen, und seit langer Zeit verspürte er so etwas wie Aufregung, als er ein Kondom aus seiner Packung nahm. Zahlreiche Gefühle durchströmten ihn, als er endlich in ihr versank. Keine einzige Sekunde konnte er aufhören, sie anzuschauen. Jeden Gesichtsausdruck und jede ihrer Bewegungen nahm er ebenso in sich auf, wie ihre Berührungen und jeden Einzelnen ihrer Küsse. Anna dabei zu beobachten wie sie alles um sich herum losließ, befriedigte ihn in einer Art und Weise, wie er es nie für möglich gehalten hatte. Ihre zufriedenen Laute raubte er mit seinem Mund, ehe er gemeinsam mit ihr Erlösung fand.

*

Stefan lehnte sich gegen die hohe Rückwand seines Bettes und blickte auf den leeren Platz neben sich. Die Margerite aus Annas Haar, die sich in den Falten seines Kissens verfangen hatte, war das Einzige, was an die vorherige Nacht erinnerte. Nachdenklich nahm er die Blume an sich und drehte sie zwischen seinen Fingern.

Er war alleine und hätte sich eigentlich darüber freuen sollen. Es erwartete ihn weder eine peinliche Befangenheit noch ein unangenehmes Gespräch. Doch unsinnigerweise war er wütend.

Wütend auf Anna, weil sie einfach verschwunden war. Und letztlich war er auch wütend auf sich selbst, weil er enttäuscht war. Enttäuscht, denn Anna war nicht mehr da.

*

Derweilen lag Anna auf ihrem eigenen Bett und starrte an die Decke. Was hatte sie nur getan? Sie konnte immer noch nicht fassen, was in der Nacht passiert war. Sie hatte tatsächlich Sex mit Stefan Behrens gehabt. Und dabei hatte sie immer geglaubt, ihn nicht zu mögen.

Jedes Mal, wenn sie die Augen schloss, sah sie ihn vor sich. Den unglaublich attraktiven Mann, der ihr mit seinen Küssen den Verstand raubte. Er ließ sie Dinge tun, die sie nie zu träumen wagte. Sie hatte sich selbstbewusst alles genommen, was er zu geben bereit war, und hatte sich ihm in einer Offenheit hingegeben, dass sie im Nachhinein über sich selbst erstaunt und zugleich erschrocken war.

Als sie erwachte, hatte sie fest umschlungen in seinen Armen gelegen und sich entsetzt bei dem Gedanken ertappt, einfach bei ihm zu bleiben. Doch wieder einmal siegte ihre Vernunft und sie schlich sich heimlich aus seiner Wohnung.

Die Sonne schien hell in ihr kleines Appartement, als sie sich aus ihrem Bett quälte. Sie musste sich von den Erinnerungen an Stefan befreien und benötigte deshalb dringend Ablenkung. Doch so sehr sie sich auch bemühte, nichts brachte ihr die gewünschte Abhilfe.

Plötzlich kam ihr Alex in den Sinn. Wie sollte sie die Geschichte nur ihrer Schwester erklären? Nicht genug, dass sie selbst fassungslos über die Ereignisse der vergangenen Nacht war – nun gesellte sich auch noch ein schlechtes Gewissen dazu. Außer ein paar harmlosen Flirtoffensiven schien zwar noch nicht viel zwischen Alex und Stefan passiert zu sein.

Dennoch konnte sie das Verhältnis der beiden nicht einordnen.

Wütend über sich selbst, streifte sich Anna ihre alten Arbeitskleider über und machte sich daran, ihrem Groll beim Unkrautjäten das passende Ventil zu verschaffen. Energisch riss sie das unliebsame Grünzeug aus dem Boden und warf es in hohem Bogen auf den Kompost. Aber auch diese mühevolle Arbeit brachte ihr nicht die gewünschte Zerstreuung. Frustriert brühte sie sich in der Küche eine Tasse Tee auf.

Während sie die Kräutermischung ziehen ließ, schleppte sie ihren erschöpften Körper ins Badezimmer. Das kühle Wasser der Brause rann an ihr herab. Kraftlos lehnte sie gegen die gekachelte Wand und schloss für einen kurzen Moment die Augen. Aber auch hier ließen sie die Erinnerungen an Stefan nicht los.

Ihr Telefon klingelte und riss sie aus ihren Gedanken. Fest in ein Badetuch gewickelt eilte sie zur Terrasse. Sie griff nach dem Gerät und erkannte sofort die Nummer ihrer Schwester.

Da sie Alex früher oder später die Wahrheit sagen musste, atmete sie noch einmal tief durch, ehe sie das Gespräch entgegennahm.

»Ich dachte schon, du bist nicht zu Hause«, begrüßte Alex ihre Schwester.

»Wo soll ich denn sonst sein?« Anna lehnte sich in ihrem Gartenstuhl zurück und überlegte, wie sie mit ihrer Beichte am besten beginnen sollte.

»Na, bei Behrens.«

»Bei Behrens?« Überrascht richtete sie sich wieder auf. Wusste ihre Schwester etwa schon Bescheid?

»Wie kommst du darauf?«

»Du bist doch heute Nacht mit ihm zurückgefahren, oder nicht?«

»Ja, aber …«

Anna hörte, wie in ihrem Hof eine Wagentür zugeschlagen wurde.

»Und?«, fragte Alex interessiert.

»Alex, es tut mir so leid. Ich …«, sie suchte nach den richtigen Worten, doch das fröhliche Lachen ihrer Schwester irritierte sie.

»Ich wusste es. Ich wusste es. Ich wusste es!«

»Was wusstest du?«, fragte sie verwirrt.

»Ich wusste, dass ihr zwei nicht die Finger voneinander lassen könnt. Komm schon, gib es zu!«

Anna wusste nicht so recht mit dem vergnügten Tonfall ihrer Schwester umzugehen.

»Dann bist du nicht böse auf mich?«

»Böse? Ich freue mich riesig. Böse wäre ich nur, wenn nichts passiert wäre.«

Erleichterung machte sich in Anna breit, und sie atmete hörbar aus. Eine Bewegung, die sie unweit von sich wahrnahm, zog ihre Aufmerksamkeit auf sich. Überrascht erkannte sie Stefan, der lässig auf sie zu schlenderte. Auch wenn er mit den Khaki-Shorts und dem weißen Polo-Shirt eine eher legere Kleidung gewählt hatte, seiner Attraktivität tat dies leider keinen Abbruch.

»Aber was ist mit dir?«, wollte sie von Alex wissen.

Je näher Stefan ihr kam, umso aufgeregter pulsierte das Blut in ihren Venen. Nach nur wenigen großen Schritten erreichte er sie und lehnte sich lässig gegen den Gartentisch.

»Wie sagt man so schön: Wir werden Freunde bleiben. Aber jetzt spann' mich nicht länger auf die Folter. Ich möchte Einzelheiten wissen. Wie war es?«

»Es … Ich … Ähm … Also weißt du, Alex … Wir …«, hilflos stammelte Anna vor sich hin. Dass sie beobachtet wurde, verwirrte sie zusehends. Schließlich nahm ihr Stefan das Telefon aus der Hand.

»Ist er etwa da?« Alex Stimme nahm einen kindlichen, erfreuten Klang an.

»Ja, bin ich. Könnt ihr später noch einmal telefonieren?«

Seine Stimme zu hören, ließ Anna erschaudern. Er schmunzelte vergnügt und beendete das Gespräch.

»Hi.«

»Hi.« Verlegen drehte Anna ihre Haarspitzen zwischen den Fingern.

»Du hattest es heute Morgen verdammt eilig.«

»Ich musste noch einiges erledigen.« Anna konnte ihre lahme Ausrede selbst nicht fassen.

»Okay.« Stefan griff nach ihren Händen und zog sie zu sich auf. »Dann bist du jetzt hoffentlich fertig und hast ein bisschen Zeit für mich.«

Es war keine Frage, sondern vielmehr eine bestimmende Ansage. An seinen Absichten ließ er jedenfalls keine Zweifel. Er näherte sich Anna gefährlich und umschloss ihr Gesicht mit seinen Händen.

»Stefan, was soll …« Er ließ Anna keine Chance, ihr Anliegen vorzutragen. Zärtlich presste er seine Lippen auf ihre und küsste sie hingebungsvoll.

Anna hingegen konnte nicht glauben, dass sich die Szenen der vergangenen Nacht wiederholten. Ihr Körper hoffte darauf, doch ihr Verstand wehrte sich vehement dagegen. Die Vernunft gewann schließlich den inneren Kampf. Sie stieß sich von ihm ab und atmete tief durch.

»Nein, ich kann das nicht.«

»Ich fand eigentlich schon, dass du das kannst. Sogar ziemlich gut.« Stefan grinste sie schelmisch an und strich ihr sanft über die Schulter.

»Du weißt genau, was ich meine. Das geht nicht.« Seine Hand auf ihrer Haut zu spüren, fühlte sich gut an.

»Warum nicht?«

»Weil …«, Anna überlegte kurz, um ihm die passende Antwort bieten zu können.

»Genieße es doch einfach und denk' nicht darüber nach.«

Genau diesen Satz musste Anna hören, um schlagartig in die Realität zurückzukehren. Natürlich könnte sie ein wenig lockerer mit dem Thema umgehen, aber sie hielt nun mal nichts von schnellem Sex ohne Gefühle und Verpflichtungen. Auch wenn sie die letzte Nacht mit ihm verbracht und damit gegen ihre eigenen Prinzipien verstoßen hatte, so war sie dennoch nicht bereit, diese aufzugeben.

»Siehst du, das unterscheidet uns. Ich kann das einfach nicht. Ich bin nicht wie du.«

»Und was war letzte Nacht?« Irritiert ließ er von Anna ab.

»Das war ein Fehler und wird sich nicht mehr wiederholen. Seien wir doch mal ehrlich: Wir können uns ja nicht einmal leiden.« Sie wich ein Stück zurück. »Am besten, du gehst jetzt.«

*

Stefan saß fassungslos in seinem Wagen und fuhr ziellos durch die Gegend. Er konnte noch immer nicht glauben, was gerade geschehen war.

Den ganzen Tag war er ungeduldig in seiner Wohnung herumgestreift. Er kam einfach nicht zur Ruhe. Es stand so viel Unausgesprochenes zwischen ihm und Anna. Er hoffte, sie würde ihren *Ausrutscher* diskret behandeln, wobei er an ihrer Diskretion letztlich keine Sekunde zweifelte. Es war daher nicht verwunderlich, dass es ihn geradezu zu ihr zog.

Die ganze Fahrt über hatte er fieberhaft darüber nachgedacht, was er ihr sagen sollte. Doch als er sie dann auf der Terrasse erblickte, waren all seine sorgsam zurechtgelegten Worte wie weggewischt gewesen. Er war sich sicher, Anna war sich nicht bewusst, wie sexy sie in diesem Augenblick aussah. Ihre Wangen hatten sich rot verfärbt. Und ihr Blick – die Mischung aus Irritation, Verwirrung und Verlegenheit – machten all seine Vorsätze zunichte. Zu gerne hätte er den Knoten ihres Badetuchs gelöst und dort weitergemacht, wo sie aufgehört hatten.

Und doch war er abgeblitzt. Noch nie hatte eine Frau ihm eine so krasse Abfuhr erteilt. Er wusste nicht, ob es Enttäuschung oder Wut war, die er empfand, als er seinen Wagen schließlich wieder in der Tiefgarage abstellte. Er wusste nur, dass er ihr zeigen würde, was sie versäumt hatte.

ACHT

Kurz vor sieben Uhr am nächsten Morgen parkte Anna ihr Fahrrad im Hof vom Marienhort. Es herrschte bereits ein reges Treiben und unzählige Personen huschten über das Gelände.

Sie war erleichtert, unter all den Fremden endlich ein paar vertraute Gesichter zu entdecken. Einige Handwerker standen neben dem Geräteschuppen und unterhielten sich angeregt. Kaum hatten sie Anna entdeckt, wurde sie herzlich begrüßt. Sie kannte die Truppe zwar erst wenige Tage, dennoch fühlte sie sich bereits dazugehörig und schätzte jeden Einzelnen von ihnen. Alle waren sie Profis auf ihrem Gebiet, und doch zeigte jeder von ihnen Flexibilität, was ihren Einsatz betraf. Niemand scheute die Arbeit, denn alle übten ihren Beruf mit leidenschaftlicher Überzeugung aus. Zwei der Crew waren Anna nach dieser kurzen Zeit bereits besonders ans Herz gewachsen.

Da war zum einen Bastian Bruckner. Der sympathische Zimmermann war nie um einen Spaß verlegen und konnte mit seinen neunundzwanzig Jahren schon zahlreiche namhafte Projekte nennen, an denen er mitgewirkt hatte.

Karl-Heinz Weidner war der Zweite im Bunde. Anna schätzte den erfahrenen Gipser und Malermeister auf Ende vierzig. Seine Statur und sein Gemüt in Kombination mit der weißen Arbeitskleidung, brachte ihm bei seinen Kollegen den Spitznamen *Knut* ein. Treffend – wie Anna befand.

Auch all die anderen Handwerker hatten Anna, die neben Esther die einzige Frau im Team war, akzeptiert und freundlich aufgenommen. Sie fühlte sich wohl und hatte keinen Augenblick das Gefühl, nicht willkommen zu sein.

Entspannt genoss sie die angeregten Diskussionen über Marienhort und den Umbau. Dennoch ertappte sie sich dabei, wie sie nach Stefans Wagen Ausschau hielt. Anna wusste nicht, wie sie sich ihm gegenüber verhalten sollte, daher hoffte sie, ein Aufeinandertreffen mit ihm möglichst lange hinauszögern zu können. Sie war erleichtert, denn er schien nicht hier zu sein.

Während sie noch ihren Gedanken um Stefan hinterherhing, bog ein schwarzer Sportwagen mit einer blonden Schönheit hinterm Steuer rasant in die Hofeinfahrt ein und zog die Aufmerksamkeit aller auf sich. Die Fremde brachte ihr Fahrzeug direkt vor dem Wohn(t)raum-Team zum Stehen, und Stefan nickte ihnen vom Beifahrersitz zu.

Er neigte den Kopf und flüsterte der Fahrerin etwas ins Ohr. Prompt zeichnete sich ein Strahlen auf ihrem Gesicht ab. Dann küsste er sie zum Abschied auf die Wange und schälte sich aus dem Auto.

Schockiert begutachtete Anna seine Kleidung. Er trug noch immer die gleichen khakifarbenen Shorts und dasselbe Polo-Shirt wie am Vortag. Auch die Bartstoppeln in seinem Gesicht ließen unschwer darauf schließen, dass er die Nacht nicht zu Hause verbracht hatte.

Anna kochte vor Wut, obgleich sie ihn tags zuvor selbst weggeschickt hatte. Die Dreistigkeit, sich umgehend mit einer anderen Frau zu vergnügen, war die Höhe. Doch gleichzeitig bestärkte es sie auch darin, die richtige Entscheidung für sich getroffen zu haben.

Die Frau winkte ihnen freundlich zu, setzte ihren Wagen zurück und brauste davon. Lässig schob Stefan seine Pilotenbrille auf die Nase und gesellte sich zur Gruppe, wo die Männer es kaum erwarten konnten, ihm anerkennend auf die Schulter zu klopfen.

Anna ertrug die Situation nicht länger. Sie entschuldigte sich und stapfte wütend die Stufen zur Eingangstür hinauf. Sie fand Sabine wie erwartet in ihrem Büro, wo sich ihre Freundin damit beschäftigte, unzählige lose Blätter zu sortieren.

»Einen wunderschönen Guten Morgen.« Sabine blickte auf und schenkte Anna ein gutgelauntes Lächeln.

»Morgen.« Anna versuchte erst gar nicht, zu verheimlichen, wie es um ihre Stimmung stand.

»Ist alles in Ordnung? Du schaust so miesepetrig.«

»Ich durfte am frühen Montagmorgen schon *Mr. Fußballgott* bewundern. Das sollte als Erklärung reichen.« Lustlos ließ sich Anna auf das alte Sofa fallen.

Sabine lachte herzlich. Sie blickte aus dem Fenster und musterte den Retter ihres Waisenhauses. »Also ich könnte mir Schlimmeres vorstellen. Sieht er nicht klasse aus?«

Er sah nicht nur klasse aus, er fühlte sich auch wundervoll an. Das alles wusste Anna jetzt. Irgendwann, wenn diese ganze Fernsehgeschichte vorüber war, würde sie ihrer besten Freundin sicherlich von ihrer Nacht mit Behrens erzählen. Doch momentan war nicht der richtige Zeitpunkt dafür. Schnell lenkte sie das Gespräch in eine andere Richtung.

»Wann fährst du eigentlich zu den Kindern?«

»Morgen Nachmittag. Ich wurde gebeten, noch für ein paar Aufnahmen hierzubleiben.« Sabine verstaute die letzten Blätter in einem Ordner und sah sich noch einmal in dem Raum um. »Ich kann noch gar nicht fassen, was hier passiert. Es läuft gerade alles so gut, man könnte beinahe Angst bekommen.«

»Schätzchen, denk nicht so viel nach. Alles, was passiert, ist gut, und das ist schließlich die Hauptsache. Du hast so hart für Marienhort gekämpft. Ihr habt es verdient, hierbleiben zu dürfen.«

»Danke für alles.« Sabine ließ den Ordner auf ihrem Schreibtisch zurück und fiel Anna um den Hals.

*

Der erste Umbau Tag ging zu Ende. Es ließ sich zwar noch nicht viel erkennen, dennoch waren sie mit ihrer Arbeit weitergekommen als geplant, und ein Großteil des Hauses war bereits leergeräumt. Anna war erschöpft, aber glücklich.

Die vielen Kameras hatten sie zu Beginn verwirrt, nach einiger Zeit gewöhnte sie sich jedoch daran, auf Schritt und Tritt verfolgt zu werden. Als sie mit Esther drehen sollte, hatte es ihr sogar richtig Spaß gemacht, gemeinsam mit ihr die Details der Arbeiten zu beschreiben. Auch der lockere Umgang im Team erleichterte es ihr ungemein, mit der befremdlichen Situation umzugehen.

Bei ihrer Überlegung, was letztlich von dem Filmmaterial ausgestrahlt werden würde, hoffte sie inständig, die Sticheleien zwischen ihr und Stefan würden nicht dazu zählen. Die ganze Zeit über hatte sie sich bemüht, ihm möglichst aus dem Weg zu gehen. Wenn sie dann aber doch einmal aufeinandertrafen, hatte Anna ihre liebe Mühe, an sich zu halten, denn Stefan ließ keine Situation aus, um sie zu provozieren.

Nach Feierabend wirkte Marienhort wie ausgestorben. Wo tagsüber noch zahlreiche Leute durch das Haus, den Garten und den Hof hetzten, herrschte nun Totenstille. Nachdem die roten Lichter der Kameras endlich erloschen waren, hielt es keinen mehr lange auf der Baustelle.

Gemeinsam mit Hugo und Sabine stand Anna vor dem imposanten Gebäude, als sie die Hiobsbotschaft des wirtschaftlichen Totalschadens ihres Wagens erreichte. Niedergeschlagen willigte sie schließlich in die Verschrottung des alten und jahrelang treuen Gefährts ein. Sie schwang sich traurig auf ihr Rad und machte sich auf den Heimweg. Wo sollte sie nur die Zeit hernehmen, um nach einem neuen Auto zu schauen? Mal ganz abgesehen von den Kosten. Anna kam ihre Schwester in den Sinn. Alex trug nach wie vor einen Gips und würde ihren Wagen vorläufig nicht benötigen.

Zu Hause angekommen, griff sie ohne Umschweife zum Telefon, wählte Alex' Nummer und die gewohnt heitere Stimme ihrer Schwester begrüßte sie.

»Hi Schwesterchen.«

»Hallo Alex.«

»Ist alles in Ordnung? Du klingst so bedrückt.«

»Ach, Alex …«, Anna seufzte.

»Oh je, was ist denn passiert? Streit unter Liebenden?« Alex lachte vergnügt ins Telefon.

»Quatsch. Es geht um meinen Wagen. Hugo fährt ihn morgen zum Schrottplatz.«

»Also sei mir nicht böse, aber das wurde ja auch langsam Zeit.«

»Ich weiß.« Sie nickte zustimmend, obwohl sie wusste, dass ihre Schwester sie nicht sehen konnte. »Würdest du mir deinen Wagen leihen, bis ich Ersatz gefunden habe?«

»Natürlich kannst du meinen Wagen haben. Ich bin ab morgen sowieso für drei Wochen auf einer Fortbildung.«

»Wie? Du fährst weg? Aber du bist doch krank.«

»Ich habe so lange auf einen Platz gewartet - ich muss hingehen. Gipsbein hin, Gipsbein her.«

»Streber.«

»Was einen nicht umbringt … Oder wie war das?«

Nun war es an Anna zu lachen.

»Du hast mir im Übrigen immer noch nichts von dir und unserem Fußballhelden erzählt.«

»Wenn ich ehrlich sein darf, möchte ich auch nicht über ihn sprechen.« Annas Blick fiel auf das Badetuch, das sie gestern achtlos auf den Boden neben ihrem Bett geworfen hatte.

»Warum nicht?«

»Weil …« Anna überlegte, wie sie ihrer Schwester erklären konnte, was in ihr vorging. Doch Alex kam ihr zuvor und brachte die Sache auf den Punkt.

»Ich versteh' schon. Du kannst einfach nicht aus deiner Haut.«

Sie schwiegen beide einen Augenblick.

»Aber ich hoffe, du hast die Nacht dennoch genossen.«

Die Bilder ihrer gemeinsamen Nacht mit Stefan zogen wie ein Film an ihr vorbei. Ja, sie hatte es genossen. Jede einzelne Sekunde. Ihn mit der anderen Frau zu sehen, ließ Anna die Geschehnisse im Nachhinein jedoch bitter bereuen.

Da Annas Reaktion auf sich warten ließ, ahnte Alex, dass sie ins Grübeln verfallen war.

»Du denkst zu viel nach. Akzeptiere einfach, was passiert ist, und rede es dir nicht schlecht. Du kannst tun und lassen, was du willst, wann du willst und mit wem du willst. Ob es sich wiederholt, entscheidest du ganz alleine.«

Anna seufzte. »Du hast ja recht.«

Alex' aufmunterndes Lachen half ihr, entspannter über die Sache nachzudenken.

»Ich habe doch immer recht.«

Ein lautes Gemurmel war durch das Telefon zu hören.

»Anna, ich muss los. Hier warten schon alle auf mich. Ich werde den Schlüssel und die Papiere an der Rezeption hinterlegen. Ach, und Anna?«

»Ja.«

»Lass dich nicht ärgern.« Alex verabschiedete sich mit einem lauten Schmatzgeräusch bei ihrer Schwester.

Anna stellte das Telefon zurück in die Ladeschale und schmunzelte über die letzten Worte von Alex. Sie nahm sich vor, den Rat zu beherzigen und sich nicht ärgern zu lassen. Schon gar nicht von einem aufgeblasenen Fußballheini namens Stefan Behrens.

Um sich ein wenig Ablenkung zu verschaffen, öffnete sie ihr Notebook. Auch wenn sie Marienhort sehr in Anspruch nahm, durfte sie ihre anderen Projekte nicht vernachlässigen. Die hohe Anzahl an E-Mails, die sie erreichten, bestätigten ihr, dass zwischenzeitlich viel Arbeit liegengeblieben war.

Nachdem die Uhr schließlich Mitternacht schlug, konnte Anna ihre Augen kaum mehr offenhalten. Die restlichen E-Mails musste sie, ebenso wie einige dringende Telefonate, auf den nächsten Tag verschieben.

*

»Ich könnte mich immer noch totlachen.«

Nick Althaus saß auf der weitläufigen Terrasse seiner Villa und brachte seine Erheiterung lautstark zum Ausdruck. Breit grinsend taxierte er Stefan, der alles andere als begeistert aussah.

»Wie schön, dass du dich so gut auf meine Kosten amüsierst.« Mit einem kräftigen Schluck aus einer Bierflasche versuchte Stefan die Erinnerung an die Highlight-Szenen der ersten Wohn(t)raum-Sendung wegzuspülen.

Sein Freund und langjähriger Mannschaftskamerad hatte ihn zu einem Männerabend eingeladen. Doch anstatt wie früher gemeinsam um die Häuser zu ziehen und die Schickeria der Stadt aufzumischen, überraschte ihn Nick mit einem erfrischenden Bier, gegrillten Würstchen und einer Aufnahme von Wohn(t)raum.

Der ehemalige Frauenheld und Partylöwe war wie ausgewechselt, seit er seiner Jugendfreundin Juliane wieder begegnet war. Stefan hatte ihn selten so entspannt und glücklich erlebt wie in dieser Beziehung, und er gönnte Nick sein Liebesglück von ganzem Herzen.

»Wie sie auf der Leiter stand und an der Tapete zog …« Amüsiert imitierte Nick die Bewegung mit der Anna die Tapete abgerissen hatte. »Und der ganze Putz fiel auf dich runter. Zum Schießen. Alter, du hast so dämlich ausgesehen.« Lachend ließ er sich in den bequemen Korbsessel zurückfallen.

»Du findest es lustig. Ich hab's verstanden.«

»Diese Frau ist der absolute Wahnsinn.« Nick schmunzelte und spielte am Etikett seiner Bierflasche. »Oder als sie dich wegen der Kartons angemacht hat.«

»Als ob ich noch nie einen Umzugskarton gepackt hätte.« Stefan rechnete kurz nach, wie oft er in seinem Leben umgezogen war. »Ich musste schon zwölfmal umziehen.«

»Ja, aber am Ende fiel trotzdem alles durch den Boden.« Nick klopfte sich vergnügt auf den Schenkel. »Junge, Junge, da hat sie es dir aber gezeigt.«

»Hätte sie nicht noch einen Stapel Ordner darauf gepackt, wäre überhaupt nichts passiert.« Stefan überlegte, warum er versuchte, sich zu rechtfertigen, schließlich wusste er, dass er im Recht war.

Nick griff in eine Schale mit Erdnüssen und steckte sich die Nüsse in den Mund. »Ich muss unbedingt Jule davon erzählen. Das darf sie sich nicht entgehen lassen.«

»Du bist ein ganz toller Freund.« Stefan schenkte Nick ein schiefes Lächeln.

»Komm schon. Wäre ich an deiner Stelle, würdest du dich auch schlapplachen und es allen weitererzählen.«

»Stimmt.« Dieses Argument konnte Stefan nicht bestreiten.

Es war weit nach Mitternacht, als er seine leere Bierflasche in die Küche stellte und sich von seinem Freund verabschiedete.

»Grüß Juliane bitte von mir. Und sag ihr, dass ich mich für ihre spontane Chauffeurdienstleistung revanchieren werde.«

Der Gedanke an Annas Gesichtsausdruck, als er am Morgen aus Julianes Wagen gestiegen war, brachte ihm pure Genugtuung. Auch wenn er an diesem Abend viel Häme hatte einstecken müssen, so ließ ihn diese Erinnerung dennoch zufrieden einschlafen.

*

Die darauffolgenden Tage vergingen wie im Fluge. Anna war unter einem Berg von Arbeit begraben. Sie fand weder die Zeit, Sabine und die Kinder zu vermissen, noch nach einem neuen Wagen zu suchen – geschweige denn einmal kurz durchzuatmen.

Sobald die täglichen Arbeiten im Marienhort beendet waren, eilte sie zu einer anderen Baustelle. Die Ablenkung war äußerst anstrengend, tat ihr aber letztlich gut, da die Dreharbeiten mit Stefan an ihrem Nervenkostüm zehrten.

Bei dem Aufnahmeleiter – da war sich Anna sicher – musste es sich um einen Sadisten handeln. Er ließ keine Gelegenheit aus, sie und Stefan zu gemeinsamen Aufnahmen zu bitten, die stets in Sticheleien endeten. All die aufreibenden Wortgefechte hatte sie noch lebhaft vor Augen …

Stefan: Das Entsorgungsunternehmen war da.
Anna: Weshalb bist du dann noch hier?

Stefan: Die Kinder brauchen überhaupt kein Haustier – sie haben ja schon einen Hausdrachen, der sie regelmäßig besucht.

Anna: Wo ist der Besen?
Stefan: Der parkt in deiner Garage!

Anna: Falls jemand eine Säge benötigt, ich hätte eine Nervensäge abzugeben.

Stefan: Gibst du mir bitte den Pinsel?
Anna: Nimm doch den auf deinem Kopf!

Stefan: Braucht jemand eine Beißzange? Die gibt es heute im Sonderangebot.
Anna: Genauso wie Flachzangen!

Anna: Den Schutt muss man rausbringen.
Stefan: Bei deiner Stimmung geht er freiwillig. Allein!

Anna: Das Loch in der Wand ist genauso hohl und überflüssig wie du.

Am Ende der Woche hatten sich die Mühen und Anstrengungen gelohnt. Sie konnten einen beachtlichen Baufortschritt aufweisen und um dies zu feiern, hatten Esther und Carsten die gesamte Crew zu einer kleinen Gartenparty in ihre Villa eingeladen. Es war daher nicht weiter verwunderlich, dass alle darauf achteten, pünktlich und verdient den Feierabend einzuläuten.

Als Anna ihr kleines Appartement betrat, hätte sie sich liebend gerne auf das einladende Sofa gelegt und die Augen geschlossen. Doch sie wusste, sie würde in einen tiefen, festen Schlummer verfallen. Noch hatte sie keinen Feierabend. Sie musste ihre E-Mails prüfen, und sie hatte Esther für den Abend zugesagt.

Sie startete ihren Laptop und war vollkommen überwältigt von der Flut an eingegangenen Nachrichten. Weit mehr als hundert E-Mails hatten sie zum Marienhort-Projekt erreicht. Und alle waren durchweg mit positivem Feedback. Als sie schließlich die letzte Mitteilung schloss, war Anna so glücklich, dass sie liebend gerne jedem Einzelnen sofort geantwortet hätte. Doch ein Blick auf die Uhr riet ihr, sich zu sputen.

Frisch geduscht stand sie wenige Minuten später vor ihrem Kleiderschrank. Ihre Stirn lag in Falten, als sie die Türen öffnete und den Inhalt kritisch prüfte. Schließlich wählte sie ein schlichtes, weißes Sommerkleid, das an den Knien endete. Ein dunkelblaues Seidentuch und sommerliche Sandalen komplettierten ihr Outfit. Gekonnt band sie ihre Haare zurück, und ihr prüfender Blick in den Spiegel bestätigte ihr, durchaus passabel auszusehen. Beschwingt brach sie zu den Weigands auf.

Zwanzig Minuten später parkte sie vor der Villa. Das Haus wirkte noch imposanter, als Anna es in Erinnerung hatte.

Ihr fiel auf, wie detailverliebt alles angelegt worden war. Nachdem sie Esther in den letzten Tagen näher kennengelernt hatte, spiegelte sich ihr ganzer Stil, diese schlichte Eleganz, auch auf ihrem Grund und Boden wider.

Von den zahlreichen Autos, die in der Hofeinfahrt parkten, erkannte sie keines – auch nicht das von Stefan. Erleichtert, ihn nicht sehen zu müssen, trat sie auf die große Eingangstür zu, die ihr auch prompt von Esther geöffnet wurde.

»Ich habe dich herfahren sehen. Schön, dass du da bist.«

»Vielen Dank für die Einladung.«

Esther wählte nicht den direkten Weg durch das Haus, sondern spazierte mit Anna über einen Steinweg, der durch den Garten führte, zur Rückseite der Villa.

Bewundernd inspizierte Anna die herrlich angelegte Außenanlage. »Ihr habt es wirklich schön hier.« Sie löste ihren Blick von der Gartenlandschaft und wandte sich Esther zu. »Was ich dir noch erzählen wollte – ich wurde unter einer Flut an E-Mail-Nachrichten begraben. Die Sendung scheint richtig gut anzukommen.«

»Hast du sie dir etwa noch nicht angeschaut?« Esther war sichtlich überrascht.

»Nein, ich hatte noch keine Gelegenheit. Ich wollte mir morgen die Zusammenfassung ansehen.«

»Anna, die Sendung hat wie eine Bombe eingeschlagen und die kühnsten Erwartungen von uns allen übertroffen.«

»Wirklich?« Fassungslos schaute sie Esther an.

»Die Leute lieben euch. In der Redaktion stehen die Telefone nicht mehr still. Wir werden von E-Mails und Briefen überschüttet.«

Anna strahlte. Sie hatte in der vergangenen Woche so viel gearbeitet und die Ausstrahlungen daher nicht verfolgen können. »Ich kann gar nicht glauben, was du da sagst.«

»Anfangs hat auch niemand mit solch einem Erfolg gerechnet. Selbst die Spendenbereitschaft ist überwältigend.«

Esther hakte sich bei Anna ein und führte sie zu den anderen Gästen auf die Terrasse. Der Großteil des Wohn(t)raum-Teams war bereits anwesend und begrüßte sie. Carsten kam lächelnd auf die beiden Frauen zu und reichte ihnen ein Glas Champagner.

»Anna, schön Sie hier zu haben.« Er prostete ihr zu und zog seine Frau in die Arme. »Amüsiert ihr euch?«

»Ja.« Esther himmelte ihren Mann verliebt an und küsste ihn auf die Wange. Sie waren ein perfektes Paar – nicht nur optisch. Die Gegenwart von Liebe und Harmonie konnte Anna nicht ignorieren.

Carsten wurde von einem seiner Gäste gerufen und entschuldigte sich bei den Damen.

»Streitet ihr euch auch manchmal?« Anna beobachtete Esther dabei, wie sie ihrem Mann verliebt hinterherblickte.

»Nie.«

»Nie?«

»Wir hatten bisher erst einen Streit. Damals waren wir allerdings noch kein Paar. Doch nach diesem Streit wusste ich: Er ist der Richtige.«

»Wow.« Begeistert war Anna den Ausführungen von Esther gefolgt. »Da kann man ja neidisch werden.«

»Es ist noch gar nicht so lange her, da hätte ich es selbst nicht für möglich gehalten, einmal so glücklich zu sein.« Verträumt lächelte sie.

»Weshalb?« Anna hatte Esther stets als große Persönlichkeit im Gedächtnis. Was sollte also der Grund für ihre Zweifel sein? Früher stand die Moderatorin oft, vermutlich auch gewollt, im Blitzlichtgewitter. Ihr rascher Aufstieg glich einer Bilderbuch-Karriere, und sie kannte alle großen Namen der Branche. Egal wo sie in den Medien zu sehen war, das Publikum lag ihr zu

Füßen. Es war schwer zu glauben, dass eine Frau wie sie auch nur ein ganz normales Leben, mit Höhen und Tiefen führte.

Esther hakte sich neuerlich bei Anna ein. »Es ist nicht so einfach, zu erklären.« Sie gingen am idyllisch angelegten Teich vorbei, zu den großen alten Eichen, unter deren Schutz eine Bank stand.

»Mein Leben muss für dich aussehen wie in einem kitschigen Roman. Toller Beruf, schönes Haus und eine liebevolle Beziehung.« Sie deutete auf die Bank. »Setzen wir uns.« Sie zog Anna neben sich auf die Bank und schlug die Beine übereinander.

»So aus der Luft gegriffen scheint es mir nicht, wenn man sich hier umsieht.« Anna blickte zum Haus zurück.

Esther lächelte sie wissend an.

»Das ist schon alles richtig. Ich habe einen tollen Beruf. Ich besitze ein wunderschönes Haus, und ich könnte mir gar keinen besseren Mann wünschen.« Gedankenverloren nippte sie an ihrem Glas und blickte zu Carsten.

»Und doch gibt es etwas, das dich zu belasten scheint.« Anna musterte sie aufmerksam.

»Dir kann man nichts vormachen.« Geknickt blickte Esther auf ihren Schoß.

»Möchtest du darüber reden?«

Esther atmete tief durch. Es schien, als ob sie sich noch eine Sekunde Bedenkzeit erbitten wollte. Gefasst sprach sie aus, was sie anscheinend schon lange Zeit verfolgte. »Ich kann keine Kinder mehr bekommen.«

Anna war zutiefst getroffen von der Traurigkeit, die in Esthers Worten mitschwang.

»Esther, das tut mir sehr leid. Was ist denn passiert?« Sie strich ihr sanft über den Arm.

»Ich hatte vor vier Jahren einen Unfall, als ich im vierten Monat schwanger war.«

»Von dem Unfall habe ich damals in den Medien gehört. Ich wusste allerdings nicht, dass du schwanger warst.«

»Es wusste auch niemand außer mir. Nicht einmal Stefan.«

»Stefan?« Entsetzt blickte Anna auf.

»Er war der Vater.«

Anna fühlte sich, als hätte ihr jemand die Faust in den Magen gerammt. »Stefan war der Vater deines Kindes?«

»Du wusstest nichts von Stefan und mir, stimmt's?«

»Stefan und dir?«

»Es war die einzige Affäre, die mir die Klatschpresse andichtete, an der auch wirklich etwas dran war. Als die Presse damals Wind davon bekam, war ich bereits schwanger. Ich hatte ihn vor die Wahl gestellt: ganz oder gar nicht. Ich versuchte, ihm zu erklären, dass ich mehr wollte als eine Affäre. Ich wünschte mir, dass wir offiziell ein Paar werden, eine feste Beziehung führen, eine Familie gründen. Aber für ihn lag das alles noch in weiter Ferne. Er war weder bereit für eine feste Bindung noch für ein Kind.« Esther spielte an dem Glas in ihren Händen. »Ich wusste, wenn ich ihm von dem Baby erzähle, würde er zu mir stehen. Aber das wollte ich nicht. Er sollte aus freien Stücken und aus Liebe bei mir bleiben. Doch er hat sich gegen mich entschieden.«

Anna war zutiefst schockiert. »Hast du ihn geliebt?«

»Damals hätte ich ja gesagt. Aber seit Carsten an meiner Seite ist, weiß ich erst, was Liebe bedeutet.« Sie nippte an ihrem Glas. »Jetzt weiß ich, Stefan und ich hätten nie eine Chance gehabt. Daran hätte auch ein Kind nichts geändert.«

»Und der Unfall?«

»Es war meine eigene Schuld. Ich war mit dem Wagen

unterwegs und fuhr viel zu schnell. Meine Gedanken waren nicht bei der Sache. Ich dachte immer wieder an das Gespräch mit ihm. Ich konnte nicht verstehen, warum er mich nicht haben wollte. Ich fuhr durch ein Waldstück. Plötzlich stand dieses Reh auf der Fahrbahn.« Ihre Augen füllten sich mit Tränen.

Anna griff nach Esthers Hand und strich beruhigend über ihren Handrücken.

»Ich kann mich an nichts mehr erinnern. Als ich aufgewacht bin, lag ich im Krankenhaus. Die Ärzte sagten mir, dass ich mein Kind verloren hätte und ich auch keine Kinder mehr bekommen könnte.« Eine Träne kullerte über ihre Wange. »Stefan bemühte sich zwar, für mich da zu sein, als er erfuhr, dass ich keine Kinder mehr bekommen konnte. Dass ich von ihm schwanger war und in dieser Nacht unser Baby verloren hatte, habe ich ihm aber nie erzählt.« Sie sah Anna fest in die Augen. »Bis heute wissen es nur Carsten und du.«

Anna überlegte. Weshalb vertraute Esther ausgerechnet ihr das Geheimnis an? Sie kannten sich weder lange noch gut. Und noch hatte sie nicht entschieden, wie sie die Geschichte überhaupt fand. Sie hatte zwar so ihre Probleme mit Stefan, aber dass Esther ihm nie erzählt hatte, dass er eigentlich schon Vater wäre, konnte sie nicht verstehen. »Warum hast du mir das alles erzählt?«

Esther sah Anna hilfesuchend an. »Weil ich dir vertraue und darauf hoffe, dass du mir weiterhilfst.«

»Helfen?« Anna wusste nicht, inwiefern sie Esther helfen konnte.

»Stefan soll endlich die Wahrheit erfahren.«

»Das solltest du ihm aber selbst sagen, Esther. Das kann dir niemand abnehmen.«

»Ich weiß. Aber wenn ich es ihm sage, braucht er jemanden,

der für ihn da ist. Carsten ist zwar sein bester Freund, aber hier wird er ihm vermutlich nicht helfen können.«

Entgeistert begriff Anna, um was es Esther ging. »Dieser Jemand soll doch nicht etwa ich sein?«

»Es muss jemand sein, dem ich vertrauen kann. Und Stefan auch.«

»Ich bin vermutlich die letzte Person auf diesem Planeten, der er vertrauen würde.« Abwesend schüttelte Anna den Kopf.

»Er hält große Stücke auf dich, auch wenn er es dir nicht immer zeigen kann.« Sie lächelte betroffen. »Du bist ihm zwischenzeitlich vermutlich vertrauter, als ich es je war.«

»Esther, weißt du überhaupt, was du da von mir verlangst?«

»Du bist die Einzige, die ich darum bitten würde.«

Wie hatte der Abend nur so eine überraschende Wende nehmen können?

Anna saß in der Klemme. Sie mochte Esther und würde ihr gerne weiterhelfen. Wenn es doch nur nicht ausgerechnet um Stefan gehen würde.

»Warum willst du es ihm gerade jetzt sagen?«

»Weil ich endlich wieder frei sein möchte. Ich möchte endlich unbelastet in die Zukunft blicken können. Dank Marienhort haben Carsten und ich uns mit dem Thema Adoption auseinandergesetzt. Wir wollen endlich eine Familie sein, denn wir haben so viel Liebe zu geben.«

Anna lehnte sich gegen die Bank und verfiel ins Grübeln.

»Die Kluft zwischen Stefan und mir schien immer unüberbrückbar. Und ja, vielleicht wäre es besser, er würde es nicht wissen. Aber ich kann und will ihm nichts mehr vormachen. Lieber soll er mich bis an sein Lebensende hassen, als wenn er es nie erfahren würde.«

Jedes einzelne Rädchen in Annas Kopf drehte sich. Egal wann Stefan es erfahren würde, es wäre für ihn ein Schlag ins Gesicht. Doch wenn Esther es ihm schon sagen wollte, dann hoffte sie darauf, es würde erst nach den Umbauarbeiten im Marienhort geschehen. »Könntest du bitte noch warten, bevor du mit ihm sprichst.«

»Du hast Bedenken wegen Marienhort, nicht wahr?«

»Die Geschichte wird ihn ganz schön umhauen, und ich habe Angst um seine Reaktion.«

»Natürlich. Ich werde so lange warten.« Esther zog Anna in ihre Arme. »Vielen Dank fürs Zuhören.«

Anna lag ein »Gern geschehen« auf der Zunge, doch verbunden mit der Last, die sie nun trug, konnte sie sich nicht zu den beiden Worten durchringen und nickte nur.

Sie gingen zurück zur Terrasse, wo sie auch sofort von den Kollegen des Wohn(t)raum-Teams belagert wurden. Anna war für die Ablenkung dankbar.

Einige der Männer waren in Begleitung da, und sie freute sich, die Frauen und Freundinnen der Truppe kennenzulernen. Nach und nach zog es jedoch die meisten an den großen Grill, den Carsten im saftigen grünen Rasen aufgebaut hatte. Anna atmete tief ein und kam nicht umhin festzustellen, dass ein köstlicher Geruch in der Luft lag. Selbstverständlich ging sie Esther bei den Vorbereitungen zur Hand. Anna wusste, dass es sie viel Überwindung gekostet haben musste, so offen mit ihr zu sprechen. Daher lag es ihr fern, über sie zu urteilen, auch wenn Esthers Beweggründe für sie nicht nachvollziehbar waren.

Als Stefan auf dem Fest eintraf, stand Anna in der Küche und war damit beschäftigt ein Baguette aufzuschneiden. Seine Stimme war bereits von weitem zu hören.

Anna war allein im Haus, daher nutzte sie die Gelegenheit, ihn aus dem Küchenfenster ausführlich zu mustern. Verwundert stellte sie fest, dass er einen Anzug trug. Und nicht nur das, er hatte noch dazu eine Krawatte um den Hals gebunden. Hätte sie es nicht besser gewusst, deutete sein Outfit eher auf einen Bankdirektor hin, nicht auf einen Fußballstar. Doch er trug den Zweiteiler so selbstverständlich wie Jeans oder Shorts.

»Ich hole mir nur kurz ein Bier.«

Sie sah, wie er Carsten auf die Schulter klopfte, ehe er durch die Terrassentür das Haus betrat. Als er sie entdeckte, stieß er einen anerkennenden Pfiff aus, was sie zu ihrem Missfallen augenblicklich erröten ließ.

»Hast du dich für mich so hübsch gemacht, Prinzessin?«

Sie mied seinen Blick, mit dem er sie unverhohlen musterte und der nach wie vor eine Gänsehaut bei ihr hervorrief. Lässig, wie es nur ein Stefan Behrens konnte, schlenderte er zum Kühlschrank und griff nach einem kühlen Bier. Anstatt mit dem Getränk wieder auf die Terrasse zurückzukehren, stellte er sich jedoch provokativ neben sie und beobachtete ihre Handbewegungen, mit denen sie das Baguette in gleichmäßige Scheiben zerteilte.

Er griff nach einem kleinen Stück. »Schmeckt gut.«

Überfordert von seiner Nähe gab sie ihm schnippisch zur Antwort: »Wie frisches Brot eben schmeckt.«

»Ich meinte nicht das Brot.«

Seine Nasenspitze berührte ihren Hals und Anna schloss überfordert die Augen. Ihr Herz schlug so aufgeregt gegen ihre Brust, dass sie befürchtete, das unregelmäßige Hämmern wäre bis auf die Terrasse zu hören. Als sie seine Lippen auf ihrer Haut spürte, krallte sie sich haltsuchend an der Arbeitsplatte fest.

»Ich meinte dich.« Seine Stimme klang rau. Ohne ein weiteres Wort ließ er sie stehen und ging schmunzelnd zurück auf die Terrasse.

Für einen kurzen Moment verharrte Anna besinnungslos. Wenn sie es auch nie zugegeben hätte, sie wusste, dass dies wohl einer der erotischsten Augenblicke war, die sie je erlebt hatte. Doch die lautstarken Stimmen ihrer Prinzipien geboten ihr, sich nicht beirren zu lassen.

Während des restlichen Abends war sie daher tunlichst darauf bedacht, ihm aus dem Weg zu gehen. Doch egal bei wem sie stand oder mit wem sie sich unterhielt, am Ende war sie sich seiner unmittelbaren Nähe stets bewusst.

Einzig Basti und Knut vermochten es, sie zeitweise abzulenken. Gemeinsam hatten sie es sich auf den modernen Rattan-Möbeln bequem gemacht und Anna wurde mit heiteren Anekdoten ehemaliger Wohn(t)raum Aufzeichnungen unterhalten. Auch Carsten gesellte sich zu ihnen und beteiligte sich an den Gesprächen.

Schnell waren sie wieder beim Thema: Marienhort. Anna lauschte interessiert den Erzählungen von Weigand, der begeistert von der Medienarbeit berichtete. Nicht zuletzt erklärte sich ihr dadurch auch Stefans seriöses Erscheinungsbild. Er war am frühen Abend Gast in einer Fernsehsendung gewesen, die einen Bericht über Marienhort brachte, und hatte das Interview wohl bravourös gemeistert.

Die Sitzlandschaft füllte sich rasch mit neugierigen Zuhörern. Auch Stefan schien wie magisch von der Gesprächsrunde angezogen zu werden. Er legte sein Jackett ab und lockerte den Knoten seiner Krawatte, ehe er auf der Lehne von ihrem Sessel Platz nahm. Den vernichtenden Blick, den sie ihm schenkte, als sie ihn neben sich wahrnahm, konstatierte er jedoch lediglich mit einem schelmischen Grinsen.

Carsten indes führte seine Ausführungen ohne Punkt und Komma weiter aus. Er schilderte in aller Genauigkeit, was sich in der vergangenen Woche ereignet hatte, und alle Anwesenden hingen fasziniert an seinen Lippen. Als er schließlich ihr und Stefan einen Großteil des Erfolges zusprach, wollte sie sogleich protestieren. Doch Carsten kam ihr zuvor.

»Sie zählen zu den absoluten Lieblingen der Zuschauer. Ein Großteil schaltet nur ein, um euch beide zu sehen.«

»Aber das ist doch lächerlich.« Ungläubig schüttelte Anna den Kopf.

»Im Gegenteil. Wir haben unzählige Interview-Anfragen erhalten. Momentan prüfen wir allerdings noch die Termine.«

»Interviews? Das ist doch ein Scherz?« Anna schüttelte vehement den Kopf. »Oh nein. Davon war nie die Rede.«

»Du wirst doch nicht kneifen, Prinzessin?«

In Stefans grinsendes Gesicht schauen zu müssen, wäre mehr gewesen, als sie in diesem Augenblick hätte ertragen können. Daher ignorierte sie ihn und setzte das Gespräch mit Carsten fort.

»Ich sehe keinen Grund, weshalb ich an den Interviews teilnehmen sollte. Bisher war es doch auch ausreichend, wenn Stefan die Termine wahrgenommen hat. Und schließlich und endlich ist es Esthers Sendung. Mit mir hat das Ganze überhaupt nichts zu tun.«

»Meine liebe Anna.« Carsten setzte sich aufrecht auf die Kante seines Sessels. »Das Format dieser Sendung ist einzigartig. So etwas gab es im deutschen Fernsehen noch nie. Zwischenzeitlich ist aber nicht nur Marienhort in aller Munde, die Leute schalten vor allem ein, um euch beide zu sehen.« Sein Zeigefinger zeigte abwechselnd auf sie und Stefan.

»Aber warum?« Sie hatte Carsten zwar zugehört, verstand allerdings nicht, worauf die Geschichte hinauslief.

»Weil sie euch lieben.«

»Was?« Es klang wie ein angsterfüllter Hilferuf, der über Annas Lippen huschte.

»Die Zuschauer wollen unterhalten werden, und ihr beide schafft das vorbildlich.« Wissend blickte Carsten zu Stefan.

Anna war seinem Blick gefolgt. Stefan saß seelenruhig neben ihr und gluckste vergnügt. Genervt verdrehte sie die Augen und wandte sich erneut an ihren Gesprächspartner. »Aber wir streiten doch nur.«

Carsten lachte. »Jetzt haben sie es begriffen.«

Anna stutzte. »Moment. Die Leute wollen uns streiten sehen?« Sie warf Stefan einen prüfenden Blick zu. »Wusstest du davon?«

»Sagen wir mal so: Nach dem zweiten Interview in dieser Woche war es mir klar.« Er legte den Kopf schief und zwinkerte ihr dreist zu.

Nun war es an Anna laut loszulachen. »Dann bist du in Wirklichkeit gar kein Idiot und verstellst dich nur für mich?«

Die anwesende Gesellschaft, mit Ausnahme von Stefan, stimmte in ihr fröhliches Lachen ein.

»Seht ihr, genau das ist es, was die Leute sehen wollen.« Zufrieden zündete sich Carsten eine Zigarre an.

NEUN

Eine neue Woche begann, und Anna fuhr am frühen Montagmorgen zur Baustelle. Sie konnte noch immer nicht fassen, was Carsten Weigand gesagt hatte. Die Zuschauer wollten sie und Stefan tatsächlich streiten sehen.

Gebannt hatte sie tags zuvor auf ihr kleines Fernsehgerät gestarrt und kritisch die Zusammenfassung der letzten Wohn(t)raum Ausstrahlungen beäugt. Der direkte Vergleich zwischen Realität und Medien faszinierte sie zusehends. Esther sah, wie gewohnt, wunderschön aus und wurde es nicht leid, die Baufortschritte jeden Tag aufs Neue zu präsentieren.

Die Sendung war durchaus gelungen, wären da nicht die beiden Streithähne, die nichts unversucht ließen, um sich gegenseitig das Leben schwer zu machen.

Jedes Mal, wenn die Kamera sie an Stefans Seite zeigte, war Anna versucht umzuschalten. Da ihr sämtliche Wortwechsel noch lebhaft in Erinnerung waren, wusste sie, dass nichts von dem Material gestellt oder geschnitten war. Peinlich berührt zog sie sich bereits beim Zusammenschnitt des Dienstags ein Kissen über den Kopf.

Auch wenn sie sich am Ende der Sendung eingestehen musste, sich durchaus amüsiert zu haben – so konnte es nicht weitergehen. Der Gedanke, den Zuschauern zickig und streitlustig in Erinnerung zu bleiben, löste Unbehagen in ihr aus.

Als die Arbeiten am Montagmorgen begangen, versuchte Anna daher Stefan tunlichst aus dem Weg zu gehen. Was ihr auch den ganzen Vormittag über erfolgreich gelungen war. Der Aufnahmeleiter brachte ihren Plan jedoch am frühen Nachmittag zum Scheitern. Gemeinsam mit Stefan sollte sie die Fliesen in der Küche abschlagen.

Darauf bedacht, ihn möglichst zu ignorieren, machte sich Anna an die Arbeit. Seine Fragen beantwortete sie höflich, und waren sie auch noch so dumm. Nichts schien sie aus der Ruhe zu bringen. Selbst als Stefan sich verzweifelt über den Schlagbohrer beugte und seine Diagnose: »Defekt!« lautete, ließ sie nicht zu einer unüberlegten Äußerung hinreißen. Obgleich sie den Stecker des Gerätes in den Händen hielt.

»Du bist heute so nett. Geht's dir nicht gut?«

»Alles bestens.« Sie vermied jeglichen weiteren Wortwechsel und das Kamerateam rümpfte gelangweilt die Nase.

Doch mittlerweile kochte Anna vor Wut. Was bildete sich dieser Fußballheini eigentlich ein? Hatte er etwa Lunte gerochen? Er kommandierte sie herum wie eine billige Aushilfskraft und provozierte sie, wo es nur ging. Dabei hatte er keine Ahnung von dem, was er da tat. Dieses Schmierentheater würde sie nicht mehr lange durchstehen, dessen war sie sich sicher.

Als Stefan ihr auftrug, die Scherben vom Boden aufzuräumen, musste sie an sich halten. Es brodelte zwar mächtig in ihr, aber sie kam seiner Aufforderung ohne Widerworte nach.

Fluchend schnappte Stefan Anna am Arm und zog sie mit

sich. Unter Protest lief sie hinter ihm her, dicht gefolgt von einem Kamerateam. Mit einem lauten Knall flog die Tür von Sabines Büro hinter den beiden zu, noch ehe sich den Kameraleuten die Möglichkeit bot, den Raum zu betreten. Stefan machte so mehr als deutlich, dass er nicht gestört werden wollte. Bedrohlich baute er sich vor ihr auf.

»Was soll das? Dieses Bestreben nach Harmonie und deine plötzliche Geziertheit.« Er hatte seine Augen gefährlich zusammengekniffen.

»Was meinst du?« Anna sah unschuldig auf ihre Arbeitsschuhe.

»Tu nicht so. Ich weiß genau, was du im Schilde führst.«

Sie schnaubte verächtlich. »Beschwerst du dich etwa gerade darüber, dass ich nett zu dir bin?«

»Ja.«

»Du spinnst doch.« Sie versuchte, zur Tür zu gelangen, doch er versperrte ihr den Weg. »Lass mich gefälligst raus.«

»Und wenn nicht? Schreist du dann um Hilfe?«

»Das hättest du wohl gerne. Du wartest doch förmlich darauf, dass ich die Beherrschung verliere.« Sie bohrte ihren Zeigefinger in seine Brust. »Aber darauf kannst du lange warten, Freundchen.«

Stefan grinste überlegen.

Noch ehe sie reagieren konnte, umfasste er ihr Gesicht und zog sie an sich. Er presste ihr einen langen, harten Kuss auf die Lippen, und kaum, dass sie wieder Luft bekam, begann sie auch schon mit einer Litanei an Beschimpfungen.

Sie sah, wie er zufrieden die Tür öffnete und in die Kamera grinste. Mit einem lauten Lachen ging er zurück in die Küche und ließ Anna wissen, dass dieser Punkt eindeutig an ihn ging.

*

Anna verwarf ihre Harmonie-Absichten, nachdem Stefan sie in Sabines Büro geküsst hatte. Seit einer Woche nutzte sie jede Gelegenheit, Stefan anzugiften, ihn zu ärgern oder ihn gar bloßzustellen. Sie hätte sich schlecht fühlen sollen, da er ihr aber in nichts nachstand, empfand sie es geradezu als erfüllend, ihren Groll und Stress auf ihn zu projizieren und sich mit ihm zu streiten.

Zahlreiche Zuschriften von Frauen, die sie um ihre Schlagfertigkeit bewunderten, bestärkten sie in ihrem Tun. Anscheinend sorgten Stefan und sie tatsächlich allabendlich für jede Menge Unterhaltung in Deutschlands Wohnzimmern. Selbst ein Fanclub hatte sich inzwischen gegründet. Anna schüttelte verlegen den Kopf, als sie die Webseite betrachtete. Dennoch blätterte sie amüsiert durch die Fotogalerie.

Die Uhr schlug Mitternacht.

Wieder war ein Tag vorbei.

Wieder kamen sie ihrem Ziel ein Stück näher.

Wieder fiel sie gerädert in ihr Bett.

Ihre Gedanken kreisten um den nächsten Tag. Endlich würde sie Sabine und die Kinder wiedersehen. Die Vorfreude wollte sie sich auch nicht durch Gedanken an Stefan trüben lassen, der sie ins Feriendorf begleiten sollte. Sie hoffte auf ein paar schöne, erholsame Stunden und schloss in glücklicher Vorfreude die Augen.

*

Ein lautes Klopfen riss Anna aus ihrem tiefen Schlaf. Orientierungslos sah sie sich im Raum um.

Ein kurzer Blick auf ihren Wecker ließ sie erschrocken zusammenzucken. Sie hatte verschlafen! Hektisch stürzte sie aus dem Bett und rannte zur Eingangstür.

»Moment.«

Da sie nur ein altes Shirt trug, schnappte sie sich rasch ihren Morgenmantel, ehe sie die Türklinke nach unten drückte.

»Ich liebe es, wenn du dich für mich in Schale wirfst, Prinzessin.« Stefan lehnte im Türrahmen und musterte sie ausführlich. Er konnte sich ein Grinsen nicht verkneifen.

Sie wusste, welchen Anblick sie mit ihren zerzausten Haaren und ihrem Morgenmantel bot. Zumal sie diesen auf links gedreht übergeworfen hatte. Deshalb konnte sie es ihm nicht verübeln.

»Ich habe zwar verschlafen, aber weshalb muss mich der liebe Gott am frühen Morgen schon mit deiner Anwesenheit quälen?« Sie zog eine frustrierte Schnute und stapfte gemächlich an Stefan vorbei, der in seinen dunklen Jeans und dem dunkelblauen Hemd wieder einmal wie aus dem Ei gepellt aussah.

»Beeil dich. Wir müssen um neun Uhr bei den Kindern sein, und die Fahrt dauert mindestens eine Stunde.« Er ließ sich ganz selbstverständlich auf Annas Bett fallen.

Sein erschreckend intimes Verhalten verwirrte sie. Doch ihr blieb keine Zeit, sich über die Vertrautheit zwischen ihnen Gedanken zu machen. Wahllos zog sie einige Kleidungsstücke aus dem Schrank.

»Ich mach' ja schon«, rief sie ihm zu, ehe sie die Badezimmertür hinter sich schloss.

*

Stefan sah sich neugierig in der kleinen Wohnung um. Er hatte die wenigen Quadratmeter äußerst gepflegt und aufgeräumt in Erinnerung. Heute allerdings war der große Esstisch übersät von Papierstapeln. Das Geschirr türmte sich in der kleinen Spüle, und ein voll beladener Wäscheständer versperrte die Tür zur Terrasse.

Er entdeckte das weiße Kleid, das Anna auf der Party von Esther und Carsten getragen hatte. Er hätte sie viel lieber in dem Kleid gesehen, anstatt in den unscheinbaren Klamotten, mit denen sie im Badezimmer verschwunden war. Wann sie wohl bemerkte, dass ihre Strümpfe farblich nicht zusammenpassten?

»Mist.« Ein gedämpftes Fluchen war aus der kleinen Nasszelle zu hören. Sie streckte den Kopf aus der Tür und warf ihm die Socken entgegen.

»Kannst du bitte nach einem passenden Paar suchen? Oberste Schublade. Danke.« Schon war sie wieder verschwunden.

Er griff nach dem Kleid und klopfte anschließend an die Badezimmertür. Anna streckte ihm ihre Hand entgegen und tastete nach den Strümpfen. Umso erstaunter war sie, plötzlich das weiße Sommerkleid in ihren Händen zu halten. Sie öffnete die Tür und blickte Stefan verwundert an.

»Ich habe keine passenden Strümpfe gefunden.« Unschuldig zog er die Schultern nach oben. »Und jetzt beeil dich, Prinzessin.« Er drängte sie schmunzelnd zurück ins Badezimmer und schloss die Tür.

Es klapperte im Badezimmer. Ab und zu vernahm er ein dezentes Fluchen. Gerade, als er die Hand hob, um anzuklopfen und sie mit seiner Drängelei zu nerven, riss Anna die Tür auf. Sie stolperte direkt in seine Arme - und für einen kurzen Moment schien die Welt still zu stehen. Es gab nur sie beide und eine wunderschöne Erinnerung, die sie miteinander verband.

Anna zu berühren und ihr in die Augen zu schauen, riefen Erinnerungen in Stefan hervor, die er hoffte längst verdrängt zu haben. Nur zu gern hätte er ihre zarten, vollen Lippen geküsst. Doch als er den Kopf neigte, wich sie vor ihm zurück.

Anstatt des erwarteten Gezeters überraschte sie ihn jedoch mit einem vertrauten und vielsagenden Lächeln. »Tick, tack, Behrens. Wir kommen noch zu spät.«

Sie griff im Vorbeigehen nach einem Paar blauer Ballerinas und rauschte aus dem kleinen Appartement.

Erstaunt blickte Stefan ihr hinterher. Anna machte es ihm wirklich nicht leicht. Aber er liebte Herausforderungen.

*

Die Fahrt ins Feriendorf dauerte knapp eine Stunde und hatte sich, zu beider Erstaunen, als unterhaltsam herausgestellt. Stefan erzählte Anna von den Auswärtsterminen die er in den vergangenen Tagen hatte wahrnehmen müssen, woraufhin sie ihn über die neueste Attraktion – ihren eigenen Fanclub – informierte. Das erste Mal, seit sie sich kannten, endete ihr Gespräch nicht im Streit. Stefan schaffte es auf natürliche und äußerst charmante Art und Weise, mit ihr zu flirten. Und Anna ließ es einfach geschehen.

Bei ihrer Ankunft vor dem stattlichen Gebäude des Feriendomizils, warteten Sabine und die Kinder bereits sehnsüchtig auf sie. Und damit die Fernsehnation ebenfalls daran teilhaben konnte, fing ein Kamerateam jeden Augenblick des herzlichen Wiedersehens ein.

Florian konnte es kaum erwarten, Anna und Stefan in den Garten zu führen, wo die Kinder extra für sie eine herrliche Frühstückstafel gezaubert hatten.

»Oh, wie wunderschön.« Anna wuschelte Florian liebevoll durch seinen Haarschopf. Dann bedankte sie sich auch bei den restlichen Kindern für ihre Mühen.

Das gemeinsame Frühstück verlief exakt so, wie Anna es vermutet hatte. Während alle gut gelaunt ihre Mahlzeit genossen, wurde Sabine es nicht leid, Stefan und sie auszuhorchen.

»Wir dürfen dir nichts erzählen.« Anna lachte vergnügt, als sie in das trotzige Gesicht ihrer Freundin blickte.

»Das ist unfair. Schließlich darf ich mir die Sendung nicht anschauen. Ich will doch nur wissen, ob alles in Ordnung ist.« Sabine verzog ihr Gesicht zu einer beleidigten Fratze.

Anna zog sie tröstend an sich und küsste ihre Wange. »Es ist alles in Ordnung. Und jetzt gib endlich Frieden.«

»Ja, genau, Sabine. Geben Sie endlich Frieden. Sonst küssen wir Sie auch noch.«

Sabine taxierte Stefan und Florian und brach dabei in schallendes Gelächter aus. Die beiden hatten sich Orangenschnitze zwischen die Lippen gesteckt und reckten ihre Münder nach ihr. Sie sahen zu komisch aus.

»Und, Kumpel?« Stefan nahm Florian das Fruchtstück aus dem Mund. »Was machen wir heute?«

»Wir wollen eine Schnitzeljagd machen. Kennst du das?«

»Ob ich Schnitzeljagd kenne?« Stefan sah ihn mit großen Augen an und setzte sich aufrecht hin. »Ich bin ein Schnitzeljagd-Champion.«

»So wie bei *Mau Mau?*« Flo kniff schelmisch die Augen zusammen.

»Wirst du etwa frech, Kleiner?« Er zog den Jungen auf seinen Schoß und begann ihn zu kitzeln. Unter stetigem Gelächter startete Florian einen Hilferuf, der nach nur wenigen Augenblicken erhört wurde. Eine ganze Kinderschar folgte seiner Aufforderung und stürzte sich auf Stefan.

Rasch flohen Sabine und Anna. Sie bevorzugten es, das Szenarium aus sicherer Entfernung zu beobachten.

»Behrens ist echt ein netter Kerl.« Sabine deutete auf den großen Fußballgiganten, der unter einer Horde kreischender Kinder begraben lag.

»Ja.« Lächelnd blickte Anna auf den Tumult.

Postwendend fiel Sabines prüfender Blick auf ihre Freundin. »Bist du krank, oder habe ich mich verhört? Du sagtest doch eben ganz deutlich ja?«

Annas Wangen färbten sich rot.

»Na ja: Ja. Manchmal kann er wirklich nett sein. Aber eben nur manchmal.«

Als sich die Blicke der Freundinnen trafen, erkannte Sabine, dass sich mehr dahinter verbergen musste.

»Läuft da etwa was zwischen euch?«

Anna gab Sabine einen leichten Klaps gegen den Oberarm. »Quatsch. Du spinnst ja.«

Abrupt wechselte sie das Thema. Sie hatte Sabine noch immer nichts von ihrer gemeinsamen Nacht mit Behrens erzählt, und das sollte vorläufig auch so bleiben. »Wann soll denn die Schnitzeljagd losgehen?«

»Wir müssen noch ein paar Vorbereitungen treffen, denn Katrin hat uns gestern auf die Idee gebracht, die Spielregeln ein wenig anzupassen. Es wird also keine klassische Schnitzeljagd, sondern hat irgendetwas mit Schmuggeln zu tun. Aber frag mich bitte nicht, wie das Ganze funktioniert. Ich weiß es selbst nicht so genau.« Sabine lachte fröhlich. »Aber Katrin wird es uns hoffentlich noch erklären.«

Anna blickte sich suchend nach Katrin um und entdeckte sie schließlich inmitten einer Gruppe von halbstarken Jugendlichen, die sich das Spektakel um Stefan ansahen.

Sie erinnerte sich an das schüchterne, kleine Mädchen zurück, welches ihr Sabine vor ziemlich genau einem Jahr vorgestellt hatte. Beim Blick in die tieftraurigen, einsamen Augen des Kindes zerriss es einem beinahe das Herz. Heute konnte keine Rede mehr davon sein. Katrin war zu einem hilfsbereiten, hübschen Teenager herangewachsen und zählte zu den beliebtesten Mädchen im Marienhort.

»Sie ist erwachsen geworden.« Anna sah in ihre Richtung.

»Ja, und sie ist auch ein fantastisches Mädchen.« Sabine winkte Katrin zu und bedeutete ihr in einer weit ausholenden Handbewegung, mit den Vorbereitungen zu beginnen. Anna war fasziniert, dass die Verständigung der beiden keinerlei Worte bedurfte.

Während Sabine Katrin ins Hauptgebäude folgte, beobachtete Anna weiterhin das Geschehen im Garten. Nach wenigen Minuten kapitulierte Stefan. Er lag regungslos im Gras und schien den Kindern durch bloßes Zureden Einhalt zu gebieten. Die Kleinen hingen förmlich an seinen Lippen, und da Anna nichts von seinen Worten verstehen konnte, bot sich ihr die Gelegenheit, sich dem schmutzigen Geschirr auf den Tischen anzunehmen.

Abgelenkt von ihren Aufräumarbeiten entging ihr, wie sich die Kinder neben Stefan zu positionieren begannen und erwartungsvoll zu ihm aufsahen. Als ihr Fußballheld schließlich mit dem Kopf nickte und laut »Kinderberg« rief, rannten alle brüllend auf sie zu und begruben sie unter sich.

Anna lag auf dem Rasen und schüttelte sich vor Lachen. All ihre Versuche, sich zu Wehr zu setzen, scheiterten kläglich. Erst als Sabine die Kinder zu sich rief, bereitete sie dem Tumult damit ein Ende. Gehorsam verschwanden die Kinder im Haus, dicht gefolgt vom Kamerateam.

Anna richtete sich erschöpft auf. »Du hast die Kinder auf mich gehetzt. Gib es zu!«

Stefan blickte triumphierend auf sie herab. Wortlos griff er nach ihren Händen, um ihr beim Aufstehen behilflich zu sein. Doch anstatt seiner stummen Aufforderung nachzukommen, rächte sie sich an ihm, indem sie an seinen Armen zog und ihr Bein ausstreckte, über das er prompt stolperte. Unversehens geriet er ins Strauchteln und landete neben ihr im Gras, wo er laut aufstöhnte und bewegungslos liegen blieb.

Entspannt lehnte sich Anna auf ihre Arme zurück. Sie wandte ihr Gesicht dem strahlend blauen Himmel zu und genoss die Sonnenstrahlen, die ihre Haut erhitzten. Stefan lag unterdessen noch immer starr neben ihr. Einzig seine Lippen bewegten sich, als er in kläglichem Ton feststellte: »Ich sterbe.«

Für seine Diagnose hatte sie nur ein herzhaftes Lachen übrig.

»Du würdest mich hier tatsächlich sterben lassen?«

»War das eine Frage oder eine Feststellung?«

»Das war das hoffnungsvolle Erwarten von liebevoller Pflege und Betreuung …« Er stützte sich mit den Händen ab und richtete sich auf. Der Schatten seiner Gestalt raubte Anna die Sonnenstrahlen auf ihrem Gesicht. Zärtlich zeichnete er die Kontur ihres Halses nach. »… Gekrönt von einer hingebungsvollen Mund-zu-Mund-Beatmung meiner Widersacherin.«

Seine Lippen streiften ihre Wangen, und Anna war sich bewusst, dass sie die Situation beenden musste, bevor noch mehr geschah. Doch das Kribbeln, das seine Berührung hervorrief, schien ihr kurzzeitig die Sinne zu vernebeln. Sie öffnete die Augen und sah zu ihm auf. Beide erkannten, dass dies weder der richtige Ort noch der richtige Zeitpunkt war, um die Sache zu vertiefen.

»Verschoben.« Stefan sah sie in freudiger Erwartung an.

»Frage oder Feststellung?« Sie stand auf und strich über ihr Kleid, während ihr Herz aufgeregt in ihrer Brust hämmerte.

»Sag du es mir.«

Sein hoffnungsvoller Blick ließ Anna all ihre Grundsätze vergessen und dazu verleiten, ihn zu küssen. Ihre so sorgsam bewahrten Prinzipien gerieten dadurch nicht nur ins Wanken, sie stürzten augenblicklich ein.

*

»Und was genau ist meine Aufgabe?« Anna war mit Katrins Gruppe in einem kleinen Waldstück, unweit des Feriendorfes unterwegs.

»Das ist doch ganz einfach. Du musst den Schmuggler schnappen und dafür sorgen, dass er dort nicht vorbeikommt.« Katrin deutete auf ein grelles Absperrband, das bereits hinter ihnen lag.

Anna war ihrem Blick gefolgt. »Okay. Und wie halte ich den Schmuggler auf?«

»Du musst ihn fangen.«

»Fangen?«

Theo mischte sich in das Gespräch ein. »Ja, und die Schmuggelware musst du sammeln.«

»Fangen und sammeln. Verstanden.«

Anna blieb alleine auf der Lichtung zurück, als die zehnköpfige Truppe, angeführt von Katrin und Theo, ihren Weg fortsetzte.

Auf der Suche nach einem passenden Versteck entdeckte sie schließlich ein paar eng zusammengewachsene Bäume, die von zahlreichen wilden Sträuchern geschützt waren und ihr als perfektes Schlupfloch dienten.

Gegen einen Stamm gelehnt wartete sie darauf, dass etwas passierte. Die Minuten plätscherten dahin, doch nichts geschah.

Um sich die Wartezeit zu verkürzen, ließ Anna die vergangenen Stunden noch einmal Revue passieren. Unvermittelt schüttelte sie den Kopf und lächelte. *Verschoben.* Sie war nach wie vor von sich selbst und ihrer Reaktion auf Stefan überrascht. Doch seine Reaktion wunderte sie nicht minder. Nach ihrer gemeinsamen Nacht und ihrer erteilten Abfuhr, hatte sie nicht mit seinem weiteren Interesse an ihr gerechnet.

Stefan hatte sie schon einmal dazu gebracht, mit ihren Grundsätzen zu brechen. Und Anna wusste, sie würde es wieder zulassen. Mehr noch. Mittlerweile wollte sie es sogar.

Ein leises Knacken ließ sie erschrocken aufhorchen. Durch das Dickicht erspähte sie Stefan, der alleine über die Lichtung spazierte.

Sie wusste um die ihr übertragene Aufgabe und wägte ab. Er, ein durchtrainierter Berufssportler – sie hingegen verfügte über keinerlei Kondition. Es war daher nicht weiter verwunderlich, dass sie ihre Chance, ihn zu fangen, als unrealistisch abtat und sich damit begnügte, ihn aus sicherer Entfernung zu beobachten. Notgedrungen würde sie die Häme für ihr Scheitern über sich ergehen lassen müssen. Doch unerwarteterweise lief er ihr geradewegs in die Arme.

»Ts, ts, ts. Wen haben wir denn hier?« Annas Stimme klang amüsiert, als sich ihre Hand an seinem Hemd festkrallte. »Womöglich einen Schmuggler?«

Stefan drehte sich langsam zu ihr um. Da ihre linke Hand noch immer den Stoff seines Hemdes fest umschlossen hielt, zog er Anna automatisch an sich. Nur wenige Zentimeter trennten sie jetzt noch voneinander, und ihr Herz begann aufgeregt in ihrer Brust zu schlagen.

»Was wirst du jetzt mit mir anstellen?«

»Mir wurde aufgetragen, die Ware zu beschlagnahmen.«

Sie streckte ihre rechte Hand aus und bedeutete ihm durch ein kurzes Winken, ihr das Verlangte auszuhändigen.

»Nur über meine Leiche. Es sei denn …«

»Es sei denn was?«

Er grinste sie anzüglich an. »Es sei denn, du holst sie dir selber.«

Anna fand immer mehr Gefallen an der Situation. Stefan war vielleicht der Meister im Spiel, aber sie wollte ihm beweisen, in seiner Liga mithalten zu können. Er hatte sie schon so oft gequält, vielleicht gelang es ihr ja, sich bei ihm zu revanchieren.

»Das traust du mir wohl nicht zu?« Ohne eine Antwort abzuwarten, löste sie ihre Finger von seinem Hemd und strich ihm über den Rücken, bis ihre linke Hand schließlich auf seiner Gesäßtasche lag.

»Tja, das war wohl nichts.«

Sie sah, wie er hart schluckte.

»Abwarten.« Ohne Umschweife brachte sie ihre noch freie Hand auf seinem Hintern zum Liegen und fühlte die Abdrücke eines kleinen Schächtelchens. Zufrieden lächelte sie ihn an, während ihre Hand in die Tasche glitt und eine Packung Schokoladen-Drops hervorzauberte. Jubelnd riss sie ihre Arme in die Höhe und hielt ihm triumphierend ihre Beute unter die Nase. »Und? Was sagst du nun?«

»Hm.« Nachdenklich neigte er den Kopf und grinste provozierend. »Beim nächsten Mal verstecke ich sie wohl besser in meiner Hosentasche.«

Doch Anna ließ sich ausnahmsweise nicht reizen. Sie konterte lässig. »Glaubst du im Ernst, das hätte mich aufgehalten?«

Selbstbewusst zog sie langsam an seiner Hosentasche und ließ die kleine Schachtel darin verschwinden. Ihr kühnes Verhalten schob sie auf das Adrenalin, das ihr Körper gemessen an der lustvollen Gefahr, die von ihrem Gegenüber ausging, freisetzte. Als sie zu ihm aufsah, erkannte sie das Verlangen in seinen Augen. Vertraut legte sie ihre Hände auf seine Brust und genoss es, zu fühlen, wie sich seine Muskeln augenblicklich anspannten. Ihr Blick folgte ihren Händen, die langsam über ihn hinweg glitten und schließlich in seinem Nacken verharrten.

»Und jetzt?« Seine Stimme klang zärtlich.

Ihre Finger vergruben sich in seinem braunen Haar, als sie ihn gefühlvoll, wenn auch bestimmend zu sich herab dirigierte. Sie lächelte und flüsterte leise: »Ich habe gewonnen und hole mir jetzt meine Belohnung.«

Die Berührung ihrer Lippen glich einer Explosion unvorstellbaren Ausmaßes und ließ sie augenblicklich zu einer Einheit verschmelzen.

Fordernd drängte Stefan sie zurück, bis Anna spürte, wie sich harte, knorrige Rinde schmerzhaft in ihren Rücken bohrte. Doch abgelenkt von seinen Händen, die unter ihrem Kleid verschwunden waren und zärtlich über ihre nackten Schenkel strichen, nahm sie ihre Umgebung kaum mehr wahr. Er brachte sie um den Verstand – in jeder Hinsicht. Schlimmer noch: Stück für Stück hatte er sich in ihr Herz geschlichen.

Unablässig küssten sie einander, und keiner von ihnen schien bereit, ihre Leidenschaft zu zügeln. Erst als sie die Stimmen der herannahenden Kinder hörten, lösten sie sich widerwillig voneinander.

Atemlos blickte Stefan in Annas Augen und zeichnete ihre geschwollenen Lippen mit dem Daumen nach. »Merk dir bitte, wo wir stehengeblieben sind.« Er küsste sie zärtlich auf die Stirn, ehe er sie hinter sich aus dem Gestrüpp zog.

Nur wenige Augenblicke später kamen bereits die ersten Kinder über die Lichtung gerannt.

Aufgeregt berichteten sie den beiden von ihren Erlebnissen, bevor sie zum Feriendorf zurückkehrten, um dort auf den Rest der Sprösslinge zu warten.

Während sie ausharren mussten, half Anna Sabine, die Tische im Garten einzudecken und ihre Freundin nach ihrer Beziehung auszufragen.

»Wie läuft es denn bei Hugo und dir?«

»Es könnte gar nicht besser sein.« Sabine sah verträumt zu Anna. »Ich weiß überhaupt nicht, warum wir nicht schon viel früher zueinandergefunden haben.« Sie stellte das Tablett mit den Gläsern auf dem Tisch ab. »Ich bin so verliebt, dass es mir beinahe schon Angst macht.«

»Ich freu mich so für euch. Hugo ist ein echt lieber Kerl. Und ihr passt so gut zueinander. Ich wusste ja schon lange, dass er der Richtige für dich ist.« Sorgfältig platzierte Anna die Teller auf dem großen Tisch. Verstohlen blickte sie in Stefans Richtung, der gemeinsam mit Theo für die Kameras zahlreiche Kunststücke mit dem Fußball vorführte.

Sabine folgte ihrem Blick. »Schön, wenn man den Richtigen gefunden hat, nicht?«

»Wie? Ähm, ja.« Ertappt wandte sich Anna wieder den Tischen zu und begann hastig, das Besteck zu verteilen.

Nach und nach kehrten immer mehr Gruppen zurück. Es dauerte daher nicht lange, bis sich alle vollständig im Garten versammelten. Sabine legte die Medaillen aus, die sie am Abend zuvor gemeinsam mit Katrin gebastelt hatte. Hell leuchtete das goldene Papier auf den Pappkartonscheiben, als sich die gesamte Kinderschar erwartungsvoll vor Stefan und Anna aufbaute.

Konzentriert zählte Sabine die kleinen Schachteln, die zuvor als *Schmuggelware* gekennzeichnet worden waren. Prüfend zählte sie ein zweites Mal nach. Dann blickte die zierliche Marienhort-Leiterin zu Katrin und flüsterte ihr zu, »Unentschieden.«

Anna erinnerte sich an das Schächtelchen, welches sie kurz

zuvor so provokativ in Stefans Hosentasche verschwinden lassen hatte, und plötzlich verfingen sich ihre Blicke ineinander. Stefan grinste wissend, und prompt färbten sich ihre Wangen verdächtig rot.

»Wir haben zwei Gewinner-Teams«, verkündete Sabine.

Die Kinder jubelten laut los und bildeten glücklich eine Schlange, um sich ihre Medaillen abzuholen. Nachdem auch die letzte Auszeichnung einen Besitzer gefunden hatte, bat Sabine alle, sich für ein Gruppenbild aufzustellen.

Ungeachtet des großen Tumults, der ausbrach, standen die Erwachsenen hinter der Meute, und Stefan zog die beiden Frauen in seine Arme. »Also ich könnte hier noch stundenlang stehen bleiben.« Er schenkte Sabine ein Lächeln, während er Anna unbemerkt noch näher an sich heranzog.

Sabine lachte laut auf. »Das glaube ich Ihnen gerne. Aber irgendwann ist auch genug.« Sie klatschte in die Hände. »Foto auf drei: eins, zwei …«

Endlich kam Bewegung in die Sache. Als Sabine die Drei aufzählte, hatten sich alle Kinder perfekt positioniert und ihr schönstes Lächeln aufgesetzt.

»… und CHEESE.« Tatsächlich hatten es alle geschafft, fünf Sekunden still zu stehen und ruhig zu sein, daher nutzte Sabine die Gelegenheit und rief laut »Essen«, was sämtliche Kinder dazu veranlasste, zu den Tischen zu stürmen.

Fassungslos schüttelte Stefan den Kopf. »Wie machen Sie das nur?« Er erwartete keine Antwort, sondern lief den Kindern hinterher.

Rasch fanden alle einen Platz. Sabine, Anna und Stefan sowie drei der Betreuerinnen begannen daraufhin das Essen zu verteilen.

»Wer spricht das Tischgebet?«

Sabines Blick huschte über die einzelnen Tischreihen, bis sie das zögerliche Handzeichen von Theo entdeckte.

»Theo, das ist ja schön. Bitte.« Sabine war sichtlich erstaunt. Verblüfft nahm sie Platz und faltete ihre Hände.

Unsicher blickte sich Theo nach Kevin und Sebastian um, die gemeinsam mit ihm aufstanden.

»One, two, three, four.« Theo hatte plötzlich die Blicke aller auf sich gezogen. Seine beiden Freunde setzten unerwartet als Beatboxes ein und überraschten die versammelte Mannschaft mit ihrer eigenen Interpretation eines Tischgebetes.

»*POO-T-K-KEH, POO-T-K-T-K-KEH*

Komm Herr Jesu, sei unser Gast,

und segne, was du uns bescheret hast.

POO-T-K-KEH, POO-T-K-T-K-KEH

Der Magen ist so leer. Hab Hunger wie ein Bär.

Der Tisch ist schon gedeckt. Wir hoffen, dass es schmeckt.

POO-T-K-KEH, POO-T-K-T-K-KEH

Komm Herr Jesu, sei unser Gast,

und segne, was du uns bescheret hast.

POO-T-K-KEH, POO-T-K-T-K-KEH

Fischstäbchen, Kartoffelbrei. Was es gibt, ist einerlei.

Doch wir wollen nicht vergessen, dir zu danken vor dem Essen.

POO-T-K-KEH, POO-T-K-T-K-KEH

AAAAAAAAAAAAAAAAAAAAA-men!«

Am Ende ernteten die Drei stürmischen Beifall und bewundernde Zurufe.

»Nicht schlecht, Leute.« Anerkennend nickte Stefan mit dem Kopf.

»Danke«, sagte Theo mit stolzgeschwellter Brust und setzte sich mit den Jungs, um sich an den Fischstäbchen und dem Kartoffelbrei zu bedienen.

»Ich werde mal kurz unseren Zwergen helfen.« Noch ehe Sabine oder Anna sich bemühen konnten, hatte Stefan sich auf den Weg zu Florian und den kleinsten Marienhort-Kindern gemacht.

Überrascht beobachteten ihn die beiden Frauen und bemerkten anerkennend seine Taktik, auf Messer zu verzichten. Es war herrlich, ihm dabei zuzusehen, wie er die kleinen, panierten Fischstreifen auf die Gabeln aufspießte und die Kinder zum genüsslichen Abbeißen animierte.

»Wenn es mit dem Fußball einmal nicht mehr klappt, wir suchen ständig gute Leute, Herr Behrens«, rief Sabine ihm zu.

»Wetten, dass Sie mich nach der ersten Woche im hohen Bogen rauswerfen würden?« Stefan schob einen großen Löffel Kartoffelbrei in seinen Mund.

Vielsagend zog Sabine Anna in ihre Arme. »Wetten, dass Sie nach einer Woche mit uns nicht mehr gehen würden?«

»Wetten, dass einer von uns beiden diese Woche nicht überleben würde?« Anna hatte kein Interesse, das Thema zu vertiefen, und deutete auf ihren Teller. »Schmecken gut, diese Fischdinger.«

»Mhm«, waren die einzigen Laute, die Stefan noch herausbrachte. Zustimmend nickte er mit dem Kopf, während sein kompletter Mund mit frittiertem Fisch gefüllt war.

*

Nach wenigen Minuten hatten sich die meisten Teller bereits geleert, und die Kinder begannen damit, das schmutzige Geschirr in die Küche zu tragen. Auch das Kamerateam gönnte sich eine kurze Pause und wurde mit Essen versorgt, während Anna in der Küche frischen Kaffee aufbrühte.

Unterdessen lehnte sich Stefan zufrieden auf seinem Stuhl zurück und unterhielt sich angeregt mit den Kameraleuten.

Anna platzierte den Kaffee auf dem Tisch und schnappte dabei ein paar Wortfetzen zum Thema Fußball sowie die Namen einiger prominenter Persönlichkeiten auf.

Die Kinder lagen träge im Gras, plauderten oder hörten Musik. Selbst Anna hatte das Gefühl, dass ein Mittagsschlaf genau das wäre, was sie sich im Moment am meisten wünschte.

Sie drehte sich kurz nach dem Fußballer um und korrigierte sich selbst. Ein Mittagsschlaf stand an zweiter Stelle auf ihrem Wunschzettel. Dennoch hatte sie keine Lust, sich am seichten Smalltalk über die vergangene Fußballsaison oder dem Highsociety-Klatsch zu beteiligen. Sie verbrachte ihre Zeit lieber mit den Kindern und setzte sich zu ihnen ins Gras.

Es dauerte nicht lange, bis Florian mit *Mau Mau*-Karten um die Ecke bog und darum bettelte, dass sie mit ihm spielte. Gemeinsam mit Hannes, Lilly und Florian machte es sich Anna daher unter einem großen, schattigen Baum gemütlich und mischte die Karten. Nach nur wenigen Spielrunden beherrschten die Kinder die Regeln perfekt, und Anna hatte bald keine Chance mehr zu gewinnen. Vor allem Hannes hatte nicht nur ein cleveres Köpfchen, sondern auch stets ein kleines Quäntchen Glück.

»Was macht ihr denn da?« Stefan kniete sich neben Anna und blickte fragend in die Runde.

»Wir spielen *Mau Mau*.« Lilly hielt ihm ihre Karten unter die Nase.

»Kannst du auch *Mau Mau* spielen?« Hannes blickte über den Rand seiner Nickelbrille.

»Nein, kann er nicht.« Sofort schüttelte Florian den Kopf.

»Hey, das habe ich gehört.« Gespielt empört stemmte Stefan seine Hände in die Hüften.

Lilly lehnte sich zu Anna und flüsterte so laut »Anna, kannst du es ihm nicht auch beibringen?«, dass Stefan es hören konnte.

Liebevoll strich Anna ihr ein paar Strähnen hinters Ohr. »Ich glaube, bei ihm ist Hopfen und Malz verloren.«

»Und wenn du dich ganz arg anstrengst?«

Anna konnte nicht anders. »Ich kann es ja mal versuchen.« Sie kam Lillys Wunsch nach und rückte zur Seite, damit Stefan sich zu ihnen setzen konnte.

Als er im Schneidersitz neben ihr Platz nahm, streifte sein Knie ihren Oberschenkel. Darüber erschrocken, welche Empfindungen diese beiläufige und unschuldige Berührung bei ihr hervorrief, zog sie rasch ihre Beine an und verteilte die Spielkarten.

Sie schmunzelte über die gespielte Untalentiertheit von Stefan, der seine jungen Mitspieler unablässig in dem Gefühl bestärkte, es mit einem völligen Verlierer zu tun zu haben. Schließlich wusste sie es ja besser. Bei ihrem damaligen Spiel bei Esther hatte Stefan nur verloren, weil sie im richtigen Augenblick Glück gehabt hatte. Ansonsten war er ein taktisch kluger und gewitzter Spieler gewesen. Dennoch bemühte sie sich, Stefan in seinem Bestreben zu unterstützen, den Kindern einen absoluten Versager vorzuspielen.

Anna deutete auf eine Karte.

»Jetzt musst du diese Karte spielen.«

»Ich will aber lieber eine andere Karte spielen.«

»Du kannst aber keine andere legen, weil keine andere passt.« Erneut deutete sie auf eine bestimmte Karte in dem großen Stapel, den er bereits auf der Hand hielt.

Nachdem Lilly keine Karte ablegen konnte, warf Florian eiligst eine seiner Spielkarten auf den Stapel. Hannes hingegen schien kurzfristig vom Glück verlassen und musste, wie kurz zuvor auch Lilly, eine weitere Karte aufnehmen.

Florians Spiel hatte Stefan gerettet. Nach und nach hätte er seine Karten ablegen können, denn er wusste, weder Lilly noch Hannes konnten ihre Spielkarten ablegen. Lediglich Florian hielt die gleiche Farbe wie er auf der Hand.

»Blöd. Du kannst nicht und musst eine Karte ziehen.« Anna knuffte ihn in die Seite. Stefan nickte zustimmend und zog eine weitere Karte.

Das Spiel zog sich in schier endlose Länge, bis Lilly schließlich aufgeregt eine einzelne Karte in die Höhe hielt.

»Mau.«

Florian konnte nicht ablegen, doch Hannes warf rasch eine seiner Karten auf den Haufen. »Mau.«

»Oh, oh.« Abwechselnd blickte Florian auf seine beiden Freunde.

Jetzt lag es an Stefan. Welche Karte würde er legen? Er schien sich nicht sicher zu sein, welche Farbe Lilly auf der Hand hielt. Hilfesuchend blickte er zu Anna und signalisierte ihr, dass er Lilly gerne gewinnen lassen wollte. »Welche soll ich nehmen, Prinzessin?«

»Nenn mich nicht immer Prinzessin.«

»Ich wäre gerne eine Prinzessin«, mischte sich nun Lilly ein. »Mit einem eigenen Schloss und einem eigenen Pony.«

»Siehst du?« Mit einer weit ausholenden Bewegung deutete Stefan auf Lilly. »Es gibt tatsächlich noch Prinzessinnen, die auch welche sein wollen.«

Amüsiert rollte Anna die Augen und zeigte auf eine der Karten, die er in der Hand hielt.

»Bist du dir sicher, Prinzessin?« Stefan blinzelte ihr zu.

»Ja.«

»Ganz sicher?«

Vorsichtig berührte er die Karte mit seinem Finger.

»Ja-ha.«

Ganz sachte zog er an ihr und legte sie ruhig auf den Stapel.

»Mau Mau. Mau Mau. Mau Mau. Ich habe gewonnen. Stefan, ich habe gewonnen.«

Stefan nahm das kleine Mädchen liebevoll in die Arme. »Prima, Schätzchen. Du bist die Beste.«

TUTUTUTUTUTUT.

Vor dem Gebäude war ein lautes Hupgeräusch zu hören.

»Fast hätte ich es vergessen. Ich wollte meine Schulden noch begleichen.« Stefan richtete sich auf und rief den Kindern zu: »Der Eismann ist da.«

Jubelnd rannten die Kinder in den Hof, dicht gefolgt von Sabine und dem Kamerateam. Innerhalb von wenigen Sekunden war die Wiese hinter dem Haus wie ausgestorben.

»Gehst du heute Abend mit mir aus?«

»Bittest du mich etwa gerade um ein Date?«

Anna war überrascht.

»Hm.« Er lehnte sich zu ihr und küsste sanft ihren Arm. »Ich denke schon.«

Obwohl sie eine innere Wärme durchströmte, stellten sich die feinen Haare an ihrem Unterarm senkrecht auf. »Ich kann leider nicht. Ich habe bereits eine Verabredung.«

Sie musste ihm ja nicht gerade auf die Nase binden, dass es sich hierbei um einen Geschäftstermin handelte.

Stefan sah sie enttäuscht an. »Du hast schon ein Date?«

»Ist das etwa so schwer vorstellbar?«

»Ganz im Gegenteil. Ich bin einfach nur neidisch.«

Er küsste ihre Halsbeuge, und Annas Herz pochte aufgeregt. Nicht nur weil jede auch noch so kleine Berührung von ihm sie aus dem Konzept brachte, jetzt wollte er tatsächlich ein

Rendezvous mit ihr. Stefan Behrens wollte sie daten!

»Wer ist der Kerl?« Zärtlich strich er über ihren Rücken.

Sie lachte kurz. »Ich werde dir sicher nicht erzählen, mit wem ich mich treffe.«

»Weshalb nicht? Kenne ich ihn etwa?«

Anna schüttelte verlegen den Kopf. Wie konnte das möglich sein? War Stefan etwa eifersüchtig? »Nein, du kennst ihn vermutlich nicht.«

»Aha – vermutlich. Das heißt, die Möglichkeit, ihn zu kennen, besteht also?« Zärtlich knabberte er an ihrem Ohr.

»Nicht, Stefan. Die Kinder könnten jeden Augenblick zurückkommen.« Sie wich zurück, wenn auch ungern.

»Dann geh mit mir aus.«

»Aber ich kann doch nicht.«

»Dann geh morgen mit mir aus.«

»Morgen?« Sie überlegte kurz.

»Ich hol' dich morgen Abend ab, sagen wir um acht?«

»Um acht?«

»Wenn du mir jetzt alles nachsprichst, sorge ich dafür, dass es gleich ziemlich peinlich für dich wird.« Liebevoll zog er sie in seine Arme und küsste sie.

Lächelnd gab sie seinem Fordern nach. Dennoch zwang sie sich, ihm nach wenigen Augenblicken Einhalt zu gebieten.

Frustriert ließ er sich zurück ins Gras fallen und schmollte. »Wir brauchen dringend Ablenkung.« Er sprang auf und zog Anna zu sich hoch. »Komm mit, Prinzessin. Ich gebe uns ein Eis aus.«

*

Die gewünschte Ablenkung erhielt Stefan früher, als ihm lieb war. Als sein Smartphone klingelte, geriet er in Panik, denn er erkannte sofort die Nummer seines Arztes. Er hatte den für ihn wohl wichtigsten Termin der letzten Monate vergessen. Er sollte endlich erfahren, ob die Heilung seiner Knieverletzung so weit fortgeschritten war, dass er zum Auftakt der Bundesliga wieder spielen konnte.

Er entschuldigte sich bei Sabine und den Kindern für seine verfrühte Rückreise und blickte Anna sehnsüchtig an, während er sie bat, mit den Fernsehleuten zurückzufahren. Sie lächelte und gab ihm zu verstehen, sich nicht mit langen Reden aufzuhalten, sondern endlich loszufahren.

Nur wenige Stunden später war Stefan in Feierlaune.
Endlich hatte er die Gewissheit wieder trainieren zu dürfen. Und wenn er sich genug anstrengen würde, bestand auch die Chance, rechtzeitig zum Saisonstart wieder in Form zu sein, um seinen alten Stammplatz zurückzuerobern. Die Dreharbeiten für Marienhort würden fristgerecht zu Ende gehen, so könnte er beruhigt mit seinen Mannschaftskameraden ins Trainingslager fahren. Selten hatte er sich so ausgeglichen und gut gefühlt.

Schade nur, dass eine gewisse Architektin an diesem Abend keine Zeit für ihn erübrigen konnte. Zu gerne hätte er die freudige Botschaft mit ihr geteilt, doch sie hatte schon ein Date.

Sie hatte ein Date mit einem anderen!

Sie hatte ein Date, und zwar nicht mit ihm!

ZEHN

Anna machte sich am nächsten Morgen daran, die neuen Arbeitspläne zu verteilen. Den Fortschritt der Bauarbeiten konnte man nicht mehr übersehen. Im ersten Stock waren bereits die gelieferten Fenster eingesetzt worden, und auch die neue Heizung im Keller wartete darauf, in Betrieb genommen zu werden. Die Elektrik wurde inzwischen frisch verlegt, und die losen Kabel waren nun vor kleinen Kinderhänden sicher.

Selbst im Garten waren sie vorangekommen. Mit Hugos Hilfe hatten sie die alten, morschen Bäume und Sträucher entfernt und durch neue Pflanzen ersetzt. Der Rasen glich zu diesem Zeitpunkt zwar eher einer Drecklandschaft, aber auch hier war sich Anna sicher, dass die Randbefestigung rechtzeitig fertig sein würde, bis der neue Rollrasen eintraf. Es lag noch so viel Arbeit vor ihnen, doch sie konnten zu Recht mit Stolz auf das, was sie bisher geleistet hatten, zurückblicken. Anna konnte sich nicht erinnern, schon jemals auf einer Baustelle gearbeitet zu haben, auf der alles so unproblematisch ablief.

Nachdem sie Knut den Letzten ihrer Pläne überreichte, schlenderte sie gutgelaunt die Treppen hinab ins Erdgeschoss.

Sie kam am angrenzenden Schwesternzimmer vorbei, wo eine Hand urplötzlich nach ihr griff. Erschrocken stolperte sie in Stefans Arme.

»Musst du mich so erschrecken?« Sie stieß gegen seinen Arm und musste feststellen, dass er seit dem vorherigen Tag nichts an Attraktivität verloren hatte. Mehr denn je, fühlte sie sich zu ihm hingezogen.

Lächelnd strich er über die Stelle, gegen die sie ihn gestoßen hatte. »Au.«

»Was hat der Arzt gesagt? Darfst du wieder spielen?« Sie machte keinen Hehl daraus, an sämtlichen Informationen, betreffend seiner Rückkehr ins Fußballgeschehen, interessiert zu sein. Umso erleichterter war sie, als Stefan ihr ein Lächeln schenkte, sich zu ihr herabbeugte und ihr zuflüsterte: »Nächste Woche beginne ich wieder mit dem Training.«

»Wirklich?« Erwartungsvoll blickte sie in seine Augen. Mit einem kurzen Nicken bestätigte er ihr seine Aussage. Am liebsten wäre Anna ihm um den Hals gefallen, so sehr freute sie sich für ihn. Doch sie hielt sich zurück, wenngleich sie über das ganze Gesicht strahlte.

»Ich freu' mich für dich.«

»Danke.« Sanft streichelten seine Hände über ihren Rücken, während er sie begehrlich anschaute. »Wie war eigentlich dein Date gestern?«

»Es hätte gar nicht besser sein können.« Sie grinste beim Gedanken an das Gespräch mit Herrn Thalmann. In der Tat hätte es nicht besser laufen können. In den letzten Tagen hatte sie jede freie Minute geopfert, um die restlichen Baupläne ihres Auftraggebers fertigzustellen. Da er mit dem Ergebnis mehr als zufrieden war, konnte sie sich für die verbleibende Zeit komplett auf Marienhort konzentrieren.

»Das sagst du nur, um mich zu ärgern. Dabei sehnst du dich doch geradezu nach heute Abend, acht Uhr.« Er küsste sanft ihre Lippen.

»Hilf mir bitte auf die Sprünge. Acht Uhr? Was war da noch gleich?«

»Da geht der heißeste Fußballer vom Marienhort mit der schärfsten Architektin der Stadt aus.«

»Knallkopf.« Laut lachend befreite sich Anna aus seinen Armen und verließ den Raum. Sie bemerkte, dass er ihr folgen wollte, doch die nahenden Stimmen von Knut und Basti hielten ihn ab. Und so entwischte sie ihm.

Da Stefan keine Möglichkeit ausließ, um Anna verstohlene Blicke zuzuwerfen oder sie in einem unbeobachteten Moment zu berühren, verging der Tag, nach Annas Empfinden, viel zu schnell. Sie genoss die Aufmerksamkeit, die er ihr schenkte und kostete jeden Augenblick davon aus.

Der eingeläutete Feierabend sorgte für leere Flure im Marienhort. Die Kameraleute waren bereits gegangen, und auch die Helfer verabschiedeten sich nach und nach.

Esther und Anna blieben alleine zurück. Sie saßen auf den Stufen, die zum Garten führten, und ließen den Tag Revue passieren. Doch die ernsteren Themen wichen schon bald Annas ausführlichen Erzählungen über ihren Ausflug ins Feriendorf. Ausführlich, mit einer Ausnahme.

*

Stefan hatte noch ein paar Werkzeuge aufgeräumt und war dann unbemerkt an die Terrassentür getreten, wo er die beiden Frauen beobachtete, die nicht unterschiedlicher hätten sein können.

Esther war perfekt gestylt, trug die perfekten Klamotten und konnte auf eine perfekte Karriere zurückblicken.

Annas Styling hingegen war alles andere als perfekt. Sie legte weder Wert auf Äußerlichkeiten noch auf teure Kleidung. Trotzdem sah sie in ihren alten Jeans und den Schlabbershirts wunderschön aus. Eine Karriere war ihr nicht wichtig, ihr Beruf hingegen sehr. Sie war eine begnadete Architektin, die nicht nur vor neuen Ideen übersprudelte, sondern sich Herausforderungen stellte und ihre Arbeit als Berufung begriff.

Rückblickend auf seine Beziehung mit Esther erkannte Stefan, dass sie es nie vermocht hatte, sein Herz so zu berühren, wie Anna es tat. Die wunderschöne Moderatorin hatte gegen die aufbrausende Architektin definitiv keine Chance.

Auch die gemeinsame Zeit im Marienhort hatte es ihm nicht leichter gemacht, sich Esther wieder anzunähern. Zu groß war die Kluft zwischen ihnen. Darauf bedacht, ihm aus dem Weg zu gehen, mied sie jedes unnötige Aufeinandertreffen.

Nach ihrem Unfall wäre er gerne für sie da gewesen, doch sie wollte ihn nicht an ihrer Seite wissen. Schon damals konnte sie seine Nähe nicht ertragen, und daran schien sich über die Jahre nichts geändert zu haben. Er mochte Esther und hoffte daher, sie eines Tages wieder zu seinen Freunden zählen zu können.

»Wer hätte gedacht, dass Stefan die Kinder so ans Herz wachsen würden.«

Er nickte zustimmend.

»Wenn ich mir überlege …« Esther hielt kurz inne. »Unser Kind wäre nächsten Monat vier Jahre alt geworden und ginge mittlerweile schon in den Kindergarten. Wie schnell doch die Zeit vergeht.«

Entsetzt fiel Stefans Hand von der Türklinke. Das unerwartete Geräusch ließ die beiden Frauen aufschrecken.

»Stefan!« Leichenblass starrte Esther ihn an.

Der Unfall. Esther war schwanger!

»Sag, dass es nicht wahr ist.« Fassungslos näherte er sich den beiden. »Sag verdammt noch mal, dass es nicht wahr ist.« Vollkommen durcheinander rang er um Haltung. Übelkeit stieg in ihm hoch. Er blickte in die schockierten Augen von Esther. »Wie konntest du nur?« Seine Stimme wurde leiser und hatte einen bedrohlichen Unterton angenommen.

»Was ist denn hier los?« Carsten, der sich im Garten nach den Fortschritten umgeschaut hatte, wurde unfreiwillig Zeuge der Situation. Der Blick in das versteinerte Gesicht von Esther ließ ihn jedoch wissen, worum es ging. Beschützend drängte er sich zwischen seine Frau und seinen besten Freund.

»Du wusstest es die ganze Zeit und hast mir nie ein Sterbenswörtchen gesagt?« Stefan hatte sich zu seiner ganzen Größe aufgebaut. Er signalisierte dem zehn Zentimeter kleineren und schmächtigeren Carsten deutlich, er würde ihm körperlich überlegen sein. »Und du nennst dich Freund?« Er hätte ihm seine Worte nicht mit mehr Verachtung entgegenschleudern können.

»Beruhige dich erst einmal.« Beschwichtigend hob Carsten seine Hände, doch Stefan wollte sich nicht beruhigen. Er ballte seine Fäuste und streckte seinen besten Freund mit einem Schlag nieder.

»Carsten.« Esther beugte sich erschrocken über ihren Mann, der mit dem Finger über die blutige Wunde an seiner Lippe strich.

»Was seid ihr doch für eine verlogene Bande. Vier Jahre, vier lange Jahre lügt ihr mich jetzt schon an.« Bei Stefan brachen alle Dämme. Konfrontiert mit einer Vaterschaft, von der er nichts gewusst hatte, und dem Tod seines ungeborenen Kindes, stand er einer jahrelangen Lüge gegenüber, die ihm nun den Boden unter den Füßen wegzog.

Aufgebracht rauschte er davon, ohne sich noch einmal umzudrehen.

»Stefan«, rief ihm Anna hinterher. Sie folgte ihm vor das Gebäude, wo er bereits seine Wagentür öffnete.

»Stefan, warte.«

Zornig fuhr er herum. »Du wusstest es, stimmt's?«

»Stefan, ich …« Sie wollte ihre Hand entschuldigend auf Stefans Arm legen, doch er entzog sich ihr.

»Lass mich einfach in Ruhe.« Er stieg in seinen Wagen und hinterließ eine gewaltige Staubwolke, als er davonbrauste.

*

An diesem Abend versuchte Anna unablässig Stefan zu erreichen. Doch er ging weder an sein Handy, noch schien er zu Hause zu sein. Die Sorge um ihn zermürbte sie förmlich, und an Schlaf war in dieser Nacht nicht zu denken. Dabei hätte sie das alles gar nichts angehen müssen, schließlich hatte sie Esther nicht darum gebeten, ihr das Geheimnis anzuvertrauen. Doch nicht nur sein fassungsloser Gesichtsausdruck hatte sich in ihre Erinnerung gebrannt. Es war die tiefe Enttäuschung, mit der er sie angesehen hatte. Sie zeigte Verständnis für seine Wut und seinen Zorn. Dennoch wünschte sie sich, er würde Esther und Carsten irgendwann einmal verzeihen können. Und nicht zuletzt auch ihr.

»Hat er sich gemeldet?« Anna konnte es kaum erwarten, Esther und Carsten am darauffolgenden Tag nach Neuigkeiten auszufragen.

Bedrückt schüttelte Esther den Kopf. »Nein. Er reagiert nicht auf unsere Anrufe.«

»Meint ihr, er wird heute kommen?« Anna blickte abwechselnd auf die Eheleute.

Erst jetzt bemerkte sie Carstens dunkel verfärbte Wange.

»Ich gehe nicht davon aus. Vorsichtshalber habe ich ein paar Termine erfunden, damit sich seine Abwesenheit erklären lässt. Sehr lange wird das allerdings nicht funktionieren.« Carsten küsste seine Frau und fuhr zurück zum Sender, während Esther und Anna sich in die Arbeit stürzten.

Keiner der beiden stand der Sinn nach Gesprächen. Die Situation um Stefan warf die sonst so disziplinierte Moderatorin vollkommen aus der Bahn. Ihr Kopf schien nicht bei der Sache zu sein, deshalb war es wenig verwunderlich, dass die Dreharbeiten an diesem Tag ungewohnt lange dauerten.

Jedes Geräusch im Hof, ließ Anna erwartungsvoll aus dem Fenster schauen. Lieber wäre es ihr, Stefan würde sie mürrisch anknurren, als nicht zu wissen, wie es ihm ging.

Sie hob eine Schraube vom Fußboden auf und drehte sie gedankenverloren zwischen ihren Fingern. Die Erinnerung an seinen eisigen Blick und die Enttäuschung in seinen Augen, konfrontierte Anna mit Schuldgefühlen. Beklommen arbeitete sie weiter, in der Hoffnung, von den Kameras möglichst verschont zu bleiben.

Der Tag endete, ohne dass sie etwas von Stefan gehört oder gesehen hatte. Bedrückt machte sie sich auf den Heimweg.

Sie zog ein paar Umschläge aus ihrem Briefkasten und überflog sie kurz. Ein Brief, der in einer krakeligen Kinderschrift an sie adressiert war, fiel ihr dabei besonders ins Auge. Aufmerksam las sie die Zeilen. Mit einem Lächeln steckte sie das Papier zurück in den Umschlag und verstaute ihn in ihrer Hosentasche. Automatisch griff sie nach ihrem Handy und wählte Stefans Nummer. Ihm würden die Zeilen sicherlich auch gefallen.

The Person you have called is …

Er hatte sein Telefon ausgeschaltet.

Die Gedanken um den großen Fußballstar ließen sie auch in dieser Nacht nicht zur Ruhe kommen. Kaum geschlafen, konnte man ihr am darauffolgenden Tag die Müdigkeit und die Erschöpfung ansehen.

Aber auch Esther schien es nicht besser ergangen zu sein. Dunkle Ringe lagen um ihre Augen, und Ernst hatte alle Hände voll zu tun, die sichtbaren psychischen Strapazen zu überdecken.

Anna zog den einzigen Lichtblick der letzten Tage aus ihrer Tasche und heftete den Brief an die Tür zum Speisesaal.

Liebe Anna und Schtefan,

ich heise Tini und bin 8 Jahre alt und kann nichd gud schreiben. Ich vinde die sendung im fernsehn ser schön. Ich schaue sie immer mit Mami und Papi. Ich bin ser traurig weil die Kinder keine Eltern mer haben. Danke das ir ihnen helfen wollt. Mami sagt das ir euch bestimmt über den Brief von mir freut. Ich hoffe auch.

Tschühs, Tini

Auf der Rückseite ihres Schreibens hatte das kleine Mädchen ein bezauberndes Bild vom Marienhort und allen Handwerkern, inklusive deren Namen, gezeichnet. Zufrieden beobachtete Anna die Kollegen, die von Zeit zu Zeit ihre Aufmerksamkeit dem Schreiben und der farbenfrohen Illustration widmeten. Dankbar über die Ablenkung machte sie sich an die Arbeit.

Erleichtert stellte Anna fest, dass der Morgen erfolgreicher und kurzweiliger verlaufen war als erwartet. Gemeinsam mit Basti gesellte sie sich zu den anderen, die bereits zum Essen auf der Terrasse Platz genommen hatten. In der Mitte des Tisches stand ein großer Kessel Eintopf und roch herrlich.

Doch sowohl Anna als auch Esther verspürten keinerlei

Appetit. Abwesend stocherten sie in ihrem Essen herum.

Die ganze Runde horchte auf, als Esthers Löffel klirrend gegen den Rand ihres Tellers fiel. Aufgeregt blickte sie zu Anna, um ihr zu signalisieren, ihr zu folgen. »Lasst euch nicht stören. Wir sind gleich zurück.« Esther stand auf und deutete ihrem Team, in Ruhe weiter zu essen.

Kaum hatte Esther die Terrassentüren hinter Anna geschlossen, platzte es förmlich aus ihr heraus. »Ich glaube, ich weiß, wo Stefan ist.«

»Wo?«

»Vor ein paar Jahren hat er sich in den Bergen eine alte Hütte gekauft. Ich hatte die Bruchbude schon beinahe vergessen. Anna, er ist bestimmt dort. Würdest du bitte zu ihm fahren?«

Esthers verheißungsvolles Augenpaar ließ ihr keine Wahl. Es gab nur drei Personen, die von dieser Sache wussten. Und sie kannte Stefan gut genug, um zu wissen, dass er Esther und Carsten keine Chance geben würde, sich ihm zu erklären. Sie hingegen hatte nichts zu verlieren.

»Natürlich.«

Hastig kritzelte Esther die Adresse auf einen Pappkarton und gab ihn Anna.

Sie nahm die Anschrift an sich und verließ Marienhort ohne ein weiteres Wort.

*

Anna hatte die Stadt weit hinter sich gelassen und befand sich in einem idyllisch gelegenen Dörfchen, mitten in den Bergen. Unbeirrbar folgte sie ihrem Navigationssystem, welches sie aufforderte, einem steilen Anstieg zu folgen, der in den Wald führte.

Unsicher bog sie in die Straße ein, die sich nach wenigen

Metern verengte, und hoffte, ihr würde kein Fahrzeug entgegenkommen, da der Weg keinerlei Ausweichmöglichkeit bot.

Als der Wald sich schließlich zu lichten begann, erkannte Anna schon von weitem eine zweigeschossige Holzhütte, vor der Stefans Wagen parkte. Erleichterung machte sich in ihr breit. Dennoch stand ihr ein großes Stück Arbeit bevor. Die Fahrzeit hatte sie daher genutzt, um sich auf das anstehende Gespräch mit Stefan vorzubereiten. Sie war gewappnet, sollte er ihr eine Szene machen.

Nach der anstrengenden Fahrt wurde Anna mit einem herrlichen Ausblick auf das Tal und die Berge belohnt. Neugierig schaute sie sich um. Die Hütte hatte eine stattliche Größe und strahlte rustikalen Charme aus. Sämtliche Fensterläden am Haus waren zugeklappt. Anna befürchtete bereits, vor verschlossener Tür zu stehen, doch die Eingangstür stand sperrangelweit offen.

Sie klopfte. Nachdem sie vergeblich auf eine Reaktion gewartet hatte, trat sie ein. Ein Lichtstrahl, der ins Innere des Hauses drang, ließ sie die schemenhaften Umrisse der Einrichtung erkennen.

»Stefan?« Zögernd wagte sie einen weiteren Schritt in das Gebäude und blickte erwartungsvoll die Stufen hinauf in den ersten Stock. Wenige Schritte von ihr entfernt nahm sie eine Bewegung wahr und fuhr erschrocken herum.

»Was willst du hier?«

Auch wenn sie erleichtert war, ihn endlich gefunden zu haben, konnte sie den Unterton seiner lallenden Stimme nicht ignorieren. Diese Mischung aus Qual, Gefahr, Verrat und Enttäuschung jagte ihr einen Schauer über den Rücken.

Langsam gewöhnten sich ihre Augen an die Dunkelheit, und sie entdeckte ihn zusammengekauert an einem Tisch. Zutiefst entsetzt nahm sie seine Erscheinung wahr. Von dem selbstverliebten Frauenhelden von einst war nichts mehr übrig.

Seine Haare standen wild vom Kopf ab. Die Augen verquollen und die Wangen unrasiert, stank er schrecklich nach Alkohol. Es ging ihm schlecht, und Anna hätte ihn am liebsten in ihre Arme gezogen und getröstet.

»Ich habe mir Sorgen gemacht.«

»Ts.« Er schüttelte abfällig den Kopf. »Du brauchst dich nicht um mich zu sorgen. Ich lebe noch, also geh einfach wieder.« Er nahm einen kräftigen Schluck aus der Schnapsflasche, die vor ihm stand.

»Du weißt genau, ich werde nicht gehen.« Bestimmt griff sie nach der Flasche und nahm sie an sich.

»Hey.«

»Ich glaube, du hast genug für heute. Leg dich erst einmal hin und schlaf deinen Rausch aus.«

Ohne Widerworte ließ er sich von ihr aufziehen und stolperte tapsig hinter Anna her, die alle Mühe hatte, ihn zu stützen.

»Können wir das Licht einschalten?«

»Kein Strom.«

»Na prima. Und wo ist dein Bett?«

»Wuhu. Die Prinzessin will in mein Bett.« Unbeholfen küsste er sie auf den Scheitel, während Anna alle Hände voll zu tun hatte, ihn sich vom Leibe zu halten.

»Wo?«

»Oben.« Mit einer weit ausholenden Geste deutete er ihr den Weg in das obere Stockwerk.

Es befanden sich nur zwei Räume auf der Etage. Da das Badezimmer unschwer auszumachen war, musste sich hinter der zweiten Tür das Schlafzimmer befinden.

Entgegen ihrer Erwartung war das Zimmer äußerst klein und beherbergte keinerlei Designermöbel. Es hatte nichts mit Stefans Wohnung gemein. Ihre prüfende Gegenüberstellung der unterschiedlichen Einrichtungsstile wurde jedoch schnell von der Last seines Körpers gestört.

Fürsorglich begleitete Anna ihn zu dem alten, restaurierten Bauernbett, das unter dem einzigen Fenster des Raumes stand. Völlig erschöpft fiel der Fußballgigant in sein Bett und schlief sofort ein.

Leise schlich Anna aus dem Zimmer und machte sich daran, die Fensterläden im Erdgeschoss zu öffnen. Interessiert begutachtete sie die Einrichtung und fand eine völlig intakte und gemütliche Ferienwohnung vor. Von einer Bruchbude, wie Esther es nannte, konnte absolut keine Rede sein. Eine passende Essgarnitur lud ebenso zum Verweilen ein, wie das große Sofa im angrenzenden Wohnbereich. Und auch die Küche schien auf dem neuesten Stand der Technik. Als die Digitalanzeige der Mikrowelle ihr fünfzehn Uhr anzeigte, schmunzelte sie.

Von wegen kein Strom!

Ein Blick in den Kühlschrank zeigte gähnende Leere. Lediglich zwei weitere Schnapsflaschen und Mineralwasser befanden sich darin. Wie verzweifelt musste er sein, um seinen Kummer in Alkohol zu ertränken.

Betroffen machte sich Anna auf den Weg, etwas Essbares für Stefan zu organisieren. Hilfsbereit wurde ihr in einem kleinen Hofladen im Zentrum des Dörfchens eine appetitliche Auswahl an Lebensmitteln zusammengestellt.

Zurück auf der Hütte brühte sie sich Wasser auf und setzte sich mit einer Tasse frischen Tee auf die Holzbank vor dem Haus. Sie war bemüht, die freie Zeit zu nutzen, um zu entspannen und ihre Seele baumeln zu lassen. Doch so wunderschön der Ausblick in die Berge auch war, das bevorstehende Aufeinandertreffen mit Stefan ließ sie nicht zur Ruhe kommen.

Kurz vor zwanzig Uhr hörte sie schließlich die ersten Schritte im Haus. Leise knarrten die Dielen im oberen Stock. Das Wasser wurde im Badezimmer angestellt – dann war es wieder ruhig. Zu ruhig für Annas Empfinden.

Sie betrat die Hütte, als Stefan ihr bereits entgegenkam.

Er sah aus wie eh und je. Frisch geduscht. Sauber rasiert. Auch seinen Jogginganzug, der so fürchterlich nach Alkohol stank, hatte er gegen eine saubere Jeans und ein frisches Shirt getauscht.

Optisch erinnerte nichts mehr an das menschliche Wrack, das er noch vor wenigen Stunden gewesen war.

Kaum hörbar lief er barfuß über die Holzstufen an ihr vorbei in die Küche. Er öffnete den Kühlschrank und griff nach einer Flasche Mineralwasser. Dabei entdeckte er die Lebensmittel.

»Du hast eingekauft? Im Dorf gibt es einen hervorragenden Hofladen. Warst du dort?«

Anna lehnte gegen das Treppengeländer und verspürte nicht die geringste Lust, sich mit ihm über ihren Einkauf zu unterhalten. Er überging die angespannte Situation, als wolle er das Unausweichliche aufhalten. Doch seine Stimme klang hart und kalt.

»Ich habe mir Sorgen gemacht.«

Er goss sich ein Glas Wasser ein und leerte es in einem Zug.

»Du brauchst dich nicht um mich sorgen.«

»Möchtest du reden?«

»Wenn ich nein sage, lässt du mich dann in Ruhe?«

»Nein.«

»Es geht mir aber gut.« Gereizt füllte er das Glas erneut und nahm ein paar kräftige Schlucke.

»Das sah vorhin aber nicht so aus.«

Mit einer weit ausholenden Bewegung schleuderte er das Glas auf den Boden.

»Verdammt, Anna, was soll ich denn tun?«

Erleichtert nahm sie diese erste Gefühlsregung wahr. Sie lächelte mitfühlend und sprach ruhig auf ihn ein.

»Lass es raus! Lass es einfach raus. Glaub mir, es wird dir helfen.« Ihre nächsten Worte wählte sie mit Bedacht. »Aber eines muss dir dabei klar sein: An dem, was geschehen ist, wird sich nichts mehr ändern. Die Zeit lässt sich nicht zurückdrehen.«

Einer der Glassplitter hatte sich in Stefans nackte Füße verirrt und Blut rann über seinen Spann. Anna deutete auf die Arbeitsplatte und er kam ihrer stillen Aufforderung nach. Er setzte sich und beobachtete, wie sie die Scherben aufsammelte und in den Müll warf. Sorgsam wischte sie anschließend über den Boden, um auch die restlichen Spuren seines Gefühlsausbruchs zu beseitigen.

»Gibt es hier auch Pflaster?«

Mit einem kurzen Nicken deutete er auf einen kleinen Kasten. Der Inhalt seines Arzneischränkchens war sehr überschaubar. Anna säuberte notdürftig die Wunde und griff nach den Pflastern.

»Ich muss dich enttäuschen. Sie sind weder bunt, noch haben sie ein Motiv.«

Sie lächelte nur und zog einen Stift aus ihrer Tasche.

Als Stefan seinen Fuß betrachtete, zierte eine große Sonne den braunen Verbandsstreifen.

»Danke.«

Langsam glitt er von der Arbeitsplatte.

»Hast du Hunger?«, fragte sie ihn.

»Was gibt es denn?«

»Du hast die Wahl zwischen frischem Gemüse mit Fleisch oder Fleisch mit frischem Gemüse.«

»Ich nehme das frische Gemüse mit Fleisch.« Er wollte sich zum Gehen wenden, doch Anna stellte sich ihm in den Weg.

»Moment, nicht so hastig. Du bist für das Gemüse zuständig.«

»Ich wusste, die Sache hat einen Haken.« Lustlos nahm er das Gemüse aus dem Kühlschrank und wusch es unter dem Wasserhahn ab. Nachdem er seine Fähigkeiten als Beikoch unter Beweis gestellt hatte, war es an ihm, den Tisch im Freien zu decken. Es dämmerte bereits, daher verteilte er vorsorglich einige Windlichter.

Stillschweigend saßen sie vor der Hütte und aßen zu Abend. Stefans Appetit schien durch seine Stimmung nicht geschmälert. Er kaute zufrieden, während Anna das schmutzige Geschirr in die Küche zurückbrachte und abspülte. Nur wenige Minuten später ließ er seinen Teller in das Spülbecken gleiten und griff nach einem Geschirrtuch.

»Du hast genug geholfen.« Sanft zog sie am Tuch, bis es aus seinen Händen fiel.

*

Stefan trat vor die Hütte und betrachtete die roten Verfärbungen am Himmel. Die kühler werdende Abendluft strich über sein Gesicht, und das Geklapper, das aus dem Inneren des Hauses an sein Ohr drang, wirkte beruhigend auf ihn.

Annas plötzliches Auftauchen am Nachmittag hatte er zuvor noch verflucht, doch nun war er froh, nicht mehr alleine zu sein.

Als sie ihm wenig später vor das Haus folgte, saß er auf der

Eingangsstufe und blickte gedankenverloren auf einen Grashalm, den er zwischen den Fingern drehte.

»Darf ich?«

»Natürlich.« Er rückte zur Seite, um Anna die Möglichkeit zu bieten, sich zu ihm zu setzen.

»Schon seltsam. Ich frage mich die ganze Zeit, ob es wohl ein Junge oder ein Mädchen geworden wäre.« Ganz selbstverständlich neigte er den Kopf und ließ ihn auf Annas Schulter ruhen. »Was glaubst du? Weshalb hat Esther es mir nie erzählt?«

»Sie hatte ein gebrochenes Herz. Das Ende Eurer Beziehung. Die Schwangerschaft. Der Unfall. Die Situation hat sie vermutlich überfordert.«

»Aber ich bin doch kein verantwortungsloses Scheusal. Hätte sie mir nur gesagt, dass sie schwanger ist, wäre das alles nicht passiert.«

»Es ist aber passiert, Stefan. Menschen machen Fehler. Jeder Einzelne von uns.« Sanft strich sie über seine Wange. »Egal, was geschehen ist, keiner vermag es rückgängig zu machen. Sprich mit Esther. Sie ist die Einzige, die dir deine Fragen beantworten kann. Sie weiß, welch großen Fehler sie begangen hat, und es tut ihr unendlich leid.«

Kurze Zeit herrschte Stille zwischen den beiden, ehe Stefan weitersprach.

»Wie kann ich ein Kind vermissen, von dem ich bis vor ein paar Tagen noch nicht einmal wusste? Weshalb schmerzt mich der Gedanke so?«

»Weil es auch dein Kind war, egal wann du davon erfahren hast. Die Zeit spielt keine Rolle. Ob gestern, heute oder vor ein paar Jahren. Du hast einen schmerzlichen Verlust erlitten und jedes Recht der Welt zu trauern.«

Er dachte über ihre letzten Worte nach. Während sie schweigend zu den Sternen blickten, löste sich seine Anspannung nach und nach.

Anna strich ihm aufmunternd über die Hand und verabschiedete sich.

»Willst du wirklich nicht hierbleiben? Es ist schon spät.«

»Nein. Ich fahre zurück. Aber du musst mir versprechen, mit Esther zu reden. Gib ihr die Chance, dir alles zu erklären.«

Gemeinsam gingen sie zum Wagen, wo er ihr die Tür öffnete. Ihr Magen verknotete sich, als er sie in seine Arme schloss.

»Ich werde morgen zu ihr fahren und mit ihr sprechen.«

Sie löste sich aus seinen Armen und stieg in das Auto.

»Ach, und Anna?«

»Ja?«

»Danke für alles.«

Er beugte sich herab und küsste ihre Stirn.

»Wozu sind Freunde denn da?«

Anna war nicht nur eine Freundin. Sie war etwas anderes. Etwas Besonderes. Aber was, das konnte er sich selbst noch nicht beantworten.

*

»Stefan.« Esther trat erschrocken zurück, als sie den Besucher hinter der Haustür erkannte.

»Kann ich mit dir reden?«

»Natürlich, komm herein.« Sie gab den Weg frei, damit er ins Haus eintreten konnte.

»Ist Carsten auch da?«

»Nein, er hat noch einige Termine heute.«

»Wenn dir nicht wohl dabei ist, mit mir alleine zu sein, dann kann ich auch gerne später noch einmal kommen.«

»Du tust ja so, als ob ich Angst vor dir hätte.«

»Es wäre dir nicht zu verdenken. Schließlich habe ich deinen Mann niedergeschlagen.«

»Wenn sich hier jemand entschuldigen muss, dann ja wohl ich.« Sie bat ihn höflich ins Wohnzimmer. »Wir haben uns Sorgen um dich gemacht.«

»Das war nicht nötig. Ich habe nur ein wenig Zeit für mich gebraucht.« Er setzte sich auf die exklusive Designer-Couch und lehnte sich zurück.

»Ich freu' mich jedenfalls über deinen Besuch. Und ganz egal, wie wir nachher auseinandergehen, ich bin froh, dass du nun die ganze Wahrheit kennst.« Sie ging zu einem kleinen Tischchen, das unweit der Wohnlandschaft stand und goss zwei Gläser Cognac ein. Sie reichte ihm eines und nahm ihm gegenüber Platz.

»Nun, die ganze Wahrheit kenne ich vermutlich noch nicht. Deshalb bin ich hier.« Sein Blick richtete sich auf die braune Flüssigkeit die sich in dem großen, bauchigen Glas bewegte. »Erzähl mir bitte die ganze Geschichte.«

Er bemerkte ihre Unsicherheit und wollte sie nicht drängen. Doch nach einem großen Schluck Cognac nahm sie ihren Mut zusammen und begann mit ihren Erzählungen. Es war förmlich greifbar, wie gut es ihr tat, endlich einmal alles auszusprechen, was sie so lange Zeit bedrückte.

Aufmerksam war Stefan ihren Worten gefolgt. Seine Gedanken wanderten zurück in die Vergangenheit und beschworen Bilder hervor, die er längst verdrängt hatte.

Esther, eine aufstrebende Moderatorin. Er, ein erfolgreicher Fußballspieler. Beide im Fokus der Öffentlichkeit. Lange Zeit konnten sie ihre Affäre vor den Medien verheimlichen. Als die ersten Berichte über eine Beziehung zwischen ihnen laut wurden, hatte er sich bereits von ihr getrennt. Die Gewissheit, dass sie zum damaligen Zeitpunkt mehr für ihn empfand, bestätigte sie ihm nun in ihren Ausführungen.

Sie erinnerte ihn an eine Auseinandersetzung über Aufrichtigkeit und ihren verzweifelten Versuch, ihre Beziehung zu retten. Es war ein blöder Streit gewesen, der letztlich auch zum Scheitern ihrer Beziehung führte. Sie wollte mehr, doch dazu war er nicht bereit. Er war am Höhepunkt seiner Karriere angelangt, und seine Gedanken kreisten damals ausschließlich um Fußball und Partys. Er wollte ungebunden sein, Geld verdienen und das Leben genießen. Die einzigen Verpflichtungen, die er bereit war einzugehen, waren die Verträge mit seinem Verein und den Sponsoren.

Esther erzählte ihm von der Autofahrt, dem Waldstück und dem schrecklichen Unfall. Der Versuch, ihre Tränen zu unterdrücken, scheiterte kläglich.

Er konnte sich noch gut daran erinnern, wie er aus der Presse von ihrem Unfall erfahren musste. Auf direktem Wege war er damals zu ihr ins Krankenhaus gefahren. Vollkommen apathisch lag sie in ihrem Krankenbett und ignorierte alles und jeden um sich herum. Erst jetzt erfuhr Stefan, dass sie wenige Augenblicke vor seinem Eintreffen über den Verlust ihres Kindes informiert worden war. Stundenlang hatte er an ihrem Bett gesessen und auf eine Reaktion von ihr gewartet. Erst spät in der Nacht kamen die Ärzte und sprachen von Komplikationen während der Operation. Sie überbrachten Esther die traurige Nachricht, keine Kinder mehr bekommen zu können.

Stefan ließ nichts unversucht, um sie zu trösten. Er bemühte sich, für sie da zu sein, doch sie entwand sich ihm. Schließlich gab er sich selbst die Schuld an ihrer Verfassung und dem furchtbaren Unglück.

Esther hatte es zum damaligen Zeitpunkt nicht übers Herz

gebracht, Stefan vom Verlust ihres Kindes zu erzählen.

Noch dazu, wo das Schicksal sie doppelt bestrafte. Sie wollte kein Mitleid von ihm, sondern seine Liebe. Während dieser schweren Zeit hatte sich Carsten rührend und fürsorglich um sie gekümmert. Aus Freundschaft wurde Verbundenheit und schließlich Zuneigung. Ihre Liebe zueinander war so ehrlich und tief empfunden, wie Esther es nie für möglich gehalten hätte. Jahrelang überschattete jedoch die schwere Last der Vergangenheit ihre Beziehung. Carsten drängte sie zwar nicht, mit Stefan zu reden, er wurde es aber auch nicht leid, sie zu bitten, ihm die Wahrheit zu sagen.

Stefan nun mit den Kindern vom Marienhort zu erleben, brachte ihre Mauer ins Wanken. Sie wollte zuversichtlich in die Zukunft blicken – gerade jetzt, wo sie und Carsten eine Adoption in Erwägung zogen. Zu sehen, wie rührend er sich um das Schicksal der Kinder sorgte, ließ sie ihre Angst vor dem Gespräch mit ihm überwinden. Unglücklicherweise kam er ihr zuvor, denn er konnte ihr Gespräch mit Anna hören. Sie bedauerte zutiefst die Art und Weise, wie er von der ganzen Geschichte erfuhr.

Erleichtert, den gesamten Ballast der letzten Jahre einmal ausgesprochen zu haben, leerte sie ihr Glas in einem Zug.

Aufmerksam hatte Stefan jedes einzelne Wort in sich aufgesogen.

»Ich frage mich die ganze Zeit, ob es ein Junge oder ein Mädchen geworden wäre.«

Es war ein erleichtertes Lächeln, welches Esther ihm nun schenkte.

»Ich habe ihr den Namen Sophia gegeben.«

»Sophia.« Stefan spürte einen dicken Kloß im Hals.

Esther stand auf und kramte etwas aus einem der Bücherregale im Wohnzimmer. Als sie neben ihm Platz nahm, hielt sie ein kleines Heft in den Händen.

»Ich habe noch Ultraschallbilder von ihr.« Sie schlug ihren Mutterpass auf und sofort fiel Stefan ein schwarz-graues Bild entgegen. Er drehte es einige Male, doch er konnte nichts darauf erkennen.

»Hier.« Sie deutete auf eine Stelle. »Das ist sie.«

»So klein?« Stefan war überrascht, über den winzigen Punkt den Esther ihm zeigte.

Lächelnd reichte sie ihm das nächste Bild. »Hier kannst du mehr erkennen.«

Und tatsächlich. Er konnte einen kleinen Körper erkennen. Er sah Beine und Arme – Finger und Zehen. Und ein kleines Köpfchen.

In Gedanken versunken strich er mit dem Finger immer wieder über das Bild.

»Ich habe mehrere Aufnahmen. Möchtest du eines davon behalten?« Esther sah, wie sich seine Gesichtszüge entspannten.

»Darf ich?«, fragte er unsicher.

»Natürlich.«

»Danke.« Behutsam legte er seine Hand auf ihre. »Und ich danke dir für deine Offenheit.« Gestern noch hatte das totale Chaos in seinem Kopf geherrscht. Und heute? Heute saß er neben Esther und wusste, was vergeben bedeutete. Sie hatte ihm für die Vergangenheit verziehen. Er ihr für die Gegenwart. Einer Zukunft, in der sie ihr Schicksal und eine Freundschaft teilen konnten, stand nichts mehr im Weg.

»Es tut mir leid. Ich hätte es dir schon früher sagen müssen.« Tränen flossen über Esthers Wangen.

Er streichelte sanft ihre Hand und redete ruhig auf sie ein. Es dauerte eine Weile, bis sie sich wieder fing.

»Entschuldige. Jetzt heule ich dir hier auch noch etwas vor.«

Sie zog ein Papiertaschentuch aus ihrer Hosentasche und tupfte sich rasch die Tränen ab.

»Esther, darf ich dich etwas fragen?«

»Natürlich.« Sie schnäuzte sich kräftig und ließ das kleine Taschentuch wieder verschwinden.

»Wie schaffst du es, mit der Trauer umzugehen?«

Sie legte das kleine Büchlein auf den Wohnzimmertisch.

»Hast du noch ein wenig Zeit?«

»Ja.«

»Dann komm mit mir.«

Stefan und Esther fuhren ungefähr zwanzig Minuten stadtauswärts. Er kannte die Strecke. Es war die Straße, auf der sich damals Esthers Unfall ereignet hatte. Kurz vor dem besagten Waldstück, wo sie dem Reh ausgewichen und gegen einen Baum gefahren war, bat sie ihn jedoch abzubiegen.

Die Straße stieg an und führte zu einer kleinen Kapelle, die Stefan zuvor noch nie aufgefallen war. Er parkte seinen Wagen und folgte Esther zu einer Bank, von wo aus man einen herrlichen Ausblick auf die Stadt und den Wald hatte.

»Wenn ich traurig bin, komme ich oft hierher.« Sie deutete auf den Wald. »Siehst du die kleine Lichtung dort unten?«

Stefan tastete den Wald mit den Augen ab und nickte.

»Dort ist der Unfall damals passiert. Du hast mich doch gefragt, wie ich mit meiner Trauer umgehe. Nun«, sie zog einen kleinen Block und zwei Stifte aus ihrer Handtasche, »ich schreibe ihr.«

»Ein Tagebuch?«

»Nicht ganz. Ich verbrenne den Brief.« Sie wirkte plötzlich nervös und unsicher. »Es hört sich vielleicht seltsam oder auch lächerlich an, aber ich habe immer die Hoffnung, der Rauch würde direkt zu ihr in den Himmel steigen.«

»Das ist eine sehr schöne Vorstellung.« Die Ehrlichkeit ihrer Worte berührte Stefan. Er setzte sich zu ihr und bat sie um die Schreibutensilien, die sie ihm bereitwillig reichte.

Es war schwer, die richtigen Worte zu finden, um seinen Gefühlen Ausdruck zu verleihen. Bekümmert blickte er zu Esther, die sofort zu schreiben begann. »Ich weiß nicht, was ich schreiben soll.«

Sie lächelte ihm aufmunternd zu. »Überleg nicht so viel. Schreib einfach alles, was dir in den Sinn kommt.«

Seine anfänglichen Schwierigkeiten legten sich, indem er tatsächlich alles, was er in den letzten Tagen erlebt hatte, zu Papier brachte.

Es war ein befreiendes Gefühl, gemeinsam mit Esther die Zeilen zu verbrennen, die er seinem Kind widmete. Gebannt blickte er dem Rauch hinterher.

»Siehst du, das ist meine Art, mit der Trauer umzugehen.«

»Wenn wir doch nur die Zeit zurückdrehen könnten.«

»Sag das nicht. Ich habe so lange gebraucht, es zu akzeptieren. Das Schicksal hat jedem von uns einen Weg bestimmt. Trauere einfach. Du hast jedes Recht dazu.«

»Das hat Anna auch gesagt.«

*

Anna beabsichtigte, den freien Tag zu nutzen, um in ihren eigenen vier Wänden mit den Renovierungsarbeiten voranzukommen. Daher war sie freudig überrascht, am frühen Nachmittag von ihrem Bruder Unterstützung zu erhalten. Völlig unerwartet stand Achim plötzlich vor ihrer Tür.

»Ich dachte, du bist in Hamburg?« Anna zog ihn in ihre Arme und begrüßte ihn herzlich.

»Diese ganzen Champagner schlürfenden und Kaviar essenden Snobs gingen mir ganz gehörig auf die Nerven. Deshalb bin ich geflüchtet und mein Weg führte mich direkt zu dir. Wenn ich mich nämlich recht erinnere, gilt es hier noch etwas zu erledigen.« Zielstrebig steuerte er das Wohnzimmer an.

Anna blickte ihm hinterher und kam nicht umhin festzustellen, wie sehr sich ihr Bruder in den letzten Jahren verändert hatte. Aus dem schüchternen, schlaksigen Kerl von einst, war ein selbstbewusster Künstler geworden.

Sie standen im Wohnzimmer und blickten gemeinsam auf das kolossale Gemälde.

Für Anna war es perfekt. Sie liebte die Anordnung der Farben und Formen und bezweifelte, dass es noch schöner und prächtiger werden konnte. In diesem Punkt ließ Achim allerdings nicht mit sich verhandeln. Etwas fehlte. Und bevor sein Kunstwerk für ihn nicht ebenso perfekt war, würde er sich nicht zufriedengeben.

»Du darfst wiederkommen, wenn ich fertig bin.«

»Was? Du wirfst mich aus meinem eigenen Haus?«

»Natürlich. Und komm ja nicht auf die Idee zu spicken.«

»Aber, Achim …« Anna zog eine mitleidige Grimasse, doch ihr Bruder war nicht zu erweichen. Er lächelte nur und deutete zur Tür.

»Ich geh' ja schon.«

Sie sah Achim sowieso schon viel zu selten. Jetzt konnte sie nicht einmal die gemeinsame Zeit nutzen, um mit ihm zu plaudern, wenn ihr Bruder meinte, seine künstlerische Ader in ihrem Wohnzimmer ausleben zu müssen.

Trotz allem war sie gespannt, welche Veränderungen er an dem Bild vornehmen würde. Sie kannte das Gemälde zwischenzeitlich in- und auswendig. Und je öfter sie es sich anschaute, desto besser gefiel es ihr.

Enttäuscht verließ sie das Haus und ging in die alte Scheune, die unmittelbar an ihre Garage anschloss. Ein Großteil der Fensterläden ihres Hauses lehnten hier aufgereiht an der Wand und warteten darauf, gestrichen zu werden.

Während sie lustlos mit der Lasur über das Holz strich, wanderten ihre Gedanken zu Stefan. Ihm schien es mittlerweile zwar besser zu gehen, doch sein desolater Zustand, in dem sie ihn in der Hütte vorgefunden hatte, hing ihr noch immer nach. Es brach ihr das Herz, ihn so hilflos sehen zu müssen. Für wenige Augenblicke hatte er ihr einen Blick hinter seine Fassade gewährt, wodurch sie sich ihm so nahe fühlte wie nie zuvor, und sie registrierte fassungslos, wie sich Stefan Schritt für Schritt in ihr Leben geschlichen hatte.

Die Stunden zogen sich in schier endlose Länge. Der Pinsel hinterließ deutliche Druckstellen an Annas Hand, doch die Schmerzen und Mühen hatten sich gelohnt. Zufrieden blickte sie auf ihre getane Arbeit und trat aus der Scheune.

Seit sie von Achim aus dem Haus hinaus beordert worden war, hatte sie ihn weder gesehen, noch gehört. Von Neugier getrieben, drückte sie die Klinke der alten Haustüre nach unten. Ein vertrautes Knarren hieß sie beim Eintreten willkommen.

»Achim?«

»Ja?«

»Wie weit bist du?«

»Du kannst es wirklich nicht abwarten, oder?« Sie hörte ihren Bruder herzhaft lachen. »Ich bin fertig. Na, komm schon rein.«

Gespannt öffnete Anna die Tür ins Wohnzimmer, und ihre Augen begannen augenblicklich zu leuchten. Sie erkannte ihr Bild wieder, doch es schien noch imposanter als vorher.

Achim hatte bereits sämtliche Farbeimer verschlossen und seine Werkzeuge gereinigt. Die Folie, die zuvor auf dem Boden ausgerollt gelegen hatte, befand sich sorgfältig zusammengelegt neben der Tür. Einzig seine Kleidung ließ noch Rückschlüsse auf seine Tätigkeit zu. Zufrieden musterte er Annas strahlendes Gesicht.

»Gefällt es dir?«

»Ob es mir gefällt? Du machst wohl Scherze. Ich bin überwältigt!« Anna sog jeden Pinselstrich in sich auf. »Du bist ein Genie. Es ist einfach wundervoll. Wie kann ich das je bei dir gutmachen?«

»Mit einer erfrischenden Dusche, einer großen Tasse Kaffee und einer leckeren Mahlzeit. Und bitte genau in dieser Reihenfolge.«

Er ging zur Tür, doch Anna blieb regungslos stehen.

»Kommst du nicht mit?«

»Ich möchte es mir noch ein wenig ansehen.«

Achim schmunzelte und ließ seine Schwester alleine zurück. Fasziniert folgten Annas Augen den Farbverläufen, die in abwechselnden asymmetrisch angeordneten Formen endeten. Ihr Bruder war ein wundervoller Künstler. Sie liebte all seine Kunstwerke, doch dieses überdimensional große Gemälde übertraf all ihre Erwartungen.

Schweren Herzens wandte sich Anna nach wenigen Minuten ab und folgte Achim in das kleine Appartement. Ein fröhliches Pfeifen, gemischt mit dem Rauschen des Wassers, das aus dem Duschkopf schoss, war aus dem Badezimmer zu hören.

Sie stellte die Kaffeemaschine an und ging auf die Terrasse, wo sie den Blick in ihren Garten genoss und auf ihren Bruder wartete. Ein paar Augenblicke später trat Achim zu ihr hinaus. Seine dunklen Haare fielen nass auf seine Schultern und ein großes Badetuch schlang sich lässig um seine Hüften. In seinen Händen hielt er eine Tasse dampfenden, heißen Kaffee.

»Genau das habe ich jetzt gebraucht.« Er trank einen großen Schluck. »Und, hast du dich an dem Bild schon sattgesehen?«

»Wie könnte ich mich daran je sattsehen?« Sie strahlte und nahm ihren Bruder herzlich in die Arme. Überglücklich hauchte sie ein »Dankeschön« an sein Ohr und küsste seine Wange.

»Du hast mir gefehlt, Kleine.« Er blickte liebevoll auf seine Schwester herab, und sie barg sich ganz selbstverständlich an seiner Brust.

»Du mir auch. Aber nur ein kleines bisschen«, gab sie ihm schmunzelnd und ohne Umschweife zur Antwort. »Genug der Sentimentalitäten. In welches Restaurant darf ich dich heute Abend ausführen? Worauf hast du Lust?«

»Ganz ehrlich?« Achim schmunzelte. »Am liebsten hätte ich Spiegeleier mit Bratkartoffeln.«

»Das ist nicht dein Ernst?«

Sein andächtiges Nicken bestätigte Annas Vermutung: Es war ihm ernst.

»Ernähr du dich mal tagelang von Schnittchen und minimalistischer Haute Cuisine, dann reden wir weiter.«

»Verstehe.« Anna konnte seinen Drang nach gut bürgerlicher Hausmannskost nun durchaus nachvollziehen.

Während sie zu kochen begann, nutzte Achim die Zeit, um sich seine Kleidung anzuziehen und ihr anschließend in der Küche wieder Gesellschaft zu leisten.

»Ich habe mir übrigens diese Woche eure Sendung angeschaut.« Er griff nach einer Flasche Rotwein aus dem Weinregal und goss sich und seiner Schwester davon ein.

»Und? Was meinst du?« Ihre Stimme klang erwartungsvoll.

»Ist 'ne gute Sache, die ihr da macht. Sabine wird bestimmt erleichtert sein, jetzt, wo das Kinderheim bestehen bleibt.«

»Sie ist überglücklich.« Lächelnd blickte Anna vom Herd auf. »Habe ich dir eigentlich schon das Neueste von Sabine und Hugo erzählt?« Sie wartete seine Antwort erst gar nicht ab. »Die beiden sind jetzt endlich ein Paar.«

»Das wurde aber auch Zeit. Hugos verliebte Blicke waren ja kaum mehr auszuhalten. Aber was macht eigentlich dein Liebesleben, große Schwester?«

»Nichts.« Sie griff nach den Gewürzen und bemühte sich verzweifelt, nicht an Stefan zu denken.

»Bist du dir sicher?«

Skeptisch kniff er die Augen zusammen.

»Natürlich.«

»Dafür verwendest du gerade aber sehr viel Salz.« Er nahm ihr den Salzstreuer aus der Hand.

Erschrocken und zugleich ertappt blickte Anna dem kleinen Gefäß hinterher. »Mist.«

»Dann gibst du es also zu?«, fragte Achim amüsiert.

»Was soll ich zugeben?« Sie kannte ihren Bruder viel zu gut und wusste, worauf er abzielte. Doch so sehr sie es auch für sich selbst wollte, sie konnte ihm keine Antwort geben.

Ja, es gab da einen Mann, der ihren Herzschlag beschleunigte und ihren Puls zum Rasen brachte. Wenn sie an ihn dachte, wurde ihr flau im Magen. Sie hatte die Frauen stets belächelt, die für ihn schwärmten, und nun war sie selbst seinem Charme und seiner Person erlegen.

Achim reichte ihr das Weinglas. »Es ist dieser Fußballspieler, stimmt's?«

»Ist das so offensichtlich?«

»Nur wenn man dich kennt. Du bist sonst kein streitlustiger

Mensch. Schon während unserer Kindheit bist du Streitereien diplomatisch aus dem Weg gegangen, ganz im Gegensatz zu Alex. Es ist also nicht verwunderlich, wenn an der Geschichte mit dem Fußballspieler mehr dran ist. Ganz ehrlich: Bist du in ihn verliebt?«

Allein der Gedanke, sich in Stefan Behrens verliebt zu haben, verursachte Panik bei Anna. So direkt hatte sie sich die Frage selbst noch nie gestellt. Um gegen das ungute Gefühl anzukommen, trank sie einen großen Schluck aus ihrem Weinglas, doch weder Klarheit noch Vernunft kamen über sie. Letztlich war es die Erkenntnis, die sie niedergeschlagen zu ihrem Bruder blicken ließ. »Ich befürchte es.«

*

Stefans Atem ging schwer. Er trug eine Trainingshose und seine Laufschuhe. Motiviert von der erleichternden Nachricht seines Arztes und von dem Eindruck des positiven Gesprächs mit Esther wollte er sich endlich wieder bewegen und seine überschüssigen Energien freisetzen. Deshalb joggte er den gesamten Weg von seiner Wohnung bis zu Annas Hof, denn er konnte es kaum erwarten, sie wiederzusehen und ihr von seiner Unterhaltung mit Esther zu berichten.

Doch nun lehnte er erstarrt gegen die Hauswand. Fassungslos blickte er auf die Margerite zwischen seinen Fingern.

Anna stand in inniger Umarmung, mit einem fremden, halbnackten Mann nur wenige Meter von ihm entfernt. Wutentbrannt warf er die Blume auf den Boden, während ihn unzählige Gefühle übermannten.

Eifersucht – denn ein anderer hielt Anna in den Armen.

Enttäuschung – weil sie in den Armen eines anderen lag.

Wut – ja, er war wütend auf sich selbst.

Warum hatte er sich von der streitlustigen Architektin nur

so an der Nase herumführen lassen? Ihm spielte sie die besorgte Freundin vor und flirtete mit ihm und gab sich kokett. Dabei schien sie sich nicht im Geringsten für ihn zu interessieren. Alles in ihm verkrampfte sich bei der Erinnerung daran, wie vertraut sie mit dem Kerl umging und wie selbstverständlich er sie berühren durfte.

Er musste weg von hier, und zwar so schnell wie möglich.

*

Nach einer redseligen Nacht hatte Achim am frühen Sonntagmorgen seine Heimreise angetreten und Anna mit ihrer Erkenntnis um ihre Gefühlslage allein in ihrem Zuhause zurückgelassen.

Ihr Blick fiel auffallend oft zum Telefon. Stefan hatte sich immer noch nicht gemeldet, und dabei hatte sie sich nichts sehnlicher gewünscht. Doch je länger sich die Zeit zog, desto mehr schalt sie sich selbst eine dumme Pute. Weshalb sollte er sich schon bei ihr melden? Er war ihr schließlich keine Rechenschaft schuldig, und im Grunde genommen ging sie die ganze Angelegenheit überhaupt nichts an. Nur weil sie glaubte, sich in ihn verlieben zu müssen, hieß es noch lange nicht, dass er ihr Einblicke in sein Leben gewähren würde.

Dennoch verfiel sie in ständige Grübeleien. Sie ließ ihr Kennenlernen noch einmal Revue passieren. Damals, so dachte sie, konnte sie ihn nicht ausstehen. Jedes Mal, wenn sie aufeinandertrafen, fuhr Anna eine Art automatisches Schutzschild aus. Zwischenzeitlich wusste sie auch warum: Sie war nicht so immun gegen den Fußballstar, wie sie geglaubt und gehofft hatte.

Ihre Erinnerungen kehrten zu ihrer gemeinsamen Nacht zurück, und sie begriff, weshalb sie am nächsten Morgen davongeschlichen war. Wäre sie nicht rechtzeitig gegangen, hätte sie für immer bleiben wollen. Stefan war nicht der Typ Mann, der eine feste Bindung suchte. Er wollte sich amüsieren und keine Verpflichtungen eingehen. Das konnte ihm niemand zum Vorwurf machen. Sie jedoch suchte nach einem Partner, der sowohl ihren Verstand als auch ihr Herz berührte. Ein Mann, der sie akzeptierte, wie sie nun mal war. Mit allen Ecken, Kanten, Pflichten und Kurven. Und wenn sie ihn schon nicht haben konnte, so wollte sie doch wenigstens die letzten zwei Wochen, die sie noch gemeinsam im Marienhort verbringen würden, genießen.

Carsten hatte für den späten Nachmittag einen Interviewtermin vereinbart und sie gebeten, gemeinsam mit Stefan und Esther daran teilzunehmen. Ihre anfängliche Begeisterung und die Vorfreude, Stefan zu treffen, war dem Bewusstsein gewichen, deutschlandweit im Fernsehen gesehen zu werden.

Aufgeregt fuhr sie kurz nach zwölf Uhr zum Sender. Esther kam ihr bereits mit offenen Armen entgegen und drückte sie herzlich. Die attraktive TV-Lady strahlte vor Glück und ließ keinen Zweifel daran, von einer schweren Last befreit worden zu sein. Was sie Anna gegenüber auch umgehend bestätigte.

Er hatte also ihren Rat befolgt und mit Esther gesprochen. Erleichtert hätte Anna sich nur allzu gerne persönlich von seinem Wohlergehen überzeugt, doch er ließ sich durch Carsten entschuldigen. Er würde sich verspäten.

Ungeduldig folgte Anna Esther zur Maske. Sie wurden in aller Ruhe geschminkt und konnten die Zeit zum Plaudern nutzen. Da es Esther nach wie vor ein Anliegen war, ihr Privatleben zu schützen, wählten sie eher oberflächliche Gesprächsthemen, um unfreiwilligen Zuhörern keine intimen Informationen aus ihrem Leben preiszugeben.

Anna bot sich daher die Gelegenheit, ausführlich vom überraschenden Besuch ihres Bruders und der Fertigstellung des Wandgemäldes, von dem sie Esther schon so oft vorgeschwärmt hatte, zu berichten.

Ihr weiterer Weg führte sie zum Kleiderfundus des Senders. Mit Hilfe einer Stylistin wurden die beiden Frauen schnell ausstaffiert. Schließlich gelangten sie zur Dachterrasse, wo das Interview aufgezeichnet werden sollte. Je näher sie der Aussichtsplattform auf dem Dach des Senders kamen, umso lauter pochte Annas Herz. Ein Lächeln umspielte ihren Mund, und sie konnte nicht aufhören zu grinsen. Sie wollte Stefan endlich wiedersehen.

Anna beobachtete den Trubel um sich herum. Das rege Treiben des Kamerateams störte sie nicht, war sie doch zwischenzeitlich an die vielen Handgriffe und Anweisungen gewohnt.

Erst als Jürgen Bendt die Terrasse betrat, verspürte sie wieder diese gewohnte Nervosität. Der bekannte Moderator sollte durch das Interview führen. Für seine Spontanität und seinen Humor bekannt, machte es Spaß, ihm im Fernsehen zuzuschauen. Er galt als objektiv und neutral. Mit seiner offenen Art fesselte er die Zuschauer vor den Fernsehgeräten und informierte sie wöchentlich über die aktuellsten Geschehnisse aus aller Welt.

Aufgeregt zupfte Anna an ihrer Kleidung.

Die Stylistin hatte ihr eine wunderschöne Kombination aus dunkelblauer Marlenehose und heller Seidenbluse ausgesucht, die ihre Oberweite mehr als deutlich zur Geltung brachte.

Sie fühlte sich gut.

Sie war glücklich.

Fehlte nur noch ihr Fußballheini.

*

Stefan stand im Schutz des Gebäudes und beäugte die Szenerie aus sicherer Entfernung. Sein Blick blieb fasziniert an Anna haften. Sie sah wunderschön aus. Die dunkle Stoffhose und die hohen Pumps schmeichelten ihrer Silhouette ungemein. Ihre Bluse hingegen gab für seinen Geschmack fast schon zu viel von ihr preis. Bei keiner anderen Frau hätte ihn der Ausschnitt gestört. Doch allein der Gedanke, ein anderer Mann käme in das Vergnügen, Annas zauberhafte Rundungen zu bewundern, drehte ihm den Magen um.

Ihre Augen strahlten förmlich und ließen unschwer erkennen, dass Anna bis über beide Ohren verliebt zu sein schien. Entsetzt gestand er sich ein, wie sehr ihn diese Tatsache traf. Erschwerend kam die Erinnerung an den halbnackten Idioten hinzu, mit dem sie sich offenkundig amüsierte. Je mehr er darüber nachdachte, umso mehr wurde seine miese Laune angefacht. Anna hatte ihn absichtlich an der Nase herumgeführt. Das konnte und wollte er ihr nicht verzeihen. Eines musste er ihr allerdings zugestehen: Sie war eine verdammt gute Schauspielerin. Doch sie hatte nun lange genug ihren Spaß – jetzt war er an der Reihe.

*

Anna konnte schon von weitem sehen, wie Stefan aus dem Schatten des Gebäudeinneren trat. Während ihr Herz in einem Moment noch aufgeregt pochte, schien es im anderen Augenblick in tausend Teile zu zerspringen. Wer war die vollbusige Blondine, die er hinter sich herzog? Ganz selbstverständlich schlang er besitzergreifend den Arm um diese Frau.

Zutiefst verletzt wandte Anna ihren Blick ab und kämpfte gegen ihre aufsteigenden Tränen an. Sie flüchtete zu den Waschräumen und sank atemlos gegen die verschlossene Tür.

Wie konnte er nur?

Wie konnte sie nur?

Wie konnte sie nur so blöd sein zu denken, es hätte sich etwas zwischen ihnen geändert. Wie konnte sie nur davon ausgehen, er hätte ebenso Interesse daran, die ihnen noch verbleibende Zeit im Marienhort mit ihr gemeinsam zu genießen.

Das Erscheinungsbild seiner Begleiterin hatte sich in ihren Kopf eingebrannt. Toupiertes Haar, exzentrisches Make-up, Minikleid und Plateau High Heels. War es das, was er wollte?

Anna versuchte, sich zu beruhigen. Niemand sollte sie in diesem Zustand sehen. Tapfer biss sie die Zähne zusammen. Wie hatte sie nur zulassen können, dass sich ausgerechnet Stefan Behrens in ihr Herz stahl? Sie wusste doch von Anfang an, was für ein Mensch er war, und doch hatte sie sich blindlings auf ihn eingelassen.

Im Spiegel erkannte sie jene einsame und verletzte Frau wieder, die auch Klaus einst aus ihr gemacht hatte. Damals hatte sie sich geschworen, niemals mehr jemandem die Möglichkeit zu bieten, sie derart zu verletzen. Dass es nun doch einer bis in ihr Herz geschafft hatte und wie ein Untier darin wütete, ließ unbändigen Zorn in ihr aufkeimen. Kampfeslustig funkelte sie ihr Spiegelbild an. Sie würde sich von nichts und niemandem mehr etwas gefallen lassen – auch nicht von einem aufgeblasenen Fußballheini. Furchtlos öffnete sie die Tür und kehrte zurück zur Dachterrasse.

Anna erkannte sich selbst nicht wieder. Das Interview mit Jürgen Bendt gestaltete sich außerordentlich unterhaltsam. Während Esther die meiste Zeit eigentlich nur mit Zuhören und Lachen beschäftigt war, hatte Stefan alle Hände voll damit zu tun, sich gegen Anna zur Wehr zu setzen.

Beflügelt von einer unbändigen Streitlust stichelten die beiden während der kompletten Aufzeichnung gegeneinander.

Als sie zum Ende der Sendung in einem handwerklichen Wettstreit antreten sollten, war das Chaos schon vorprogrammiert.

Während Jürgen Bendt sich noch angeregt mit Anna unterhielt, trugen mehrere Helfer zahlreiche Requisiten herbei.

Gespannt beobachteten Esther und Carsten das Geschehen aus sicherer Entfernung. Auch das blonde Gift, das Stefan zur Aufzeichnung angeschleppt hatte, blickte auf die beiden Kontrahenten. Begeistert hüpfte sie auf und ab.

Anna verzog angewidert das Gesicht und rümpfte die Nase. Die Frau sah geradezu lächerlich aus. Den Herren schien es hingegen zu gefallen. Aufmerksam verfolgten sie die aufreizenden Bewegungen der vollbusigen Dame.

Der Wettkampf begann. Anna und Stefan platzierten sich jeweils vor einem der Raumteiler. Die Herausforderung bestand darin, die Wand mit einer Tapetenbahn zu bekleben, ein Bild aufzuhängen und ein Regal fachgerecht anzuschrauben.

Kaum war das Startsignal zu hören, begannen beide damit den Kleister auf der Tapete zu verteilen. Mit einem breiten Grinsen registrierte Anna, wie Stefan sich mit der Tapete mühte, ohne den Kleister vorher einwirken zu lassen. Während ihr Nagel für das Bild bereits in der Wand verschwand, kämpfte er noch mit dem gemusterten Papierstreifen. Was er auch tat, die Tapete wollte nicht halten.

Ihres Sieges bereits sicher, bohrte Anna zwei Löcher in die Wand und versenkte mit einer weit ausholenden Bewegung den passenden Dübel darin. Eine der Kunststoffhülsen glitt ihr aus der Hand und fiel zu Boden. Sie bückte sich danach und bemerkte dabei, wie Stefan ihr unverfroren in den Ausschnitt gaffte. Wütend funkelte sie ihn an. Wie dreist war dieser Kerl eigentlich? Zu ihrer Erleichterung schien keiner diesen Zwischenfall bemerkt zu haben.

Da Stefan noch immer damit beschäftigt war, den Nagel in der Wand zu versenken, zeichnete sich Anna schnell als Siegerin des Wettkampfes ab. Doch das Lächeln auf seinen Lippen verhieß ihr nichts Gutes. Prompt bestätigte sich ihre Befürchtung.

»Herr Bendt, was meinen Sie?« Er hielt ihm eine Verpackung entgegen. »Soll ich die handelsüblichen Schrauben verwenden«, feixend deutete er auf Anna, »oder doch eher die Schreckschraube.«

In Anna brodelte es. Was für eine bodenlose Frechheit! Was bildete sich dieser arrogante Affe eigentlich ein? Das war doch die Höhe! Mit hochrotem Kopf griff sie geistesgegenwärtig nach ihrer Tapetenbahn.

»Wo wir gerade bei den Handwerkertipps sind: Tapeten sind so praktisch. Wenn man den Kleister nur lange genug einwirken lässt, halten sie einfach überall. Überzeugen Sie sich selbst.« Sie konnte ihrem Drang nicht widerstehen, Stefan die gekleisterte Tapetenseite mit voller Wucht auf den Rücken zu klatschen. »Herr Bendt, ich bin fertig.«

»Somit haben wir eine Siegerin.« Der Moderator lachte lautstark und reichte Anna beglückwünschend die Hand.

Sie ignorierte die zornigen Blicke von Stefan, der kläglich daran scheiterte, die Tapete von seinem teuren Designer-Hemd abzuziehen. Unterdessen verabschiedete sich Jürgen Bendt in die Kamera. Die humorvollen Worte, die er zum Schluss an den Fußballstar richtete, kommentierte dieser mit einem schiefen Lächeln.

Als der Aufnahmeleiter » … und aus!« rief, stürmte Anna aufgebracht davon.

Wenig eingeschüchtert von ihrem Auftritt folgte ihr Stefan und holte sie schließlich im Treppenhaus ein.

»Du schuldest mir ein Hemd.«

Er war wütend, nicht minder als sie.

»Kein Problem. Kauf' dir einfach ein Neues. Nimmst du auch Kreditkarten?« Überreizt griff sie in ihre Handtasche. »Ansonsten kann ich dir eine Anzahlung von hundert Euro geben, mehr habe ich leider nicht dabei.« Aufgebracht riss sie ihre Geldbörse auf und drückte ihm ein paar Geldscheine gegen die Brust.

»Das reicht nicht. Ich will ein Pfand.«

Stefans große Hände umschlossen ihr Gesicht, und ehe sie reagieren konnte, küsste er sie hart und fordernd. Erst nach mehrmaligem und heftigem Trommeln ihrer Fäuste gegen seine Brust ließ er von ihr ab.

»Anna, ich …«

Mit einer weit ausholenden Bewegung verpasste ihm Anna eine schallende Ohrfeige und rannte davon.

E L F

Keine Spur besänftigter erschien Anna am nächsten Tag im Marienhort. Stefans teures Coupé parkte bereits neben dem nicht weniger kostspieligen Oberklasse-Fahrzeug von Carsten Weigand.

Seine Anwesenheit würde definitiv nicht zur Verbesserung ihrer Laune beitragen.

Im Speisesaal fand sich ein Großteil des Wohn(t)raum-Teams wieder. Gemeinsam mit Esther und Carsten stand Stefan ein wenig abseits und unterhielt sich angeregt mit den beiden. Anna erkundigte sich bei Basti nach dem Grund des Zusammentreffens und erfuhr, dass Stefan wieder mit dem Training beginnen würde. Zukünftig konnte er nur noch bedingt auf der Baustelle mitarbeiten.

Carsten entdeckte Anna und winkte sie freundlich zu sich. »Guten Morgen, Anna.« Er reichte ihr die Hand. »Sie haben sicherlich schon erfahren, dass uns eine Veränderung ins Haus steht. Stefan hat positive Nachrichten vom Mannschaftsarzt erhalten.«

Anna nickte.

»Ich werde ab heute wieder mit meinem Training beginnen.« Stefan blickte auf Anna herab und sprach bemüht sachlich. »Da ich in den nächsten Tagen nur selten hier sein kann, möchte ich dich bitten, dies in deinen Arbeitsplänen zu berücksichtigen.«

»Natürlich.« Sie mied jeglichen Blickkontakt. So erleichtert sie darüber hätte sein müssen, ihn nicht mehr allzu oft zu sehen, so merkwürdig war die Vorstellung, ihn nicht mehr Tag täglich um sich zu haben.

»Ich muss los. Wenn etwas sein sollte, könnt ihr mich jederzeit anrufen.« Stefan klopfte Carsten auf die Schulter und verabschiedete sich von Esther mit einer herzlichen Umarmung.

»Ich bin dann mal oben.« Ehe Stefan etwas sagen konnte, ging Anna eiligen Schrittes davon.

Es vergingen zwei Tage, bis Stefan wieder im Marienhort auftauchte. Ihre Laune ihm gegenüber hatte sich nicht geändert. Schließlich hatte er sich über sie lustig gemacht und die Frechheit besessen, sie zu küssen, obwohl er in Begleitung einer anderen Frau zum Interview mit Jürgen Bendt erschienen war. Dieser Kerl hatte wirklich keine Skrupel.

Auch tags zuvor, als sie zufällig den Zusammenschnitt einer Filmpremiere im Fernsehen gesehen hatte, entdeckte sie Stefan – dieses Mal mit einer rothaarigen Schönheit. Es war zum Verrücktwerden. Vier Tage, zwei Frauen! Und dabei waren es nur die beiden Frauen, von denen sie wusste. Sie fühlte sich verraten und verkauft.

*

In den letzten Tagen hatte Stefan sich selbst die ständigen Gedanken um Anna verboten. Doch so sehr er sich auch bemühte, sie ließ sich nicht aus seinem Kopf verbannen.

Seine Aufmerksamkeit beim Training litt schwer darunter.

Er machte sein Defizit an Konzentration jedoch mit der Aggression seines Spieles wieder wett. Nicht einmal die Einladung zu einer exklusiven Filmpremiere konnte ihn ablenken. Zu gerne hätte er die Chance genutzt, wieder einmal ausgelassen zu feiern, aber ihm war nicht danach zumute. Er entdeckte Esther in der Menschenmenge, und prompt schweiften seine Gedanken wieder zum Marienhort und zu Anna.

Sein rothaariges Anhängsel brachte er früh nach Hause. Ihre Einladung zu einer Tasse Kaffee lehnte er dankend und höflich ab. In seiner eigenen Wohnung goss er sich schließlich ein Glas Cognac ein. Geschlagen musste er erkennen, dass keine seiner Beschäftigungen in den letzten Tagen und Stunden es vermochte, ihn von Anna abzulenken. Ständig kehrten seine Gedanken zu ihr und dem Fremden zurück. Die Erinnerung an deren innige Umarmung und die Vertrautheit zwischen den beiden, brachten ihn schier um den Verstand. Wieder fand er nur schlecht in den Schlaf, denn ein für ihn bis dato unbekanntes Gefühl meldete sich: Eifersucht!

*

Dass Stefan am darauffolgenden Tag für ein paar Stunden im Marienhort war, vereitelte Annas Pläne, sich möglichst aus dem Weg zu gehen.

Bei gemeinsamen Dreharbeiten waren letztlich beide darauf bedacht, so wenig wie möglich miteinander zu sprechen. Äußerst distanziert, dennoch professionell, brachten sie die endlos scheinenden Minuten hinter sich.

Carsten passte Stefan an seinem Wagen ab, bevor er zum Training fuhr. Weder Esther noch ihm war entgangen, dass etwas zwischen Stefan und Anna vorgefallen sein musste. Die Laune der beiden war kaum auszuhalten. Sobald sich Stefan die Möglichkeit bot, lief er mehr oder weniger vor ihr davon.

Annas Blick verfinsterte sich hingegen sofort, wenn er auch nur in ihre Nähe kam. Doch beide schienen unter der Situation zu leiden.

»Willst du mir nicht sagen, was los ist?« Carsten lehnte gegen Stefans Wagen und musterte seinen Freund.

»Was meinst du?« Unschuldig spielte Stefan an seinem Schlüsselbund.

»Komm schon. Irgendetwas ist doch zwischen dir und der Architektin.«

»Quatsch. Was soll da sein?«

»Mach mir doch nichts vor. Früher war es ja noch amüsant, euch bei euren Streitereien zu beobachten. Aber heute?! Entweder schweigt ihr euch an oder ihr ignoriert euch.«

Anna trat in Begleitung von Basti aus dem Haus. In eine angeregte Unterhaltung vertieft schlenderten sie gemeinsam zum Schuppen, wohin ihnen Stefans Blick folgte. Zu gerne hätte er gewusst, was sie dort zu suchen hatten. Doch während Basti ihm zunickte, wurde er von Anna geflissentlich ignoriert.

Carsten hatte seinen Freund beobachtet und schlagartig begriffen, was ihn quälte. »Seit wann bist du in sie verliebt?«

»Seit …« Stefan überlegte kurz, als ihm die Bedeutung von Carstens Worten plötzlich bewusst wurde. »Ich bin doch nicht verliebt. Spinnst du?« Doch wem versuchte er hier eigentlich etwas vorzumachen. Als Carsten ihn fragte, war es weniger die Tatsache als der Zeitpunkt, der ihn zum Grübeln brachte.

»Wenn es nicht so wäre, hättest du erstens nicht so lange überlegen müssen und zweitens überzeugter klingen sollen.«

Stefan blickte zu seinem Freund.

»Was soll ich denn tun? Die Frau bringt mich einfach um den Verstand. Und das meine ich nicht positiv. Sie treibt mich wirklich noch irgendwann in den Wahnsinn.«

Carsten lachte. »Wer hätte das gedacht. Nie hätte ich zu träumen gewagt, dass ich erlebe, wie der größte Schwerenöter der Nation, der Inbegriff des Junggesellen, die alte, knorrige Eiche, gefällt wird.«

»Mach dich ruhig lustig über mich, aber glaub mir, da ist noch lange nichts gefällt.« Frustriert stieß Stefan mit dem Fuß gegen das Rad seines Wagens.

»Warum nicht? Und sag jetzt bloß nichts so Blödes wie: Sie ist nicht mein Typ.«

»Sie ist nicht mein Typ, aber darum geht es nicht.«

»Wo liegt dann das Problem?«

»Sie hat schon einen anderen.«

Die Schuppentür öffnete sich, und Anna ging mit Basti fröhlich lachend zurück ins Haus.

»Aber doch nicht Bastian. Du musst dich täuschen.«

Stefan nickte mit dem Kopf. »Nein, nicht Basti. Ich weiß nicht, wer er ist. Doch er hatte sehr wenig an, und sie lag in seinen Armen.«

*

In den darauffolgenden Tagen untersagte sich Anna jegliche Ablenkung in Form eines Fußballspielers. Als sie Alex ihren Wagen zurückbrachte, war sie daher erleichtert, dass ihre Schwester keine Zeit zum Plaudern hatte. Ungern hätte sie sich erneut mit diesem Thema auseinandersetzen wollen.

Mittlerweile hatten auch Annas Eltern ihre Drohung wahr werden lassen und sie im Marienhort besucht. Auch wenn Max Binder sich Jahre zuvor zur Ruhe gesetzt und sein Bauunternehmen verkauft hatte, der Geruch, das Werkzeug und die Leute ließen ihn wehmütig auf diese Zeit zurückblicken. In einer ausführlichen Begehung präsentierte Anna ihm die Baustelle und gab ihm einen detaillierten Überblick über die jeweiligen Baumaßnahmen. Ihr Vater ließ niemanden daran zweifeln, wie stolz er auf seine Tochter war. Schließlich hatte sie ihr handwerkliches Geschick von ihm geerbt.

Währenddessen war Hilde Binder damit beschäftigt, Esther in Beschlag zu nehmen. Die sympathische Moderatorin gab gerne Auskünfte und ließ sich zu einem seichten Small-Talk hinreißen, wenngleich sie Anna deutlich signalisierte, dass sie es nur für sie tat.

Als die Binders Marienhort schließlich verließen, atmete Anna erleichtert auf. Ihre Eltern konnten manchmal anstrengend sein, doch sie liebte sie von ganzem Herzen.

Dann lag auch schon die finale Woche im Marienhort vor ihnen und der Umbau neigte sich dem Ende zu.

Nachdem der Innenausbau beinahe abgeschlossen war, konnten teilweise schon die ersten Möbel aufgebaut werden. Die Kinder würden zum Wochenende zurückkehren, deshalb arbeitete das gesamte Team die ganze Woche über bis spät in die Nacht.

So sehr Anna die Kinder, Sabine und Marienhort liebte und sich auf sie freute, sie erkannte, wie sehr sie ein wenig Ruhe und Zeit für sich benötigte. Nach der großen Abschiedsfeier am Freitag boten sich ihr endlich ein paar Tage, um Abstand zu gewinnen.

Abstand zum Projekt.

Abstand zu den Verhandlungen mit den Wohn(t)raum-Verantwortlichen.

Abstand zu ihren Gefühlen.

Mittlerweile war Marienhort zu einem kleinen Paradies geworden. Alles erstrahlte hell und freundlich, geradezu einladend. Nichts erinnerte mehr an die alte, vom Verfall betroffene

Stadtvilla. Überglücklich streifte Anna am Tag vor der Übergabe durch das Haus und inspizierte abschließend jedes einzelne Zimmer.

Die Schlafräume der Jungs und der Mädchen waren neutral gehalten worden. Auf dem Speicher hingegen hatten sie eine große, bunte Spielelandschaft für die Kleinen gestaltet. Sowohl die Mädchen als auch die Jungs würden sich hier wohl fühlen, dessen war sich Anna sicher.

Für die Jugendlichen hatten sie sich etwas ganz Besonderes einfallen lassen. Die ehemals alte Garage war zu einer *Lounge* umgebaut worden, die geradezu einlud, sich in einen der bequemen Sessel zu lümmeln.

Sie begutachtete die Waschräume, und ihr Blick blieb an der Dusche hängen. Neue Fliesen. Neue Armaturen. Alte Erinnerungen. Erinnerungen an Stefan Behrens.

Die Treppe unten angekommen, warf sie einen Blick in das Schwesternzimmer. Der Schimmel war beseitigt, die Erinnerungen an Behrens nicht. Hier hatte er sie liebevoll an sich gezogen, schamlos mit ihr geflirtet und sich mit ihr auf ein gemeinsames Date gefreut.

Ihr Blick streifte die neue, moderne Küche. Hier hatte sie ihn zur Verzweiflung gebracht, indem sie sich bemühte, sich selbst und ihr Temperament zu zügeln.

Sie ging weiter zum Büro, das für Sabines Bedürfnisse perfekt eingerichtet und umgebaut worden war. Er wollte sich damals mit ihr streiten und hatte sie hinter sich ins Büro gezerrt. Lebhaft konnte sie sich noch an seinen Kuss erinnern.

Der Speisesaal. Ihre Finger streiften über die neuen Stühle, und ihre Gedanken kehrten zu jenem Tag zurück, an dem Stefan das erste Mal Marienhort besucht hatte.

Sie trat durch die großen Glastüren auf die Terrasse.

Ihr Blick schweifte über die wundervolle kleine Parkanlage und blieb an dem weißen Eimer hängen, der neben der Schaukel stand. Anna schmunzelte. Es schien ihr schon eine Ewigkeit her, dass sie Stefan versehentlich das Putzwasser über den Kopf geleert hatte. Dabei waren es gerade mal sechs Wochen.

Sie spazierte durch den Garten und betrachtete den Rollrasen, den Hugo wenige Tage zuvor verlegt hatte. Die kleine Parkanlage war wunderschön geworden. Unterhalb der Terrasse war ein herrlicher Spielplatz errichtet worden. Ein kleiner Bolzplatz wurde angelegt und vor dem Haus gab es sogar ein Basketballfeld. Anerkennend nickte Anna mit dem Kopf. Hugo hatte wirklich ganze Arbeit geleistet.

Zurück im Haus schloss sie die Türen hinter sich. Sie war alleine auf der Baustelle. Morgen war der letzte Tag. Dann wäre endlich alles vorbei. Endlich konnte wieder Normalität in ihr Leben einkehren.

Sie löschte das Licht und zog die Haustür hinter sich ins Schloss.

*

Der große Tag war endlich gekommen und alles schien perfekt im Marienhort. Am Haus selbst gab es am Vormittag nur noch kleinere Arbeiten zu erledigen. Sie erwarteten die Kinder am Nachmittag, daher packten alle noch einmal gemeinsam an, um rechtzeitig fertig zu werden.

Ein Cateringteam schmückte bereits den kleinen Park und verteilte zahlreiche Tische und Stühle im Garten. Anna und Esther verabschiedeten sich derweilen mit einem Gläschen Prosecco von Ernst. Lobend erkannte dieser die außergewöhnliche Garderobe der sonst eher schlicht gekleideten Anna an.

Dem Anlass gebührend hatte diese sich von Esther zu einem blassrosa, sommerlichen Rock und einer raffinierten, weißen Wickelbluse aus dem Senderfundus überreden lassen.

Als Stefan eintraf, unterhielt sich Anna gerade angeregt mit dem Handwerker Team. Sie nickten sich lediglich zu, da ergriff Anna auch schon die Flucht. Seine Gegenwart, nach der sie sich so sehr sehnte, schnürte ihr gleichzeitig die Kehle zu. Für sie war es schrecklich, ihn in ihrer Nähe zu wissen, ohne ihm nah sein zu können.

Ihre Überlegungen, ob Stefan zur Party am Abend in Begleitung erscheinen würde, wurden unterbrochen, als hupend der Bus mit den Kindern in die Hofeinfahrt vom Marienhort einfuhr. Bis Anna ihr Ziel erreichte, wuselten schon alle aufgeregt um sie herum. Aus allen Richtungen wurde ihr Name gerufen und zahlreiche Kameras fingen die Rückkehr aus sämtlichen Blickwinkeln ein.

Erst nachdem sie alle Kinder begrüßt hatte, fand sich die Gelegenheit, Sabine in ihre Arme zu schließen. Aufmerksam musterte die nervöse Heimleiterin ihre Freundin.

»Geht es dir gut?« Sabine schloss ihre Freundin herzlich in die Arme und küsste ihre Wange.

»Natürlich geht es mir gut.«

»Sicher?«

Die Skepsis in Sabines Stimme war nicht zu überhören. Doch Anna nickte nur und überspielte ihren Gemütszustand mit einem Lächeln. Es war nicht der richtige Zeitpunkt, um mit Sabine über ihr Gefühlsleben zu sprechen.

Zahlreiche Kameraeinstellungen später kniete sie neben Florian, der in aller Ausführlichkeit über die Erlebnisse der letzten Wochen zu berichten wusste. Auch Stefan musste seinen Berichten folgen und das erste Mal seit langer Zeit konnte Anna nicht vor seiner Gegenwart fliehen.

Erwartungsvoll bewegte sich die Meute allmählich auf das

Gebäude zu. Da die Kinder nicht zu lange warten sollten, begann Esther ihre Führung im Dachgeschoss, wo sich das Spielzimmer befand. Während Anna sich mit den Mädchen vergnügte und Stefan mit den Jungs die neuen Spielsachen testete, war es an Esther Sabine, die nennenswerten Eckdaten des Raumes mitzuteilen. Sabine bekam jedoch nichts davon mit. Zu sehen, wie die vielen kleinen Kinderaugen strahlten, war für sie das schönste Geschenk.

Sie arbeiteten sich im Haus nach unten und gingen zu den Schlaf- und Waschräumen, wo sich die Erklärungen für Sabine schon interessanter gestalteten. Doch sie mussten sich sputen, denn die Teenies warteten bereits ungeduldig im Hof auf die ihnen versprochene Überraschung.

Begeistert von ihrem neuen Rückzugsort ließen sich diese in die modernen, neuen Sitzgelegenheiten fallen. Allen voran Katrin und Kevin. Da Theo die neue Musikanlage auf ihre Lautstärke zu testen beabsichtigte, verabschiedeten sich die Erwachsenen rasch und kehrten ins Haus zurück. Bewundernd sah Sabine sich in ihrem Büro um. Glücklich drehte sie sich in dem ergonomischen Bürostuhl hinter ihrem neuen Schreibtisch.

Der Bewunderung für die neue Einbauküche, folgte der Speisesaal. Sabine konnte durch die neuen Terrassentüren bereits die Handwerker erkennen, die im Garten standen und auf das Ende der Führung warteten. Mit Tränen in den Augen läutete sie die große, vertraute Glocke, und binnen weniger Augenblicke war sie von den Marienhortbewohnern umzingelt. Schwungvoll öffnete sie die Türen zur Terrasse.

»Kinder, es ist Zeit, sich zu bedanken.«

Mit lautem Gebrüll stürmten die Kinder in den Park um die Handwerker des Wohn(t)raum-Teams zu begrüßen. Fasziniert schauten sie sich im Garten um.

Die zahlreichen neuen Spielgeräte, kombiniert mit Kakao und Kuchen, dass vom Catering-Team gereicht wurde, ließen alle weiteren Ausführungen zum Umbau in den begeisterten Rufen untergehen.

Sabines Wangen glühten. Der Heimleiterin war es ein großes Anliegen, sich bei allen zu bedanken, deshalb machte sie sich umgehend daran, unzählige Hände zu schütteln.

Anna und Esther hatten es sich derweilen bei den Kindern im Gras gemütlich gemacht. Unermüdlich beantworteten sie sämtliche Fragen.

Mit dem näher rückenden Abend stellte sich langsam auch der Appetit ein. Zeitgleich mit dem Entzünden des Feuers am neuen Grillplatz traf auch Hugo ein. Freudig wurde er von den Kindern in Empfang genommen, die ihre Begeisterung über das tolle Außengelände nicht zurückhalten konnten. Glücklich zog Sabine ihren Liebsten in die Arme und bedankte sich mit einem innigen Kuss bei ihm.

Gerührt beobachtete Anna die Szene. Diskret wandte sie sich jedoch von den beiden ab und ertappte Stefan dabei, wie er sie musterte. Warum konnte er sie nicht einfach in Ruhe lassen? Musste er sie so quälen? Sie entdeckte Basti und Knut und flüchtete zu ihnen auf die Terrasse.

Sabine überließ ihren Liebsten derweilen den Kids und suchte das Gespräch mit Carsten, denn ohne sein Engagement hätte das Projekt nie realisiert werden können. Stefan hin. Esther her. Sabine wurde nicht müde, sich ständig aufs Neue bei ihm zu bedanken. Nach einer ausführlichen Unterhaltung über Marienhort, gewährte Carsten das erste Mal Einblicke in sein privates Leben. Er gab seine und Esthers Adoptionspläne preis, und Sabine versprach dem Paar mit Rat und Tat zur Seite zu stehen.

Aufmerksam reichte Carsten ihr ein Glas Wein, und sie stießen auf das Wohl vom Marienhort an. Er deutete auf Anna.

»Weshalb hat Frau Binder eigentlich ihren Freund nicht mitgebracht? Ich hätte ihn gerne kennengelernt.«

»Anna? Anna hat keinen Freund.«

»Ach, nein? Ich dachte, ich hätte da etwas munkeln gehört.« Verblüfft nippte Carsten an seinem Wein.

»Da müssen Sie sich getäuscht haben. Glauben Sie mir, wenn Anna einen Freund hätte, wüsste ich es.«

»Schade eigentlich.«

»Finde ich auch. Aber irgendwann läuft ihr bestimmt der Richtige über den Weg.« Sabine warf Hugo einen verliebten Blick zu und wünschte Anna, dass sie ihre große Liebe finden möge. Behrens schien es ja augenscheinlich nicht zu sein.

*

Das Gespräch mit Sabine hatte für Carsten eine interessante Wendung genommen. Sein bester Freund war unglücklich, weil die Frau, die er liebte, angeblich einen anderen hatte. Ihre beste Freundin wusste hingegen nichts davon. Da Sabine zurück zu Hugo spazierte, war es nun an Carsten, Stefan die Neuigkeiten zu berichten. Er suchte seinen Freund auf, der neben Florian im Gras saß und sich angeregt mit dem Kleinen unterhielt.

»Hast du kurz Zeit für mich?«

Die beiden blickten zu Carsten auf.

»Natürlich. Und du«, er deutete auf Florian, »lauf nicht weg. Ich komme gleich wieder.« Stefan stand auf und folgte Carsten. Sie standen ein wenig abseits und waren außer Hörweite.

»Was gibt's?«

»Ich hatte eben ein Gespräch mit Frau Haller.«

»Und?«

»Wir haben über Anna gesprochen.«

Augenblicklich verfinsterte sich Stefans Miene. »Ich will nicht über Anna reden.«

»Du brauchst auch nicht über sie reden. Hör mir einfach zu. Frau Haller sagte mir, dass Anna gar keinen Freund hat.«

»Erzähl keinen Müll. Ich habe ihn doch mit eigenen Augen gesehen.«

»Wen hast du gesehen?« Unbemerkt von den beiden war Esther dazu gekommen und hatte nur noch den letzten Gesprächsfetzen mitbekommen.

»Ach, niemanden.« Stefan winkte ab.

Carsten mischte sich in den Wortwechsel ein. »Stefan meint, er hätte Anna mit ihrem Freund gesehen.«

»Aber Anna hat doch gar keinen Freund.« Fragend blickte sie abwechselnd von ihrem Mann zu Stefan.

»Das sah letztens aber ganz anders aus.« Zornig trat Stefan einen Stein weg. Er hatte keine Lust, sein Gefühlsleben vor seinen Freunden auszubreiten, schließlich wusste er genau, was er gesehen hatte.

»Wann genau soll das gewesen sein?«, fragte Esther.

»An dem Tag, als wir bei der Kapelle waren.«

Esther überlegte. »An dem Wochenende hatte sie Besuch von ihrem Bruder, der das Wandgemälde fertiggestellt hat. Schätzchen, das war nicht ihr Freund. Das war ihr Bruder.«

»Ihr Bruder?«

»Ja«, lächelte sie.

»Wirklich?«

Esther gab ihm mit einem neuerlichen »Ja« zu verstehen, dass sie sich sehr sicher war. Ihr Name wurde gerufen. Mit einem wissenden Lächeln ließ sie die beiden Männer zurück.

Stefan schüttelte abwesend den Kopf. »Ihr Bruder.«

Wie blöd war er eigentlich? Dieser Mann war Annas Bruder, nicht ihr Geliebter. Als er die damalige Situation erneut Revue passieren ließ, wurde ihm bewusst, dass die beiden tatsächlich eher vertraut als verliebt wirkten. »Ich bin so ein Idiot.«

Was würde Anna jetzt von ihm denken? Wenn es je eine Chance für sie beide gegeben hätte, dann hatte er sie selbst zunichtegemacht. Er war gemein zu ihr gewesen. In den vergangenen zwei Wochen hatte er keine Möglichkeit ausgelassen, um mit seinen Frauengeschichten zu prahlen. Viel schlimmer noch. Beim Interview mit Bendt hatte er dieses unmögliche Frauenzimmer dabei gehabt, von der er zwischenzeitlich nicht mal mehr den Namen wusste. Dabei hatte er die ganze Zeit keine andere Frau angerührt.

»Vielleicht solltest du doch noch einmal mit ihr reden. Jetzt, wo du weißt, was für ein Trottel du gewesen bist.« Carsten grinste. Kameradschaftlich hatte er seine Hand auf Stefans Schulter gelegt.

Suchend blickte sich Stefan nach Anna um.

Vor wenigen Augenblicken war sie noch auf der Terrasse gewesen und hatte sich mit Basti und Knut unterhalten. Doch nun konnte er sie nirgends mehr entdecken. »Du hast recht. Ich muss unbedingt mit ihr sprechen. Siehst du sie irgendwo?«

Auch Carsten tastete den kleinen Park mit seinem Augenpaar ab. »Nein, tut mir leid. Vielleicht ist sie schon gegangen?«

»Das kann ich mir nicht vorstellen. Ich werde sie suchen.«

Stefan durchquerte den Garten und schaute sich suchend nach Anna um. Auch vor dem Haus war keine Spur von ihr. Er durchstreifte die Räume im Haus – ohne Erfolg. Viele Möglichkeiten blieben nicht mehr.

Er warf einen Blick hinter die Garage, wo er schließlich den hellen Stoff ihres Rockes erkennen konnte.

Sie hatte den Kopf gegen die Wand gelehnt und hielt die Augen geschlossen. Er musterte ihr Profil. Wie wunderschön die Frau doch war, die ihm nie etwas vorgemacht hatte und die sich so wenig von dem großen Fußballstar einschüchtern ließ. Stefan schnürte es die Kehle zu. Nie hätte er geglaubt, dass sein Herz aus freien Stücken so lieben konnte. Als er Anna nun sah, war es, als hätte er den größten Schatz gefunden, ohne danach gesucht zu haben. Noch vor wenigen Wochen hatte er ein genaues Bild vor Augen gehabt, wie die Frau in seinem Leben sein sollte und aussehen musste. Nun wusste er es besser. Liebe hielt sich weder an Regeln noch an Vorgaben. Schon gar nicht, wenn man es mit Anna Binder zu tun hatte.

»Ich habe dich gesucht.«

Erschrocken fuhr Anna zu ihm herum. »Jetzt hast du mich ja gefunden. Kannst du bitte wieder gehen?«

»Wir müssen reden, Anna.« Er ging auf sie zu, doch als sie unvermittelt vor ihm zurückwich, hielt er abrupt inne.

»Wir«, ihr Zeigefinger deutete abwechselnd auf ihn und auf sie selbst, »müssen gar nichts mehr.«

»Anna, ich würde mich gerne bei dir entschuldigen.« Ungeduldig fuhr er mit der Hand durch seine dichten Haare.

»Wofür?« Sie verschränkte ihre Arme vor der Brust.

»Ich habe dich mit meinem Verhalten verletzt, und das tut mir leid.«

»Erspar uns diese ganze Litanei.«

So hatte Stefan Anna noch nie erlebt. Sie war kalt. Abweisend. Er wollte einlenken, doch sie kam ihm zuvor.

»Die sechs Wochen sind vorbei. Marienhort ist fertig, und wir zwei werden uns nie wiedersehen. Was geschehen ist, ist geschehen. Wir können es beide nicht mehr rückgängig machen, und glaub mir, ich würde es liebend gerne tun.«

»Sag das nicht.«

Er trat zu ihr und wollte sie in seine Arme ziehen, sie wachrütteln und ihr sagen, dass nun alles gut werden würde.

»Fass mich nicht an! Fass mich nie wieder an.« In ihren Augen sammelten sich Tränen, aber sie hielt seinem Blick stand. Sie schluckte und wollte sich an ihm vorbeistehlen.

Stefan war schneller und stellte sich ihr in den Weg. »Ich glaube, ich habe mich in dich verliebt.« Nun war es endlich heraus. Er konnte sich nicht erinnern, wann er das letzte Mal verliebt war, aber er wusste, dass er noch nie so aufrichtig für einen Menschen empfunden hatte.

Anna verzog spöttisch den Mund und lachte höhnisch.

»Du bist der größte Egoist, den ich kenne. Der einzige Mensch, den du je geliebt hast und den du immer lieben wirst, bist du selbst. Jetzt, wo Marienhort fertig ist, wird dir vermutlich bewusst, in was für ein armseliges Leben du zurückkehren musst. Du schreckst nicht einmal davor zurück zu behaupten, in mich verliebt zu sein. Du würdest vermutlich alles tun und sagen, um deine Ziele zu erreichen. Aber nicht mit mir. Ich hasse dich. Ich hasse dich dafür, dass du das gesagt hast. Also sprich gefälligst nicht über Liebe, denn du weißt nicht, was Liebe ist.« Sie hatte ihren Kampf gegen die Tränen verloren.

Ihre Worte trafen ihn wie ein Schlag ins Gesicht. Dachte sie wirklich so über ihn? Noch nie in seinem Leben hatten Worte es vermocht, ihn derart zu treffen. Und noch nie hatte er sich so einsam und verlassen gefühlt wie in diesen endlos erscheinenden Sekunden.

»Denkst du das wirklich?«

»Ja.« Ihre Stimme zitterte, als sie sich von ihm abwandte und die Flucht ergriff.

*

Eine Woche nach der Finalsendung luden Esther und Carsten, Sabine und Hugo zum Kaffee ein. Sie hatten noch zahlreiche Fragen zum Thema Adoption, und Sabine erklärte sich gerne bereit, ihnen Auskünfte und Ratschläge zu erteilen. Sie alle genossen die Unterhaltung sichtlich, zumal Sabine erst in den letzten Tagen realisiert zu haben schien, was tatsächlich alles im Marienhort passiert war. Aufmerksam hatte sie sich die Wiederholungen der Sendung im Fernsehen angeschaut und war beeindruckt von der Arbeit gewesen. Doch jedes Mal, wenn sie ihre Freundin mit dem Fußballstar sah, zog es ihr das Herz zusammen. Sie wusste nicht, was zwischen den beiden am Abschiedsfest geschehen war, doch so aufgelöst hatte sie ihre Freundin noch nie zuvor so gesehen. Nicht einmal nach dem tragischen Beziehungsende mit Klaus.

Bei dem Besuch im Feriendorf hatte sich Sabine ein erstes Bild von dem ungleichen Paar machen können. Dabei war ihr nicht entgangen, welche sehnsüchtigen Blicke sie sich in unbeobachteten Momenten zuwarfen und wie vertraut sie miteinander waren. Und doch versuchten sie, die Fassade durch ihre ständigen Zankereien aufrechtzuerhalten.

»Schade, dass nun alles vorbei ist.« Esther lehnte den Kopf an die Schulter ihres Mannes. »Ein paar ereignisreiche Wochen liegen hinter uns. Ein romantisches Happy End wäre der krönende Abschluss gewesen.«

»Ein romantisches Happy End?« Sabine sah sie fragend an.

Esther lachte. »Ja. Wäre es nicht schön gewesen, wenn unsere beiden Raufbolde tatsächlich zueinandergefunden hätten?«

Sabine überlegte.

Es schien also nicht nur ihr aufgefallen zu sein, dass sich zwischen Anna und Stefan mehr ereignet haben musste. »Was ist denn eigentlich zwischen den beiden vorgefallen?«

Nun war es Carsten, der sich in das Gespräch einmischte.

»Tja, leider hat unser Fußballgott zu spät erkannt, dass er Anna komplett verfallen ist. Als er ihr seine Liebe gestand, hat sie ihm ordentlich den Kopf gewaschen und ihn zum Teufel gejagt.«

»Was?« Fassungslos starrte Sabine Carsten an. »Aber da muss man doch was tun?«

Hugo streichelte sanft über Sabines Arm. »Liebling, was willst du da tun? Die beiden reden ja nicht einmal mehr miteinander. Man müsste sie schon gemeinsam einsperren.«

Carsten lachte. »Aber bitte nur mit schalldichten und robusten Wänden. Und selbst dann müssten wir beten, dass beide lebend den Raum wieder verlassen.«

Für einen Bruchteil von Sekunden kreuzten sich Esthers und Sabines Blicke, und sie wussten, was zu tun war.

*

Stefan war vom Trainingslager zurückgekehrt. Er hatte sich von nichts und niemandem ablenken lassen. Äußerst diszipliniert, jedoch auch äußerst übelgelaunt brachte er seine täglichen Trainingseinheiten erfolgreich hinter sich. Als ihm der Trainer schließlich seinen alten Stammplatz zusicherte, hoffte er, sein Leben würde sich endlich wieder normalisieren. Schnellstmöglich wollte er die vergangenen Wochen und die Frau, die ihm das Herz gebrochen hatte, vergessen.

Eine Nacht trennte ihn noch vom langersehnten Auftaktspiel. Der gewohnte Trubel würde ihm sicherlich über seine Lethargie hinweghelfen.

Während sich seine Vereinskameraden bereits für das Training aufwärmten, saß Stefan gemeinsam mit Nick Althaus in der Umkleidekabine.

»Was ist los, Champ? Ich dachte, du freust dich, wieder in der Mannschaft zu sein«

»Ich freu' mich ja auch.«

»Aber …?«

»Nichts aber.« Stefan versuchte, seine volle Aufmerksamkeit auf das Binden seiner Schnürsenkel zu richten.

»Komm schon. Wem willst du hier etwas vormachen?« Nick grinste und stieß seinen Freund kameradschaftlich in die Seite. »Wie heißt sie?«

»Wie heißt wer?«

»Scheiße, Mann, du bist bis über beide Ohren verliebt, und ich will jetzt wissen in wen.« Stefan blickte zu seinem Freund, dem schlagartig klar wurde, um wen es ging. »Die Architektin. Du bist in die Architektin verknallt.«

Nachdem Stefan zum dritten Mal an der einfachen Schnürung seiner Schuhe gescheitert war, warf er sie mit voller Wucht gegen einen Spind. »Verdammt.«

»Wow. Dich hat's ja ganz schön erwischt. Hast du es ihr schon gesagt?«

»Ja, das habe ich.«

»Und?«

»Zusammengefasst: Ich bin ein armseliger Egoist, der nicht von Liebe reden sollte. Ach ja, und sie hasst mich übrigens.«

»Autsch! Und was wirst du jetzt tun?«

»Nichts. Was soll ich schon tun. Sie hat mir schließlich mehr als deutlich zu verstehen gegeben, was sie von mir hält.«

»Und jetzt gibst du etwa auf?« Fassungslos sah Nick seinen Freund an.

»Was soll ich denn sonst tun?«

»Bist du wirklich so dämlich, oder tust du nur so? Kämpfe um sie, du Idiot. Wenn du sie wirklich liebst, sagst du es ihr so oft, bis sie es dir endlich glaubt.«

Nick ließ Stefan endlich begreifen, dass er nicht aufgeben durfte. Anna hatte anscheinend eine Meinung von ihm, aber nichts hinderte ihn daran, sie vom Gegenteil zu überzeugen. Doch wie sollte er es anstellen? Sie würde sicher nicht freiwillig mit ihm sprechen.

Nach dem Training saß er gedankenversunken am Spielfeldrand. Er wählte Alex Nummer, in der Hoffnung, sie würde ihm helfen.

»Hallo, Alex. Hast du einen Augenblick Zeit?«

»Na, wenn das mal nicht Stefan Behrens ist. Was verschafft mir die Ehre deines Anrufes?«

»Ich … Ich muss dir etwas sagen.« Er unterbrach sich selbst. Plötzlich schien es ihm keine gute Idee mehr zu sein, ausgerechnet Annas Schwester sein Herz auszuschütten. Doch mit wem sollte er sonst sprechen? »Ich habe mich in Anna verliebt.« Nun war es endlich raus.

Er hörte, wie sie laut ins Telefon lachte.

»Ich weiß.«

»Warum nur weiß es jeder, und ich begreife es erst, wenn es zu spät ist. Hättet ihr mir das nicht früher sagen können?«

»Hättest du es denn früher geglaubt?« Ihre Frage war nicht unberechtigt.

Er verzog die Mundwinkel und überlegte.

»Vermutlich nicht.«

»Siehst Du. Und was heißt überhaupt, *wenn es zu spät ist?*«

»Sie sagt, sie hasst mich.«

»Sie hasst dich nicht«, sagte Alex in ruhigem Ton. »Ganz im Gegenteil. Meine Schwester ist dir hoffnungslos verfallen.«

Sein Herz trommelte aufgeregt, während er die Worte förmlich in sich aufsog.

»Mensch, Stefan, kapier es doch endlich. Sie liebt dich. Vermutlich mehr, als ihr guttut.«

Aufgeregt begann er zu stammeln. »Ich … Ich … Sie … Meinst du wirklich?«

»Das meine ich nicht, das weiß ich.«

»Dann hilf mir, Alex, bitte.«

Jetzt hörte sie auf zu lachen. »Erst, wenn du versprichst, sie glücklich zu machen. Keine Streitereien mehr.«

Stefan überlegte. Kein Streit mehr mit Anna? Das würde er nicht aushalten. Er liebte es, sich mit ihr zu zanken.

»Ich verspreche dir, sie glücklich zu machen, aber verlange nichts Unmögliches von mir. Mit deiner Schwester muss man sich einfach streiten.«

Alex lachte erneut. Wahrscheinlich konnte sie sich auch nicht vorstellen, die beiden harmonisch vereint zu sehen. »In Ordnung.« Sie machte eine Pause und schien zu überlegen. »Geh morgen direkt nach dem Spiel in die Loge. Anna wird da sein. Du hast nur ein paar Minuten Zeit, also vermassle es nicht.«

»Danke, Alex. Du bist die Best…«

»Ja, ja. Blah, blah, blah. Erzähl mir was Neues.«

*

Gemeinsam mit Sabine und Florian saß Anna in einer teuer ausgestatteten Loge im Stadion. Tagelang hatte Florian dem Spiel entgegengefiebert, nun schaute sich der kleine Junge aufgeregt um. Mit weit aufgerissenen Augen stand er an der Glasfront, die einen großzügigen Blick auf das Spielfeld freigab.

»Da ist Stefan!« Florian deutete auf den Spieler mit der Nummer zwölf und begann ihm zu winken. Lächelnd zog ihn Sabine auf ihren Schoß.

»Er kann dich nicht sehen. Wir sind viel zu weit weg.«

»Oh.«

»Sei nicht enttäuscht. Wir gehen später zu ihm und sagen kurz Hallo.« Sabine griff nach Florians neuer Vereinsmütze und zog sie ihm auf den Kopf.

Anna saß angespannt in einem der Sessel und hoffte, das Spiel möge schnellstmöglich zu Ende sein, obgleich es noch gar nicht begonnen hatte. Überall auf der Welt hätte sie nun sein können – aber nein, sie hatte sich von Sabine und ihrer Schwester dazu überreden lassen, ausgerechnet an den Ort zu gehen, wo sie am Allerwenigsten sein wollte: im Revier von Stefan Behrens.

Inständig hoffte sie darauf, sich nach dem Spiel unauffällig davonstehlen zu können. Sie würde es nicht aushalten, Stefan gegenüberzutreten zu müssen. Dafür hatte sie ihr letztes Aufeinandertreffen noch zu lebhaft vor Augen.

Seitdem waren zwei Wochen vergangen.

Zwei Wochen, in denen sie sich bemühte, Abstand zu gewinnen. Doch egal, wo sie war oder was sie auch tat: Alle Welt schien sie zu erkennen. Jeder sprach sie auf Marienhort und natürlich auch auf Stefan an.

Das Spiel wurde angepfiffen, und Florian hielt es nicht mehr länger auf Sabines Schoß. Gebannt stand er am Fenster und beobachtete seine Lieblingsmannschaft. Fasziniert folgten er und Sabine dem Spielverlauf, während die Anmerkungen eines Kommentators durch die Lautsprecher zu ihnen drangen.

»Du bist so ruhig. Ist alles in Ordnung?«

Anna nickte. »Natürlich. Alles bestens. Entschuldigt mich bitte einen Augenblick.«

Sie verließ den Raum und fand die Waschräume am Ende des langen Flurs. Erschöpft lehnte sie sich gegen die Tür und atmete tief durch. Das Spiel lief gerade mal zehn Minuten, und sie wusste nicht, wie sie die nächsten zwei Stunden durchstehen sollte.

Sie erfrischte sich mit kaltem Wasser und blickte in den Spiegel. Stefan wiederzusehen stellte sich als Zerreißprobe dar. Wie gerne hätte sie ihm geglaubt, dass er sich in sie verliebt hatte. Doch die Worte und sein Verhalten – das alles passte einfach nicht zueinander. Betrübt ging sie zurück.

Endlos zogen die Minuten vorüber. Schließlich fiel kurz vor der Halbzeitpause das erste Tor. Leider für die gegnerische Mannschaft. Enttäuscht ließ Florian den Kopf sinken.

Pünktlich zur Pause klopfte es an die Tür und eine freundliche Hostess reichte ihnen Getränke und Snacks. »Mit den besten Grüßen von Herrn Behrens.«

»Vielen Dank.« Sabine ließ ein frittiertes Kartoffelstäbchen in ihrem Mund verschwinden und machte sich mit Florian über die leckeren Köstlichkeiten her.

»Möchtest du nichts?« Fragend blickte Sabine zu ihrer Freundin.

»Ich habe keinen Hunger. Aber lasst es euch schmecken.« Ein Gutes hatte der Herzschmerz wenigstens. Sie hatte kaum Appetit und passte endlich wieder in ihre alten Hosen. Auch wenn der Gewichtsverlust nicht geplant war, so war sie über die fehlenden Pfunde auf der Waage äußerst dankbar.

Die Aufholjagd zur zweiten Halbzeit begann. Nach nur fünf Minuten Spielzeit erzielte Nick Althaus den ersehnten Ausgleichstreffer. Die überdimensional große Videotafel des Stadions zeigte, wie sich der Torschütze und Stefan überschwänglich in die Arme fielen.

Althaus warf eine Kusshand in die Zuschauermenge, und die Kameras schwenkten zu einer Frau, die Anna sehr bekannt vorkam. Es war jene Schönheit, aus deren Wagen Stefan damals gestiegen war, einen Tag, nachdem sie ihn abgewiesen hatte. Über den Kommentator erfuhr Anna nun, dass es sich bei der Frau um die Verlobte von Nick Althaus handelte. Sie war also gar keine von Stefans Liebschaften. Warum hatte er sie also in dem Glauben gelassen?

Das Spiel wurde von Minute zu Minute spannender, und auch Anna kam nicht umhin, gebannt auf das Spielfeld zu starren.

»Sabine, ich muss zur Toilette.« Florian zupfte Sabine am Ärmel.

»Was, so kurz vor dem Ende?« Anna wunderte sich. »Soll ich mit dir gehen?« Sie wollte bereits aufstehen.

»Nein, bleib ruhig hier. Wir sind sofort zurück.« Sabine hatte Florian schon an die Hand genommen und führte ihn aus dem Raum.

Kurz war Anna irritiert. Hatte Sabine dem Jungen nicht noch zugezwinkert, ehe sie zusammen im Korridor verschwanden? Und dass Florian nicht bis zum Ende durchhalten konnte! Das Spiel war doch ziemlich spannend. Na, wahrscheinlich war es die Aufregung.

Nur noch wenige Sekunden bis zum Spielende. Ein Tor. Nur ein Tor trennte die Mannschaft noch vom Sieg. Sie beobachtete weiter das Spiel.

Stefan kämpft sich zum Tor durch.

Er gibt ab an Nick Althaus.

Nick zaubert eine wunderbare Vorlage zurück zu Stefan.

Stefan sprintet zum Ball.

Er holt mit seinem rechten Bein weit aus.

… und wird aufs Übelste gefoult.

Anna sprang auf und blickte fassungslos auf das Spielfeld. Stefan lag Begraben unter dem Kapitän der gegnerischen

Mannschaft. Es erschien ihr wie eine Ewigkeit, ehe sich der Spieler von Stefan löste und sie eine Bewegung von ihm wahrnehmen konnte. Die Zuschauer belohnten ihn mit großem Jubel, als er zuließ, dass ausgerechnet die Hand des Mannes, der ihn so unwirsch zu Fall gebracht hatte, ihm nun auf die Füße helfen durfte. Erschrocken musste Anna sich eingestehen, Angst um ihn gehabt zu haben.

Stefan trottete indes gemächlich zur Elfmeter-Markierung und legte den Ball ab. Die Spannung im Stadion stieg, und Stefan enttäuschte seine Fans nicht. Mit routinierter Sicherheit verwandelte er den Elfmeter nur wenige Sekunden, bevor das Spiel abgepfiffen wurde.

Ein Blick auf die große Uhr an der Wand verriet Anna, dass Sabine und Florian schon viel zu lange verschwunden waren. Selbst das Tor von Stefan hatten die beiden verpasst. Der lautstarke Trubel direkt vor der Tür nahm ihr die Entscheidung ab, nach den beiden zu suchen. In der Hoffnung, Sabine zu erreichen, kramte Anna in den Tiefen ihrer Handtasche nach ihrem Handy. Sie hätte schwören können, es eingepackt zu haben. Als sie den Inhalt der Tasche auf dem Tisch ausleerte, befürchtete sie daher zerknirscht, es verloren zu haben. Sie fluchte leise vor sich hin, während ihr Blick erneut auf die Uhr fiel. Ungeduldig streifte sie durch den Raum.

Der Lärm in den Korridoren ebbte langsam ab. Sabine und Florian waren immer noch nicht zurück. Anna wollte nicht mehr länger warten und drückte beherzt die Türklinke nach unten, doch die Tür öffnete sich nicht. Erschrocken drückte sie erneut am Griff. Man hatte sie eingeschlossen. Panisch hämmerte sie gegen die Tür. »Hallo? Hallo, hört mich denn niemand? Hallo. Ich bin hier eingesperrt.«

Verzweifelt lehnte sie sich gegen die Tür. Hoffentlich würde

Sabine bald zurückkommen und sie aus ihrem unfreiwilligen Gefängnis befreien, wer weiß, wann sonst jemand auf sie aufmerksam werden würde.

Sabine!

Plötzlich dämmerte es Anna, und sie wusste, was hier gespielt wurde. Übellaunig hämmerte sie gegen die Tür.

»Lass mich sofort hier raus! Sabine, ich warne dich! Du lässt mich sofort hier raus, sonst sind wir die längste Zeit Freundinnen gewesen.«

»Sabine ist nicht hier.«

War das etwa Hugos Stimme?

»Hugo? Hugo, lass mich hier raus!« Sie versuchte es mit dem harten Befehlston.

»Das geht nicht. Er hat keinen Schlüssel.«

Anna war fassungslos. Die zweite Männerstimme, die sie zu hören bekam, war ihr ebenfalls sehr vertraut.

»Herr Weigand?«

»Hallo Anna.«

Was in drei Teufels Namen hatte Carsten Weigand hier zu suchen? »Herr Weigand, würden Sie mich hier bitte endlich befreien?«

»Ich kann nicht. Ich musste es versprechen.«

»Und wem?«

»Den beiden reizenden Frauen, die unten auf dem Spielfeld stehen.«

Anna kehrte zur Fensterfront zurück und entdeckte Esther und Sabine. Seelenruhig standen die beiden auf dem Spielfeld, während Florian ein Eis in der Hand hielt und sich angeregt mit Nick Althaus unterhielt. Für Eiscreme tat der Kleine wirklich alles. Unverfroren winkten sie ihr zu.

Langsam wurde es Anna zu bunt in ihrem Gefängnis. Sie

hatte genug von diesem Zirkus.

Was bezweckten ihre Freunde mit diesem Theater?

Laut schimpfend feuerte sie eine Hasstirade auf die beiden Verräterinnen im Stadion ab. Gerade setzte sie zu einem neuerlichen Sturm gegen die beiden Gehilfen vor der Tür an, als sie ein unerwarteter Gast jäh verstummen ließ.

*

Kaum hatte der Schiedsrichter das Spiel abgepfiffen, hetzte Stefan durch die zahlreichen Flure des Stadions zu den Zuschauertribünen. Sein Weg gestaltete sich äußerst mühsam und beschwerlich, da er von seinen begeisterten Fans aufgehalten wurde, die ihn um Autogramme und gemeinsame Fotos baten. Schweißperlen rannen über sein Gesicht.

Als er endlich bei Hugo und Carsten eintraf, ging sein Atem noch immer schwer. Wie erwartet, war Annas verärgerte Stimme schon von weitem zu hören. Ihre lautstarken Beschimpfungen ließen ihn augenblicklich strahlen. Noch stand ihm aber ein harter Kampf bevor. Und während Carsten mit seiner Erklärung beschäftigt war, wem gegenüber er ein Versprechen zu halten hatte, wusste Stefan, seine Angebetete würde es ihm bei Gott nicht leicht machen.

»Wünscht mir Glück.« Stefan klatschte Carsten und Hugo ab, ehe er Einlass erhielt und in der Loge verschwand. Sacht zog er die Tür hinter sich zu und vernahm, wie der Schlüssel sofort wieder umgedreht wurde.

»Wenn ich endlich hier raus bin, dann …« Anna hielt bei Stefans Anblick sofort inne.

Er trug noch immer sein Fußballtrikot. Schweißgebadet stand er vor ihr. Sein Atem ging schwer. Keine Sekunde ließ er sie aus den Augen.

»Ich habe über unsere letzte Unterhaltung nachgedacht.«

Lässig setzte er sich auf die Lehne eines Sessels.

»Ach ja?« Anna verschränkte desinteressiert die Arme vor der Brust.

»Ja. Und ich bin zu einem Schluss gekommen.« Aufmerksam musterte er ihre Mimik. Sie wirkte müde und erschöpft. Ihr Gesicht war blass und schmal. Auch die helle Leinenhose, die sie trug, schien viel zu groß. Er fühlte sich schuldig, der Anlass für Annas Kummer zu sein, wenngleich er es für sich als gutes Zeichen deutete. Schließlich war er ihr doch nicht so gleichgültig, wie sie behauptete. »Ich glaube nicht, dass du mich hasst.«

»Das kannst du ruhig glauben.« Ihre Stimme klang nicht mehr ganz so forsch wie zuvor.

»Nein, Prinzessin, du hasst mich nicht. Ganz im Gegenteil.« Geschmeidig glitt er von der Lehne und trat auf sie zu. Sofort wich sie zurück. »Ich würde sogar so weit gehen, zu sagen, dass du mich über alle Maßen liebst.«

Ein spitzbübisches Grinsen umspielte seinen Mund, als er ihr provozierend zuzwinkerte. »Aber ich möchte dir nicht vorgreifen.«

Anna riss entgeistert die Augen auf.

Wutentbrannt schoss sie auf ihn zu und schlug mit ihren Fäusten wild gegen das feuchte Trikot, das an seiner Brust klebte. Gleichzeitig brannten Tränen in ihren Augen. Schon wieder weinte sie wegen ihm. Doch sie fluchte und betitelte ihn mit allen Schimpfwörtern, die ihr in den Kopf kamen.

Stefan konnte vieles ertragen, aber Anna weinen zu sehen, zählte nicht dazu. Wie verzweifelt musste sie wohl gegen ihre Gefühle ankämpfen. Er fasste nach ihren Händen und hielt sie fest. Zornig funkelte sie ihn unter einem Schleier von Tränen an.

»Anna, hör mir zu.«

Sie wand sich unter seinen Berührungen und versuchte der Nähe zu ihm, zu entkommen.

Stefan wollte ihr nicht wehtun. Er löste den festen Griff um ihre Hände, doch noch war er nicht gewillt, sie freizugeben. Er schlang seine Arme um ihren wundervollen Körper und hielt sie so fest, dass all ihre Versuche, sich aus seinen Fängen zu befreien, scheiterten.

»Bitte. Hör mir zu.« Seine Stimme wurde energischer.

»Wir haben uns nichts mehr zu sagen.«

Ihre unaufhörlichen Versuche, sich aus seinen Armen zu befreien, trieben ihn in den Wahnsinn. Weshalb wollte sie vor ihm fliehen? Sie gehörte exakt dorthin, wo sie jetzt war – in seine Arme.

»Schön. Du hast mir nichts mehr zu sagen. Ich habe dir aber sehr wohl noch etwas zu sagen. Ich liebe dich, Anna. Hörst du? Ich – liebe – dich.« Endlich hatte er ausgesprochen, was ihm so lange auf der Seele brannte. Ihre vehemente Gegenwehr stoppte. Zögerlich lockerte er seinen Griff, und Anna blieb regungslos vor ihm stehen. Hatten seine Worte sie tatsächlich erreicht? Oder war dies nur die Ebbe vor der Flut?

Die Erfahrung hatte Stefan gelehrt, dass es keine gute Idee war, seiner Angebeteten die Zeit und die Möglichkeit zum Nachdenken zu gewähren. Mit weicher Stimme sprach er daher rasch weiter.

»Ich habe dich verletzt, und es tut mir unendlich leid. Aber ich möchte dir versichern, diese ganzen Frauen … Ich hatte mit keiner von ihnen etwas. Als ich dich damals mit diesem anderen Kerl gesehen habe, sind bei mir einfach ein paar Sicherungen durchgebrannt. Und ja, ich weiß jetzt auch, dass es dein Bruder war. Aber versetz dich bitte mal in meine Lage. Ich wusste nicht, wer der halbnackte Typ auf deiner Terrasse war.

Und er hielt dich in den Armen, und ...« Er überlegte, was er noch alles zu seiner Verteidigung vorbringen konnte. Doch eigentlich wollte er sich nicht verteidigen. Anna sollte verstehen, wer er war und wie er war.

»Es ist kein Geheimnis, dass ich zahlreiche Frauen in meinem Leben kennengelernt habe. Doch keine hat mich je interessiert.« Seine Hand glitt über ihren Rücken und streichelte sie zärtlich. »Keine hat mich je berührt. Keine, außer dir. Alle wollten immer den strahlenden Helden, den Sieger, den Champion – nur du nicht. Alle wollten nur ihren Nutzen aus meiner Bekanntschaft ziehen, von mir profitieren und ein Stück vom Kuchen abhaben.« Er lachte hart und kurz. »Aber nicht du.« Er blickte auf sie herab und erkannte, wie sie hart schluckte.

»Ich habe schon so vieles falsch gemacht, wenigstens dieses eine Mal will ich alles richtig machen. Du hattest recht, als du sagtest, ich wüsste nicht, was Liebe ist. Dieses Gefühl war mir fremd. Ich hatte es noch nie verspürt, geschweige denn dieses starke Wort je in den Mund genommen. Was Liebe ist, was Liebe bedeutet und wie schmerzhaft ihr Verlust sein kann, weiß ich erst, seit ich dich kenne.«

Er beugte sich zu ihr und barg seine Wange an ihrer. Seine Hände strichen zärtlich über ihren Rücken und sein Herz pochte aufgeregt in seiner Brust.

»Ich brauche dich wie die Luft zum Atmen. Du bist das Pflaster auf meiner Wunde und die Prinzessin in meinem Märchen. Du hast dich in mein Herz geschmuggelt und ich werde dich nie mehr gehen lassen.«

Anna stand einfach nur da.

Sie sah ihm in die Augen und er wünschte sich nichts sehnlicher, als dass sie die Ehrlichkeit seiner Worte spürte. Sie sollte wissen, dass er sie aus tiefstem Herzen liebte.

»Kannst du bitte irgendetwas sagen?«

Annas ausbleibende Reaktion ließ ihn schier verzweifeln.

Sie musterte sein schweißdurchtränktes Trikot, ehe sie den Kopf hob und ihn glücklich anstrahlte. »Du schwitzt ein bisschen.«

»Das war nicht das, was ich hören wollte.« Er lächelte erleichtert und kam ihr so nahe, dass sich ihre Nasenspitzen berührten.

»Ach nein?« Anna verlor sich in seinen Augen.

»Nein.« Seine Lippen streiften zärtlich über ihre.

»Ich liebe dich«, sagte sie.

Von seinen Qualen erlöst, küsste Stefan Anna so leidenschaftlich und mit so viel Gefühl, dass an seiner aufrichtigen Liebe keine Zweifel mehr bestanden.

E P I L O G

»Anna, wo bleibst du? Wir kommen noch zu spät.« Stefan lehnte gegen die alte Haustür und blickte die Treppe entlang in den oberen Stock. Er war immer wieder aufs Neue überrascht, wie wohl er sich bei Anna und in diesem Haus fühlte.

Vier Monate waren er und Anna nun bereits ein Paar. Gemeinsam hatten sie ihre wenige freie Zeit investiert und aus Annas Hof ein wundervolles Liebesnest geschaffen. Seit zwei Wochen lebten sie nun schon in diesem Haus, das nun auch sein Zuhause war, und nirgendwo auf der Welt hatte er sich bis jetzt so heimisch gefühlt wie hier – bei Anna. Auch wenn dreizehn normalerweise als Unglückszahl galt, so war er sich sicher, dass sich dieser Umzug als Fügung des Schicksals erweisen würde.

Er nestelte nervös an seinem Smoking und überlegte, wann er zuletzt so aufgeregt gewesen war. Heute würde er zum ersten Mal mit Anna an seiner Seite über einen roten Teppich schreiten. Zu dumm nur, dass sie darauf bestanden hatte, ihre Beziehung vorerst noch geheim zu halten. Ungeduldig blickte er wieder auf die schimmernde Rolex an seinem Handgelenk.

»Ich gebe dir noch genau zehn Sekunden, dann komm' ich rauf und hole dich.«

»Ich bin fertig.« Anna stand auf der obersten Stufe und blickte verunsichert an sich herab.

Bei ihrem Anblick verschlug es ihm die Sprache. Sie trug ein wunderschönes, langes, rotes Abendkleid. Geschickt gerafft brachte es all ihre Vorzüge zur Geltung.

Je länger er schwieg, umso unwohler schien sie sich zu fühlen. »Okay, das reicht. Ich ziehe mich um.« Sie machte kehrt, doch bevor sie ihr Schlafzimmer wieder betreten konnte, war Stefan die Treppen nach oben gerannt und holte sie vor der Tür ein.

»Einen Teufel wirst du tun.« Er musterte sie ausführlich und noch immer beschleunigte sich sein Herzschlag bei ihrem Anblick. Ein schelmisches Grinsen umspielte seinen Mund.

»Du bist wunderschön. Das Kleid steht dir hervorragend und ich schwöre dir, wenn du dieses Kleid ausziehst, wirst du heute nichts anderes mehr tragen.«

»Bleib doch bitte einmal ernst.« Ihre Wangen röteten sich verlegen.

»Glaub mir, Prinzessin. Das war mein voller Ernst.«

Seine Stimme war rau und seine Lippen näherten sich gefährlich den ihren.

»Was wird das?«

»Nach was sieht es denn aus?« Er zog seine Augenbrauen nach oben und sein Blick verriet pures Verlangen.

»Nach einer Verspätung, die wir uns nicht leisten können. Wir hätten bereits vor einer halben Stunde zu dieser Preisverleihungsgeschichte aufbrechen müssen.«

Ehe Stefan sie küssen konnte, schnappte Anna seine Hand und zog ihn zur Treppe. Abrupt blieb er stehen und deutete zurück, in ihr gemeinsames Schlafzimmer. »Es ist noch nicht zu spät. Du kannst deine Meinung noch ändern.«

»Spinner.« Sie zog ihn am Revers seines Smoking-Jacketts zu sich herab. »Einen Kuss und nicht mehr.«

»Ein Kuss? Mehr nicht?«

Sie schüttelte den Kopf. »Nur ein Kuss!«

»Hm, dann werde ich mir den Kuss für später aufheben.« Er grinste keck und drängte dann selbst: »Na komm schon. Wir müssen los.«

Stefan hatte seinen Wagen, der sonst neben Annas neuem Minivan in der Garage parkte, bereits in den Hof gefahren. Aufmerksam öffnete er ihr die Wagentür und half ihr beim Einsteigen. Die Fahrt dauerte nicht lange, denn die Verleihung des Charity-Awards fand in einem exklusiven Hotel, unweit des Fußballstadions, statt.

Kaum hatten sie das Hotel erreicht, brach ein Blitzlichtgewitter über Stefans Wagen herein. Offenbar war es eine Sensation, dass ausgerechnet Stefan Behrens und Anna Binder gemeinsam bei der Veranstaltung erschienen.

»Oh mein Gott. Wir hätten besser getrennt kommen sollen.«

Zärtlich drückte er ihre Hand. »Sei kein Frosch, Prinzessin. Wovor hast du Angst?«

»Die Öffentlichkeit sollte doch vorerst nichts von uns beiden erfahren.«

»Wenn es nach mir ginge, dürfte es die ganze Welt wissen.« Er schenkte ihr ein verliebtes Lächeln.

»Ich weiß. Sobald Esther den Preis für Wohn(t)raum erhalten hat und der ganze Trubel ein wenig nachlässt, können wir es ja bekannt geben.« Sie lächelte ihn liebevoll an.

Die Türen wurden geöffnet, und Anna hatte keine Möglichkeit mehr, das Thema weiter auszuführen.

*

Schon von weitem konnten sie Esther und Carsten entdecken. Esthers langes, schwarzes Haar hob sich perfekt von ihrem hautengen, weißen Kleid ab, das bis zum Boden reichte. Als Anna und Stefan ihre Freunde erreichten, gab es für die Journalisten kein Halten mehr. Gemeinsam sollten sie für ein Gruppenbild posieren. Überall wurden ihre Namen und gerufen, und Anna wusste nicht, wo sie zuerst hinschauen sollte.

Esther flüsterte: »Du siehst unglaublich aus. Wir haben eine gute Wahl mit diesem Kleid getroffen. Was hat Stefan dazu gesagt?«

Anna schenkte Esther ein glückliches Strahlen, und ihre Freundin wusste, dass der gewünschte Effekt nicht ausgeblieben war.

Nachdem die vier ausführlich in alle Richtungen gelächelt hatten und in die Lobby treten wollten, wurden Stefan und Anna aufgefordert, gemeinsam zu posieren – ohne Esther und Carsten. Anna hätte nicht gedacht, dass die Rufe der Fotografen noch lauter werden könnten. Zwischenzeitlich war es so laut, sie konnte selbst Stefan, der dicht neben ihr stand, nicht mehr verstehen.

Als sie den Eingang des Hotels schließlich erreichten, war Anna bereits komplett erledigt. Der Weg vom Wagen bis zum Foyer stellte sich anstrengender heraus, als sie es vermutet hatte.

»Am liebsten würde ich wieder nach Hause gehen. Ich bin fix und fertig.« Geschafft lächelte sie zu Stefan auf.

Im Inneren des Gebäudes befanden sich nur noch wenige Kamerateams. Da sie nicht mehr unter ständiger Beobachtung standen, drückte Stefan ihr zärtlich die Hand.

»Glaub mir Prinzessin – wären wir zu Hause geblieben,

wärst du das jetzt auch.« Er zwinkerte ihr zu und sofort röteten sich ihre Wangen.

»Lasst uns in den Saal gehen. Das Programm fängt in wenigen Augenblicken an.« Carsten stellte sein Glas zurück auf den Tisch und hakte Anna bei sich unter, während Stefan Esther an ihren Platz führte.

Die Preisverleihung gestaltete sich sehr unterhaltsam und interessant. Gebannt hatte Anna die Show verfolgt. Nach wie vor war sie fasziniert, unter welcher Vielzahl an berühmten Persönlichkeiten sie sich befand.

Als Jürgen Bendt die Bühne betrat, begann sie automatisch zu lächeln. Er war der Erste der anwesenden Prominenten, den sie bereits persönlich kennenlernen durfte, und sie konnte sich noch lebhaft an die Aufzeichnung auf der Dachterrasse des SDF erinnern.

Er trat an das Rednerpult und wartete darauf, dass der Applaus verstummte.

»Guten Abend, sehr verehrte Damen und Herren. Zu helfen ist eine große Aufgabe und Herausforderung. Oft ist es jedoch nicht nur das Geld, das fehlt – man muss auch mit dem Herzen dabei sein. Dieses Jahr haben wir eine besondere Fernsehshow verfolgen dürfen. Eine, die uns bewegte und die unser aller Herzen berührte. Um den Preis für die beste Charity-Fernsehsendung verleihen zu können, habe ich mir daher einige Gast-Laudatoren eingeladen.« Jürgen Bendt drehte sich zur Seite und die großen Videowände auf der Bühne öffneten sich.

»Heißen Sie mit mir ganz herzlich willkommen, Sabine Haller und die Kinder vom Marienhort.«

Anna entdeckte ihre Freundin, die in einem sommerlichen Kleid, dicht gefolgt von den Kindern die Bühne betrat. Ohne es zu wollen, wurden ihre Augen verdächtig feucht.

Erneut trat der Moderator an das Mikrofon.

»Unsere Gäste können wohl am besten schildern, was sich dank Wohn(t)raum alles im Marienhort geändert hat.«

Gespannt blickte Anna zur Bühne. Auch Stefan und Esther schienen überrascht vom plötzlichen Auftauchen der Rasselbande. Einzig Carstens Gesichtsausdruck ließ den Rückschluss zu, dass er um die Überraschung bereits wusste.

Im Saal wurde es mucksmäuschenstill. Theo, Kevin und Sebastian traten nach vorne an die Bühne. Alle drei hielten Mikrofone in ihren Händen und für Anna und Stefan waren wohlbekannte Laute zu hören.

POO-T-K-KEH, POO-T-K-T-K-KEH

Unser Zuhause ist nicht weit fort,

denn es ist Marienhort.

Seit Wohn(t)raum bei uns gewesen ist,

leben wir Kinder im Paradies.

Wir werden es euch nie vergessen,

als wir gar nichts mehr besessen,

wart ihr für uns alle da,

einer großen Kinderschar.

Auch wenn uns das Schicksal hart getroffen,

Ihr ließet uns wieder hoffen.

Habt geholfen und geschuftet,

damit wir wieder zurückdurften.

Für eure Hilfe danken wir,

deshalb sind wir alle hier.

Viiiiiiiiiiiiiiiiiiiiiiielen Dank!

POO-T-K-KEH, POO-T-K-T-K-KEH

»Meine Damen und Herren, der Preis für die beste Charity-Fernsehsendung geht dieses Jahr an Wohn(t)raum. Herzlichen Glückwunsch.«

Während das Publikum zu applaudieren begann, setzte die Musik ein. Anna schloss sich den unmittelbaren Gratulanten am Tisch an, als sie und Stefan von Esther auf die Bühne mitgezogen wurden. Wie aus dem Nichts erschien plötzlich auch das Handwerker-Team und positionierte sich neben den Kindern. Bei dem herzlichen Wiedersehen ging die Trophäe schon beinahe unter.

Während sich auf der Bühne alle freudig in den Armen lagen, nutzte Esther die Gelegenheit, um ein paar Worte zu sprechen. Ihre humorvolle Zusammenfassung und ihre dankenden Worte an das Team, Anna und Stefan, Sabine, Hugo und die Kinder, sowie an die spendenbereiten Zuschauer, die einen nicht unerheblichen Beitrag zur Realisierung der Sanierung vom Marienhort beigetragen hatten, wurde mit anerkennendem Beifall honoriert.

Die Musik setzte wieder ein, und die Kinder winkten zum Abschied in die Kameras. Die Videowände schlossen sich, und Anna kehrte in Begleitung von Esther und Stefan an ihren Platz zurück.

Das klassische Musikstück, das daraufhin von einem Orchester vorgetragen wurde, nahm Anna kaum wahr. Fasziniert blickte sie auf die gläserne Statue, die Esther sichtbar in der Mitte des Tisches positioniert hatte. Erst, als Jürgen Bendt neuerlich die Bühne betrat und eine weitere Trophäe in den Händen hielt, richtete sie ihr Augenmerk wieder zur Bühne.

»Liebe Gäste, es kommt zwar ein wenig unerwartet, doch die Jury hat sich in diesem Jahr dazu entschlossen, eine weitere Auszeichnung zu vergeben. Aus gegebenem Anlass halte ich nun den Sonderpreis für die Kategorie *Beste Charity-Unterhaltung* in meinen Händen. Lassen Sie uns doch einmal ehrlich sein: Uns allen ist bewusst, wer sich um diese Trophäe verdient gemacht hat. Selten haben wir im deutschen Fernsehen so herzlich gelacht, noch dazu für einen guten Zweck. Zwei Menschen, zwei Meinungen, zwei Sturköpfe – aber ein großes gemeinsames Ziel.«

Anna schwante Böses. Jürgen Bendt konnte doch nicht tatsächlich Stefan und sie damit meinen?

»Ich durfte die beiden kennen lernen, und ich kann Ihnen versichern, bei den zweien gibt es definitiv kein Drehbuch, und ohne sie wäre das Fernsehen dieses Jahr gewiss nur halb so unterhaltsam gewesen. Daher erhalten sie heute – verdient – diesen Sonderpreis. Meine Damen und Herren, der Sonderpreis in der Kategorie *Beste Charity-Unterhaltung* geht an Anna Binder und Stefan Behrens.«

Anna stand unter Schock. Sie spürte, wie Stefan nach ihrer Hand griff und sie in den Arm nahm. Ebenso wie Carsten und Esther. Dann zog er sie mit sich auf die Bühne, wo ihr erst die Vertrautheit seiner Berührung bewusst wurde. Hastig machte sie sich von ihm los und sorgte dabei bereits für die ersten Lacher im Publikum. Prompt lief ihr Gesicht purpurrot an.

Esther hatte sie zuvor bereits überrumpelt und auf diese große Bühne geschleppt. Jetzt stand sie erneut dort, wenngleich ihr der Grund äußerst peinlich erschien. Sie erhielt tatsächlich einen Preis für ihre ständigen Streitereien mit Stefan.

»Anna, möchtest du etwas sagen?« Stefan drehte sich zu ihr.

Kleinlaut schüttelte sie den Kopf. Keinen Ton würde sie herausbringen.

»Tja, meine sehr verehrten Damen und Herren, Anna möchte ausnahmsweise mal nicht das Wort übernehmen und da wir ja wissen, dass dies eher selten vorkommt, möchte ich die Chance gerne nutzen und … Aua.«

Stefan strich sich grinsend über die schmerzende Stelle an

seinem Oberarm, gegen die ihn Anna geboxt hatte.

»Du tust ja gerade so, als ob ich sonst immer den Mund offen hätte.« Als Stefan sich kurz zuvor dem Mikrofon zugewandt hatte, war Anna sofort klar gewesen, dass er sie ärgern wollte, um sie zur Belustigung des Publikums aus der Fassung zu bringen. Aber nicht mit ihr! Dieser Spieß ließ sich leicht umdrehen. »Tja Behrens, du kannst mir eben nicht das Wasser reichen. Vermutlich habe ich deshalb auch zu Recht immer das letzte Wort.«

Er grinste, und die ganze Welt konnte sehen, wie wohl er sich in Annas Gegenwart fühlte. »Du wirst nicht immer das letzte Wort haben, Schätzchen.«

Schätzchen? So hatte er sie ja noch nie genannt. Was führte er nur im Schilde? »Das sagt wer? Du etwa?«

Fasziniert beobachtete das Publikum die unterhaltsame Kabbelei zwischen den beiden.

»Oh ja, ich sage das. Einmal im Leben werde ich es schaffen, das letzte Wort zu haben. Wollen wir wetten?« Er stemmte seine Hände in die Hüften und blickte sie herausfordernd an.

Anna überlegte. Ihr Liebster musste einen Plan haben. Während der vergangenen vier Monate hatten sie sich unzählige Male gezankt, doch das letzte Wort hatte immer sie behalten. Da das Publikum anfing, laut zu klatschen, wurde ihr die Entscheidung abgenommen.

»Einverstanden.«

»Dein Einsatz?«

»Ich bin offen für Vorschläge.«

»Du benennst deinen Erstgeborenen nach mir.«

Erheitertes Gelächter erfüllte den Saal. Er schaffte es ja jetzt schon, sie aus der Ruhe zu bringen, was könnte da noch groß kommen. »Und wenn du verlierst?«

»Ich werde nicht verlieren.«

»Was macht dich da so sicher?«

»Ich weiß es eben.«

»Komm schon, Behrens. Sei kein Weichei. Dein Einsatz.«

»Okay. Sollte ich wider Erwarten verlieren, werde ich mich hier und jetzt, vor dir und der restlichen Welt für sämtliche gerechtfertigten und ungerechtfertigten Streitereien entschuldigen und versprechen, dir bis in alle Ewigkeit das letzte Wort zu überlassen.«

»Einverstanden.«

Stefan stand am Rednerpult und signalisierte ihr, sich neben ihn zu stellen. »Zunächst einmal möchte ich mich, ich denke auch im Namen von Anna, ganz herzlich für den Preis bedanken.«

»So schaffst du es aber nicht, mich sprachlos zu bekommen. Dachtest du etwa, ich bin nicht selbst in der Lage mich zu bedanken?« Kämpferisch blickte sie ihm in die Augen.

»Ich bin doch noch gar nicht fertig.«

»Na, dann sieh mal zu! Wir haben schließlich nicht den ganzen Abend Zeit.«

Wieder ging ein Lachen durch den Saal, was Anna amüsiert und zufrieden feststellte. Stefans selbstsicherer Blick irritierte sie jedoch.

»Liebes Publikum. Ist es nicht schön, wie man sich mit Anna streiten kann?« Stürmischer Applaus erfüllte den Saal.

Nun war es Anna doch ein wenig peinlich. Sie hoffte, nicht zu dick aufgetragen zu haben.

»Wissen Sie, seit ich Anna kenne, streiten wir uns ständig. Und so sehr ich mich am Anfang daran gewöhnen musste, so sehr würde ich es vermissen, wenn es plötzlich aufhören würde.«

Anna hielt den Atem an. Was hatte er nur vor?

»Ich kenne Anna nun schon seit sechs Monaten«, er lachte herzlich, »und glauben Sie mir – wir haben schon viel gestritten.« Er sah in die schmunzelnden Gesichter im Saal und ein vielsagendes Lächeln umspielte seinen Mund. »Ich dachte immer, dass es auf dieser Welt nichts Schöneres geben könnte, als deutscher Fußballmeister zu werden und sich mit Anna zu streiten.«

Er sah sie an und endlich wurde ihr bewusst, auf was er abzielte. Esther hatte den Preis für Wohn(t)raum entgegengenommen und wenige Stunden zuvor hatte sie ihm gestattet, ihre Beziehung danach bekannt zu geben. Noch dazu schuldete sie ihm einen Kuss.

Überfordert schüttelte Anna den Kopf. Ihr Versuch zurückzuweichen scheiterte, denn Stefan schlang bereits seinen Arm um ihre Taille und zog sie bestimmend an sich.

»Heute weiß ich es besser. Das Schönste auf der Welt ist nicht, sich mit Anna zu streiten«, er sah ihr tief in die Augen, »sondern sie zu lieben.«

Das Publikum erhob sich begeistert von seinen Plätzen und jubelte, als Stefan sie leidenschaftlich und mit all seiner Liebe küsste.

DANKESCHÖN

Ich danke meiner Lektorin, Dorothea Kenneweg, ganz herzlich für Ihre Geduld mit mir und meinem Erstlingswerk.

Tausend Dank an Torsten Sohrmann von Buchgewand, für das wunderschöne Cover.

Vielen Dank an meine Leserinnen und Leser. Ich hoffe, die Geschichte hat euch gefallen und ihr hattet beim Lesen ebenso viel Spaß, wie ich beim Schreiben.

»Ich brauche dich wie ein Füller die Tinte. Du bist der Balsam für meine Seele und die Ballerina auf meiner Bühne. Du bist immer in meinem Herzen und ich werde dich nie mehr gehen lassen.«

- Sisters forever -

MEHR VON FINNY LUDWIG

Wenn du mehr von mir, meinen Büchern und meinen neuesten Projekten erfahren möchtest, lade ich dich herzlich ein, mich auf meiner Website zu besuchen: **www.finny-ludwig.de**.

Melde dich auf meiner Website für meinen **Newsletter** an und verpasse zukünftig keine Neuigkeiten mehr von mir.

Du möchtest mir schreiben? Du hast Fragen an mich? Melde dich bei mir: **finny.ludwig@web.de**

Bleib immer »up to date« – Social Media
Facebook: Finny Ludwig Autorin
Instagram: @FinnyLudwig
Lovelybooks: Finny Ludwig

Dir hat die Geschichte gefallen? Dann würde ich mich sehr freuen, wenn du mir eine Bewertung schenken würdest.
Love, Finny

ROMANE VON FINNY LUDWIG

Heartwell Tales – Deal oder Liebe
ISBN: 978-3-75340-501-8

Heartwell Tales – Rache oder Liebe
ISBN: 978-3-75347-259-1

Baustelle: Liebe! Ein Tor auf Umwegen
ISBN: 978-3-74948-255-9

Single Hike – Ein Hinterwäldler zum Küssen
ISBN: 978-3-75197-866-8

Kekse Küsse Mühlenzauber (Sweet Kiss 1)
ISBN: 978-3-75042-346-6

Freunde Küsse Liebeszauber (Sweet Kiss 2)
ISBN: 978-3-75260-550-1